Julia Neumann
Finsternis im Herzen

Julia Neumann

Finsternis im Herzen

Thriller

PIPER

Mehr über unsere Autoren und Bücher:
www.piper.de

ISBN 978-3-492-50177-4

Redaktion: Franz Leipold
Covergestaltung: Traumstoff Buchdesign traumstoff.at
Covermotiv: EcoPrint und 46design shutterstock.com
Printed in Germany

Tantal: Seltenes chemisches Element. Symbol Ta, Ordnungszahl 73. Benannt nach König Tantalos, dem Sohn des Zeus und der Pluto, der durch Habgier und Hochmut die Gunst der Götter verspielte. Zur Strafe musste er ewige Qualen erdulden, und seine Nachkommen wurden zu einem Leben voller Verbrechen und Gewalt verdammt. *Hauptvorkommen*: Zentralafrika

Demokratische Republik Kongo – 2006

Tomke Krieger versuchte, unauffällig zu gähnen, während er Obadele auf der Suche nach Berggorillas durch den kongolesischen Regenwald folgte. Er riss sich zusammen, schließlich wollte er einen möglichst guten Eindruck an seinem ersten Tag als Wildhüter hinterlassen. Bemüht, keine Geräusche zu machen, die die Tiere verschrecken könnten, schlich er hinter seinem neuen Chef durch den Virunga-Nationalpark.

Milchig weißer Nebel kroch die Hänge des Vulkans herauf. Schemenhaft erhoben sich die Wipfel der großen Akazien und Baumfarne aus dem dichten Gestrüpp von Bananen- und Kletterpflanzen. An klaren Tagen konnte man angeblich bis zu den schneebedeckten Spitzen des Ruwenzori-Gebirges sehen, die jenseits der Grenze in Uganda lagen. Jetzt reichte der Blick kaum zwanzig Meter in den Wald hinein. Es war definitiv nicht der beste Tag für eine Erkundungstour durch den Nationalpark. Aber Obadele war davon ausgegangen, dass Tomke darauf brennen würde, die Tiere zu sehen. Und Tomke wollte ihn in dieser Annahme nicht enttäuschen. Er hatte seinen Lebenslauf ein wenig aufpoliert, um überhaupt eine Chance auf die überraschend gut bezahlte Stelle bei der zoologischen Gesellschaft Frankfurt zu haben. Er musste dringend seine Reisekasse aufbessern, da konnte er wohl kaum zugeben, dass sich seine Erfahrungen mit Tieren auf wenige Wochen in einer Auswilderungsstation von Gibbon Affen in Thailand beschränkten. Und auch damals hatte er sich weniger für die Affen interessiert als für die Touristinnen, die viel Geld dafür bezahlten, eine Woche lang die Gehege ausmisten zu dürfen.

Obadele blieb plötzlich stehen, und fast wäre Tomke gegen ihn geprallt. Ein Schatten bewegte sich vor ihnen im Nebel. Allerdings war er erstaunlich klein. Sie mussten auf ein Jungtier gestoßen sein.

Zu Tomkes Überraschung hob Obadele sein Gewehr und rief etwas auf Suaheli. Kurz darauf standen vier abgemagerte Jungen in zerrissenen Kleidern vor ihnen.

»Refugees«, erklärte Obadele in brüchigem Englisch. Flüchtlinge.

Mit der Waffe im Anschlag ging Obadele auf die Jungen zu und durchsuchte sie. Ein paar abgebrochene Äste und ein rostiges Taschenmesser waren seine einzige Ausbeute. Tomke hatte Mitleid mit den Vieren, die ihn aus angsterfüllten Augen anstarrten. Obadele offensichtlich nicht.

»They want to eat monkeys«, sagte er mit düsterem Blick und deutete den Jungen mit seinem Gewehr an, vor ihnen herzugehen.

Kinder, die Affen essen wollten – wo war er hier nur gelandet?

Gemeinsam stolperten sie schweigend zurück durch den dichten Nebel Richtung Basisstation. Die abwesenden Gesichter der Jungen lösten in Tomke ein Gefühl des Verlorenseins aus, gegen das er sich nicht wehren konnte. Erleichtert atmete er auf, als die Umrisse des Camps zwischen den Bäumen im Nebel auftauchten.

Das Lager bestand aus einem guten Dutzend Strohhütten, die sich um einen Bürocontainer scharten. Ohne sonderlich großes Interesse nahmen die anderen Mitarbeiter des Camps die vier Flüchtlinge zur Kenntnis. Die Jungen stürzten sich auf den Maniokbrei, den die Köchinnen ihnen vorsetzten, als hätten sie seit Tagen nichts mehr gegessen – was vermutlich auch der Fall war. In kurzen Sätzen antworteten sie auf die Fragen des Dolmetschers, um keine Zeit zu verschwenden, die sie mit Essen verbringen konnten.

Sie seien aus einem Dorf am Fuße des Berges geflüchtet, das vor einigen Wochen von Rebellen der FDLR, den »Demokratischen Kräften zur Befreiung von Ruanda«, überfallen und angezündet worden war, übersetzte der Dolmetscher. Die Männer hätten auf jeden geschossen, der in ihren Augen wie ein Tutsi aussah. Sie hätten sich seitdem im Wald versteckt, erklärten die Jungs, und wüssten nicht, wo sie jetzt hingehen sollten.

Tomke hatte Schwierigkeiten, den Schilderungen Glauben zu schenken. Aber die anderen schienen nicht sonderlich überrascht zu sein. Dabei herrschte doch seit 2002 laut Internet offiziell Frieden im Kongo. Kein Wunder, dass er den Job so leicht bekommen hatte, dachte er bei sich. Vermutlich war er der einzige Bewerber gewesen.

Am Abend, nachdem die Mitarbeiter des Camps gemeinsam gegessen hatten, zog sich Tomke mit einer Flasche Tullamore Dew aus dem Duty-Free-Shop des Flughafens in seine Hütte zurück. Er überlegte, wie er wohl am schnellsten wieder aus dem Kongo herauskommen könnte. Für den Hinweg hatte die Zoologische Gesellschaft Frankfurt ihm eine Mitfluggelegenheit bei der UN für die Strecke von Kinshasa nach Goma organisiert. Dort hatte Obadele ihn mit dem Geländewagen des Camps abgeholt. Vollbepackt mit den Wocheneinkäufen, hatten sie den Rückweg über völlig zerstörte Straßen und überwucherte Waldwege angetreten.

Ihm würde nichts anderes übrig bleiben, als auf die nächste Einkaufstour nach Goma zu warten und zu hoffen, dass die UN so freundlich war, ihn auch wieder zurück in die Zivilisation zu fliegen. Das hieß, dass er eine Woche hierbleiben musste. Aber so würde er wenigstens die Berggorillas zu Gesicht bekommen und sich nicht völlig blamieren, wenn er in der nächsten Strandbar von seinem Kongoaufenthalt erzählte. Eine halbe Stunde später dachte er bereits darüber nach, wohin er als Nächstes wollte. Vielleicht zurück nach Indien? Da war das Leben immer noch unschlagbar günstig. Oder doch lieber Australien, überlegte er, als er – vom Whiskey betäubt – auf seiner harten Strohmatte einschlief. Ein Papagei kreischte direkt vor seinem Fenster laut auf, die Affen schrien im Urwald, aber Tomke bekam davon nichts mehr mit.

Wenige Stunden später wachte er plötzlich auf, weil die Geräuschkulisse des Urwalds mit einem Mal verstummte. Selbst die Riesengrillen hörten auf zu zirpen. Die Dunkelheit umschloss das Camp mit einer drückenden Wärme. Tomke brauchte einen Moment, um sich zu orientieren. Er wusste instinktiv, dass etwas nicht stimmte, noch bevor die Schüsse durch die Nacht peitschten. Immer noch vom Alkohol benebelt, stolperte er aus seiner Hütte. Obadele rannte ihm in verschlissenen Boxershorts mit seinem Gewehr in der Hand entgegen und rief, dass die Rebellen in ihre Richtung zogen.

Im Mondschein der sternklaren Nacht wirkte das Lager völlig irreal. Die unsanft aus dem Schlaf gerissenen weißen Camp-Mitarbeiter liefen kopflos auf der Suche nach ihren Wertgegenständen und Nottaschen durcheinander, während sich die schwarzen Männer bewaffneten. Tomke war für einen Moment unentschlossen, ob er den Afrikanern nicht beistehen sollte. Schließlich entschied er sich aber doch, dass ihn das alles nichts anging. Das hier war nicht sein Konflikt. Er verstand ihn noch nicht einmal. Und er hatte nicht das geringste Bedürfnis, für ihn zu sterben. Er half den Angehörigen der Waldhüter auf die Ladefläche des alten Toyota-Geländewagens. Erste Kugeln durchbohrten die Container der Forscher, die Rebellen waren unmittelbar davor, in das Camp einzudringen. Die Schüsse kamen immer näher. Schließlich sprang Tomke zu einer pensionierten Lehrerin, die immer noch ihr Nachthemd trug, und einem vollkommen hysterischen Wissenschaftler ins Führerhaus. Die beiden stritten darüber, ob sie die Gorillawaisen, die das Camp beherbergte, mitnehmen sollten. Der Forscher schuf Fakten und startete unter dem Protest der Lehrerin den Wagen. Tomke konnte durch das Rückfenster bereits erste Wildhüter sehen, die vor den anrückenden Rebellen zurück ins Camp flüchteten. Er roch Rauch, irgendwo brannte es. Entsetzt beobachtete er, wie einer der Männer von einer Kugel getroffen wurde und zusammenbrach. Der gellende Schrei einer Frau auf der Ladefläche fuhr ihm durch Mark und Bein. Er wurde unsanft gegen das Armaturenbrett geschleudert, als der Fahrer eine Vollbremsung hinlegte. Vor ihnen stolperte Obadele mitsamt seiner Frau und ihren sieben Kindern aus dem Wald. Hektisch versuchte der Fahrer, ihn mit Handzeichen aus dem Weg zu scheuchen. Doch Obadele weigerte sich, den Weg freizugeben, bevor seine Kinder nicht einen Platz auf dem Pick-up hatten. Tomke sprang aus dem Wagen und hob ein Kind nach dem anderen auf die bereits gut gefüllte Ladefläche, wo sie von den helfenden Händen der anderen Passagiere entgegengenommen wurden. Immer wieder schaute er nervös in die Richtung, aus der die Schüsse hallten. Als auch Obadeles Frau auf dem Pritschenwagen saß, trat der Wildhüter endlich zur Seite. Keinen Moment zu früh, erste Schüsse schlugen bereits in den Waldweg nur wenige Meter hinter dem Fahrzeug ein. Halbherzig versuchte Tomke, Obadele zum Mitfahren zu überreden, aber dieser schüttelte nur gefasst den Kopf. Er musste die Rebellen aufhalten, damit die anderen eine Chance hatten, zu fliehen. Eine Gewehrsalve aus Richtung der Maniokfelder machte eindringlich klar, dass die Männer jetzt auch dabei waren, von einer zweiten Seite aus anzugreifen.

»You look after my family«, sagte Obadele ernst. *Du kümmerst dich um meine Familie.*

Er schaute Tomke direkt in die Augen. Tomke nickte. »Yes.«

Dann verschwand der Wildhüter im Wald. Tomke sprang gerade noch rechtzeitig mit zitternden Knien auf die Ladefläche, als der Wissenschaftler wieder Gas gab.

Düsseldorf heute

Sonntag

Eva Langenberg und ihr Mann Lars hatten gekocht. Etwas Leichtes, Fischfilet mit Senfsauce, grünen Bohnen und Reis, weil sie danach noch etwas vorhatten. Sie wollten ein Baby machen. Eva war im letzten Monat 36 Jahre alt geworden, es wurde also langsam Zeit. Alle ihre Freunde hatten bereits Familien gegründet. Eva schob den halbvollen Teller von sich. Normalerweise liebte sie es, mit Lars zu kochen. Und danach gemütlich vorm Fernseher zu sitzen und seine Weinsammlung zu dezimieren. Für andere Hobbys ließ ihnen sein stressiger Klinikalltag auch kaum Zeit. Aber heute bekam sie ihr Essen einfach nicht herunter.

»Möchtest du einen Espresso?«, fragte Lars, der offenbar auch Zeit schinden wollte, bevor es zur Sache ging.

Eva nickte und beobachtete ihren Mann, der die beiden Teller in die Spüle stellte und sich an seinem heiß geliebten Edelstahlkaffeeautomaten zu schaffen machte. Ein Designerstück, das er sich selbst zum letzten Geburtstag geschenkt hatte. Mit geübten Bewegungen ließen seine Chirurgenfinger den Siebträger in seine Halterung einrasten. Er drückte auf Start und beobachtet die dampfende Flüssigkeit, die durch das Pulver in die Tassen gepresst wurde, als müsse sie dabei beaufsichtigt werden.

Eva wurde mulmig, wenn sie an das dachte, was sie gleich tun würden. Sie mochte Kinder. Keine Frage. Aber bei dem zahlreichen Nachwuchs ihrer Freunde hatte sie sich einen guten Eindruck davon verschafft, was auf sie zukommen würde, wenn sie die Verantwortung für einen neuen Menschen übernahm. Und sie war sich nicht sicher, ob sie das wirklich wollte. Trotzdem, manchmal konnte sie förmlich spüren, dass etwas in ihrem Leben fehlte.

Sie hatte einen guten Job, einen Mann, um den sie jede Frau beneidete – rein objektiv ging es ihr so gut wie noch nie. Und doch spürte sie diese Leere tief in sich drin. Ein Kind würde diese Lücke füllen. Hoffte sie.

Lars zog die schweren Vorhänge im Schlafzimmer zu und zündete Kerzen an. Das hatten sie lange nicht mehr getan. Allerdings war es auch sehr lange her, dass sie sich überhaupt Zeit für Sex genommen hatten. Meistens fielen sie abends todmüde nebeneinander ins Bett und schliefen auf der Stelle ein. In letzter Zeit hatte sie manchmal sogar während des Akts auf den Wecker geschaut und die Stunden gezählt, die sie noch würde schlafen können. Aber war das nicht normal, wenn man so lange zusammen war?

Eva legte ihre Brille auf ihr Nachttischchen. Lars trat zu ihr ans Bett und küsste sie, ein wenig unbeholfen. Dann ließen sie sich auf das breite Bett sinken. Lars rollte sich zur Seite, um sein Hemd besser aufknöpfen zu können. Eva hatte es mit ihrem dünnen Pulli leichter. Mit geübten Bewegungen zogen sie sich aus. Eva hatte extra neue Unterwäsche gekauft, die unbeachtet auf dem Holzparkett landete. Jetzt waren sie beide nackt.

Lars drehte sich zu ihr, streichelte ihren Hals, ihre Brüste, während sie versuchte, sich zu entspannen. Doch es wollte ihr einfach nicht gelingen. Sie hielt seine Hand fest, die sich routiniert nach unten vorarbeitete. Er öffnete die Augen und schaute sie überrascht an.

»Alles in Ordnung?«

»Ja. Nein.« Direkt neben dem Bett stand Max, Lars' alter Kater, der sie missbilligend anschaute. »Irgendwie hab ich mir das anders vorgestellt – romantischer«, erklärte sie.

»Das kriegen wir schon hin«. Lars deutete ihr an, sich auf den Bauch zu legen. Eva drehte sich um, und wie zufällig schubste sie dabei ein Kissen vom Bett, das auf dem Kater landete; mit einem beleidigten Maunzen trottete er davon. Lars begann ausgiebig, ihren Nacken zu massieren. Die Anspannung ließ langsam nach.

Lächelnd drehte sie sich um und küsste ihn. Sie hatten sich seit Ewigkeiten nicht mehr richtig geküsst.

»Besser?«, fragte Lars.

»Allerdings.«

Das könnte der Beginn eines neuen Lebens sein, dachte Eva, als Lars in sie eindrang. Wenige Minuten später spürte sie, dass er kurz davor war, zu kommen. Für einen kurzen Moment zog sich etwas in ihr zusammen.

Da klingelte ihr Handy.

»Nicht jetzt, das darf nicht wahr sein«, erklärte Lars keuchend.

»Ich hab Bereitschaft, ich muss drangehen«, erwiderte Eva, und Lars ließ sich frustriert auf den Rücken fallen. Eva griff nach ihrer Brille und lief durch den ewig langen Flur ihrer geräumigen Altbauwohnung ins Wohnzimmer, in dem ihr Telefon unermüdlich vor sich hin klingelte.

»Ich bin sofort da«, versprach sie ins Handy und notierte die Adresse.

»Ein Toter, in Kaiserswerth«, erklärte sie Lars, als sie auf dem Weg in ihren begehbaren Kleiderschrank am Bett vorbei kam. »Ankleidezimmer« nannte sie diesen Raum insgeheim.

Fertig angezogen, eilte sie zurück ins Wohnzimmer. Lars saß inzwischen vor seinem Laptop. Max lag zufrieden schnurrend neben ihm. »Versuch bitte, leise zu sein, wenn du zurückkommst. Ich muss morgen früh raus«. Er bemühte sich erst gar nicht, seinen Unmut zu verbergen.

Vor dem Fenster zerrten Windböen an den Ästen der Ginkgobäume und kündigten den ersten Herbststurm an. Bald würde es regnen. »Glaubst du nicht, dass ich den Abend lieber mit dir verbringen würde?«, fragte Eva ihren Mann.

»Warum tust du es dann nicht?«, antwortete er. Lars hatte nie verstanden, warum es ihr so wichtig war, noch befördert zu werden, bevor sie Kinder bekam. Er verdiente schließlich genug Geld für sie beide.

Eva seufzte, während sie ihre Walther P99 aus dem kleinen Tresor nahm und vorsichtig an ihrem Gürtel befestigte. Sie war zwar gesichert, aber Eva befürchtete trotzdem, dass sich irgendwann ein Schuss aus ihr lösen könnte.

Lars stand auf und trat zu ihr. »Ich will dich ja unterstützen. Aber ab und zu will ich dich auch sehen«, erklärte er und legte die Arme um sie. »Und dieses Ding passt einfach nicht zu dir«, fügte er mit einem Blick auf ihre Waffe hinzu.

Eva lächelte ihn an. »Sobald ich schwanger bin, lass ich mich wieder in den Innendienst versetzen. Versprochen.«

* * *

Vor der Villa in Kaiserswerth hatte sich bereits die lokale Presse versammelt. Ihre Autos blockierten sämtliche legalen und weniger legalen Parkplätze, sodass Eva ihren VW Passat ein ganzes Stück die Straße hinunter abstellen musste. Graue Wolken zogen über den Himmel, heute würde es schnell dunkel werden. Es roch nach Regen. Das Blaulicht eines Streifenwagens warf seinen flackernden Schein auf den Gehweg und die Bäume, die die breite Allee säumten. Kriminalhauptkommissar Carsten Dreier, Evas neuer Chef, stand vor einer hohen Mauer auf dem Bürgersteig und stritt sich mit einem Journalisten. Er gab einem uniformierten Kollegen ein Zeichen, die Tür in dem metallenen Tor zu öffnen, als Eva bei ihm ankam.

»Die werden immer dreister«, begrüßte er seine Mitarbeiterin. Sie zwängten sich durch den Spalt, den die Tür freigegeben hatte. Lautstark konkurrierten die Kameramänner und Fotografen um den besten Schuss auf das Grundstück. Nachdem sich die Tür wieder geschlossen hatte, herrschte mit einem Mal Ruhe. Eva hatte Mühe, mit Dreier Schritt zu halten, während sie durch den großzügigen, perfekt gepflegten Vorgarten der Villa eilten.

»Die anderen sind schon da«, sagte Dreier. Klang da ein leiser Vorwurf mit? Sie liefen um das zweigeschossige Gebäude herum, das im kühl eleganten Bauhausstil gehalten war: Glas und weiß gestrichene Backsteine. Das Grundstück war riesengroß, allein im Vorgarten hätte man bequem Fußball spielen können. Ein breiter Kieselweg führte sie in den hinteren Garten, der direkt aus einem Schöner-Wohnen-Magazin entsprungen zu sein schien. Eva war durch ihren Mann häufig Gast in repräsentativen Häusern gewesen, aber das hier war eine völlig andere Liga als die Vorstadtvillen der Chefärzte und der Mitglieder des Tennisclubs. Die Abendsonne hatte sich durch die dunklen Wolken gekämpft und hüllte die geschmackvoll arrangierte Pflanzenpracht in ein warmes Licht. Ein Meer farbenfroher Blumen und Sträucher zierten den Weg, der zu einer Holzbrücke über einen Teich mit bunten Fischen führte. Das rot-weiße Flatterband, mit dem die Kollegen von der Schutzpolizei den hinteren Teil des Gartens abgesperrt hatten, wirkte in dieser Idylle völlig fehl am Platz.

»Das Opfer ist sieben Jahre alt und heißt Abasi. Das Kind wurde vor drei Tagen von Hagen und Anna Seeger adoptiert, denen gehört das alles hier«, klärte Dreier Eva auf. Dann sah er sie kurz an. »Haare.«

Eva brauchte einen Moment, um zu verstehen. Glücklicherweise fand sie direkt in ihrer Handtasche ein Haargummi, mit dem sie versuchte, ihre braunen Locken zu bändigen. Was gar nicht so einfach war. Sie hatte sich ihre langen Haare auf Kinnlänge herunterschneiden lassen, um für ihren neuen Job seriöser auszusehen.

Sie waren bis auf wenige Meter an das Absperrband herangekommen. Jetzt erst sah Eva den Körper vor dem Busch am Rand des sauber gemähten Rasens. Ein Strahl der untergehenden Sonne traf direkt auf die klaffende Halswunde des kleinen Jungen. Eva blieb wie angewurzelt stehen, ihr Blick magisch angezogen von dem Grauen vor ihr. Unbewusst fasste sie sich an ihre Halskette, eine kleine rote Blüte aus Korallen. Sie hatte sich den Anhänger als Glücksbringer für den neuen Job gekauft, um die Stimmen in ihrem Inneren zu beruhigen, die regelmäßig Zweifel an ihrer Entscheidung, zur Mordkommission zu wechseln, äußerten. Einatmen, ausatmen, einatmen … befahl sie sich.

»Morelli, wir sind jetzt vollständig!«, rief Dreier einem Mitarbeiter zu, der neben der Leiche kniete und den toten Jungen sorgfältig betrachtete, während er sich mit einem Kollegen im weißen Ganzkörperoverall unterhielt. Er stand auf, streifte die Schutzüberzüge von seinen Turnschuhen und kam auf sie zu. Eva mochte Marius Morelli, einen nach Kaugummi riechenden Italiener, der jeden Tag in Jeans und Turnschuhen und überraschend gut gebügelten Hemden unter seinem Kapuzenshirt auf der Arbeit erschien. Der junge Kollege kam frisch von der Polizeischule und hatte sich bereits den Ruf eines Heißsporns eingehandelt. Die Geschichte, wie er einem Vergewaltiger beinahe an die Gurgel gegangen wäre, als dieser behauptete, sein Opfer hätte den Sex genossen, hatte im Präsidium schnell die Runde gemacht.

»Laut Pathologe ist er mit einem Schnitt durch die Kehle ermordet worden. Das Ganze ging vermutlich sehr schnell. Seine Schwester muss den Mörder gesehen haben. Die beiden haben zum Zeitpunkt der Tat zusammen im Garten gespielt«, informierte Morelli seine beiden Kollegen. Eva konnte ihm ansehen, dass ihm der Tod des Jungen ebenfalls naheging.

»Hat sie etwas gesagt?«

»Sie spricht nur Suaheli und ein paar Brocken Französisch.«

»Kümmert euch um einen Dolmetscher. Und befragt die Eltern. Ich versuch, mehr Leute zu organisieren«, erklärte Dreier. Er griff nach seinem Handy und ließ die beiden Kommissare allein. Die Wolken jagten immer schneller über den Himmel. Eine Bö kündigte an, dass ihnen nicht mehr viel Zeit blieb, bis der Regen alle Spuren wegspülen würde. Die Spurensicherer in ihren weißen Schutzanzügen stellten Scheinwerfer auf, die den hinteren Teil des Gartens grell ausleuchteten.

»Alles in Ordnung?«, fragte Morelli, als Eva mit weichen Knien auf dem Weg zum Haus hinter ihm her stolperte.

»Ja, natürlich«, log sie. Sie kämpfte gegen die Übelkeit. Völlig geschockt von dem, was sie gesehen hatte. Am liebsten wäre sie auf der Stelle in ihr Auto gestiegen und zurück nach Hause gefahren. Was zum Teufel hatte sie sich dabei gedacht, sich auf eine Stelle in der Mordkommission zu bewerben?

Sie traten durch die Verandatür in ein geräumiges Wohnzimmer, das mit edlem Holzparkett ausgelegt war. Wenige weiße Möbel standen in einem viel zu hohen Raum. Alles darin sah exklusiv und teuer aus. Kein einziges Staubkorn auf dem dunklen Boden.

Ein schlanker Mittvierziger mit mittelblonden Haaren, die genauso wie sein Maßanzug außer Form geraten waren, schaute durch sie hindurch und starrte in den Garten.

»Herr Seeger, wir würden gerne mit Ihnen sprechen«, wandte sich Morelli direkt an ihn.

»Ich hab ihr gesagt, sie soll die Alarmanlage einschalten. Immer wieder. Aber sie wollte es einfach nicht«, sagte er.

»Hatten Sie denn Grund dazu, so etwas zu erwarten?«

Seeger schaute ihn überrascht an. »Natürlich nicht. Aber so ein Haus, das weckt Neid ...«

Morelli nickte. »Ihre Adoptivtochter ist Zeugin des Mordes geworden. Können wir mit ihr sprechen?«

»Sie ist in ihrem Zimmer. Mit meiner Frau«. Seeger deutete auf eine Tür an der Galerie, die auf halber Höhe an der Kopfseite des Wohnzimmers entlangführte. »Aber sie sagt kein Wort.«

Morelli und Eva wechselten einen Blick, und ohne Worte vereinbarten sie, dass Eva sich um das Kind und Morelli sich um den Hausherrn kümmern würde. Sie griff zu ihrem Smartphone. Die Organisation eines Dolmetschers fiel damit in ihren Zuständigkeitsbereich.

Vorsichtig klopfte Eva an die Tür des Kinderzimmers, und als sie ein leises »herein« hörte, öffnete sie. Das Kinderzimmer war quietschbunt und mit viel Liebe eingerichtet. Zwei Bettchen, in Rot und Blau, standen über Eck vor dem Fenster, fabrikneue Stofftiere saßen auf Regalbrettern an der Wand. Zu Evas Erstaunen waren auch zwei alte Käthe-Kruse-Puppen und ein Steiff-Teddybär darunter, denen man deutlich ansah, dass sie bereits in die zweite Runde gingen. Vermutlich Spielsachen aus der Kindheit der Hausherrin. Anna Seeger kniete in vorsichtigem Abstand neben dem kleinen Mädchen auf dem Boden. Sie redete beruhigend in Französisch auf sie ein. Aber die Kleine hatte sich in eine Ecke verzogen, zwischen Kommode und Wand, die dünnen Beine eng an den Körper gezogen, den Kopf in den Händen verborgen. Es waren nur wenige geflochtene Haarbüschel zu sehen, die wie Antennen von ihrem Kopf abstanden.

Eva machte durch ein Räuspern auf sich aufmerksam. Anna Seeger stand auf und reichte der Kommissarin eine professionell manikürte Hand. Sie war eine zierliche Frau mit schulterlangen naturblonden Haaren, die sie achtlos zusammengebunden hatte. Mit hellblauer Bluse, beiger Stoffhose und weißen Perlenohrringen trug sie das Standardoutfit der weiblichen Düsseldorfer High Society. Nur dass ihre Bluse deutliche Blutspuren aufwies. Die Augen waren geschwollen, und die Nase war gerötet; sie hatte geweint.

»Sie versteht uns nicht«, erklärte Anna Seeger. »Sie muss den Mörder gesehen haben, aber sie sagt kein Wort. Vielleicht redet sie mit Tomke. Ich hab ihn schon angerufen.«

»Wer ist Tomke?«, fragte Eva Langenberg.

»Er hat sie hierhergebracht. Er arbeitet in dem Flüchtlingscamp der Kinder. Im Kongo.«

»Haben Sie irgendetwas gesehen?«

Verzweifelt schüttelte Anna Seeger den Kopf. »Die beiden sind nach dem Essen rausgegangen, um zu spielen. Ich hatte sie von der Küche aus die ganze Zeit im Blick. Aber da war ein Kratzer in dieser Schüssel. Ein Kratzer, ein dämlicher Kratzer«. Sie riss sich zusammen. »Ich hab versucht, ihn wegzupolieren. Ich hab es einfach nicht geschafft. Und als ich wieder zu den beiden geguckt hab …«, sie unterdrückte ein Schluchzen.

Eva hatte Mitleid mit der Frau. »Sie dürfen sich keine Vorwürfe machen. Wer weiß, was passiert wäre, wenn Sie den Täter gesehen hätten.«

»Wer tut so etwas? Wer bringt einen kleinen Jungen um? Er hat doch niemandem etwas getan.«

»Das werden wir herausfinden«, versicherte die Kommissarin und ärgerte sich sofort darüber. Keine Versprechungen, so lautete die Devise in solchen Situationen.

»Sie muss ihn gesehen haben«, wiederholte die Frau und schaute auf Rahima.

Eva hockte sich vor das zierliche Mädchen. »Bonjour«, versuchte sie es auf Französisch. »Ça va?« *Guten Tag. Wie geht es dir?* Sie hätte sich am liebsten auf die Zunge gebissen. Das Mädchen hatte mit angesehen, wie ihr kleiner Bruder vor ihren Augen brutal ermordet worden war. Wie sollte es ihr da schon gehen? Aber sie war sich noch nicht einmal sicher, ob Rahima sie überhaupt gehört hatte. Die Kleine starrte unbewegt weiter vor sich auf den Boden, die Arme zogen ihre Knie noch ein wenig näher an den Körper. Eva fiel eine hässliche Narbe unter dem bunt gemusterten Oberteil auf.

»Je suis Eva«, sagte sie, ohne Erfolg. *Ich bin Eva.* Das Mädchen blieb weiterhin vollkommen reglos in seiner Ecke sitzen. Völlig unter Schock. Vorsichtig legte Eva ihre Hand auf Rahimas Arm. Das Kind zuckte weg, so heftig, als wäre es geschlagen worden. Eva zog die Hand zurück. »Excuse-moi«, erklärte sie. *Entschuldige bitte.* Sie konnte jetzt Rahimas schnellen Atem hinter ihren Knien hören. Sie hatte ihr Angst eingejagt. Vorsichtig entfernte sie sich ein Stück. Das Mädchen sollte sich nicht in die Enge gedrängt fühlen. Wie konnte sie es bloß zum Sprechen bringen?

»Vielleicht versuchen Sie noch einmal, mit ihr zu reden?«, wandte sie sich an Anna Seeger. Eine vertraute Person hatte vermutlich bessere Chancen, zu Rahima durchzudringen. Aber auch die Versuche der Adoptivmutter verliefen erfolglos. Das Mädchen reagierte weder auf Worte noch auf vorsichtige Berührungen. Nichts drang zu ihr durch, als hätte Rahima eine unsichtbare Mauer um sich herum aufgebaut. Hilflos schauten die beiden Frauen einander an. Eva ließ sich auf einen Kinderstuhl sinken.

»Ich glaube, sie kann nicht mit uns reden«, erklärte Anna Seeger. »Manchmal, wenn die Dinge, die man erlebt hat, zu schlimm sind, verbietet der Körper dem Geist, sich zu erinnern.«

Aber trotzdem musste sie an das herankommen, was tief im Inneren des kleinen Mädchens verborgen war. Angestrengt starrte Eva die Kleine an. Sie musste den Schlüssel zu ihrem Geheimnis finden. Die Türklingel durchbrach die Stille.

»Das muss Tomke sein«, erklärte Anna Seeger und verließ den Raum.

Eva schaute auf ihre Uhr. Sie zog ihr Smartphone hervor. Keine Nachricht. Sie blickte erneut zu dem zusammengekauerten Kind. Dann stand sie auf und rief das Präsidium an. Allerdings ohne Erfolg. Die Kollegen hatten weder eine Kinderpsychologin noch einen Dolmetscher auftreiben können. Eva warf einen letzten Blick auf Rahima, aber die hatte ihre Position nicht verändert.

»Was ist los?«, wollte Morelli wissen, nachdem Eva ihn aus seinem Gespräch mit Hagen Seeger geholt hatte.

Sie brachte ihn auf den neuesten Stand. »Die Kollegen versuchen gerade, eine Übersetzerin aus Bonn zu erreichen. Aber selbst wenn sie Erfolg haben und sie sofort losfährt, dauert es mindestens eine Stunde, bis wir sie vor Ort haben. Vielleicht kann uns dieser Entwicklungshelfer fürs Erste übersetzen.«

»Du brauchst einen offiziellen Übersetzer, wenn du willst, dass die Aussage anerkannt wird«, erklärte Morelli.

»Ich weiß. Aber nach einem Mord zählt jede Minute.«

Sie einigten sich darauf, die Befragung mithilfe des Entwicklungshelfers zu beginnen und dann später für das Protokoll noch einmal alles mit der Dolmetscherin durchzugehen. Aber das setzte natürlich voraus, dass das Mädchen überhaupt mit ihnen sprach.

Als Eva wieder in das Zimmer trat, sah sie, dass Anna Seeger den Entwicklungshelfer bereits zu Rahima gebracht hatte. Er hockte vor dem Mädchen und redete beruhigend auf Suaheli auf sie ein. Sie ärgerte sich, dass sie der Adoptivmutter nicht die Anweisung gegeben hatte, auf sie zu warten, bevor sie den Mann zu dem Mädchen ließ.

»Sie haben Rahima also nach Deutschland gebracht«, fragte sie den Mann und versuchte so, die Situation wieder unter Kontrolle zu bekommen. Tomke Krieger schaute auf. Eva schätzte ihn auf Mitte dreißig. Mit seiner braun gebrannten Haut und den ausgebleichten blonden Haaren hätte man ihn glatt für einen Surfer halten können, wenn er nicht so durch und durch ernst gewirkt hätte. Er stand auf und gab ihr die Hand.

»Tomke Krieger«, stellte er sich vor und hielt Evas Hand einen Moment länger als üblich.

»Könnten Sie vielleicht ein paar Fragen für mich übersetzen?«, bat Eva.

»Natürlich.«

Krieger setzte sich wieder neben Rahima und begann, mit ihr zu plaudern, als wäre er zufällig vorbeigekommen. Neben ihm sah das kleine Mädchen noch einmal viel zierlicher aus. Eva war beeindruckt davon, wie einfühlsam Krieger mit ihr umging. Er schien Erfahrung im Kontakt mit traumatisierten Kindern zu haben. Kein Wunder! Wo, wenn nicht in einem Flüchtlingscamp, lernte man so etwas. Doch Rahima reagierte ebenso wenig auf Kriegers Fragen auf Suaheli wie auf die zaghaften Versuche ihrer Adoptivmutter auf Französisch. Schweigend verbarg sie ihren Kopf auf den Knien und zeigte keinerlei Regung.

Nach einer halben Stunde gab Krieger auf.

»Sie will nicht reden. Und ich will sie nicht quälen«, erklärte er und erhob sich.

»Versuchen Sie es weiter. Sie ist unsere einzige Zeugin«, bat Eva Krieger. »Jemand hat ihren Bruder umgebracht. Ich weiß auch, wie traumatisiert sie sein muss, aber ihre Aussage ist im Moment unsere einzige Chance, den Mörder zu finden.«

»Es hat keinen Sinn.« Krieger schien es nicht recht zu sein, weiter auf das Mädchen einzuwirken.

»Wenn Sie sie nicht fragen, dann wird es unsere Dolmetscherin tun«, griff Eva unverblümt zu einer Erpressung.

Krieger musterte sie. Blickte ihr in die Augen, als versuche er, dort die Antwort zu finden, ob sie ihre Drohung ernst meinte. Dann nickte er. »Ein letzter Versuch.«

»Fragen Sie sie, wen sie gesehen hat.«

»Nani unaweza kuona?« *Wen hast du gesehen?*

Keine Antwort.

»Wer ihren Bruder umgebracht hat.«

»Ambao waliuawa ndugu yako?« *Wer hat deinen Bruder umgebracht?*

Krieger legte vorsichtig seine Hand auf die Rahimas. Ein leises Murmeln war zwischen Rahimas Knien zu hören, von dort, wo sie immer noch ihren Kopf versteckte. Die Erwachsenen gaben keinen Mucks von sich. Eva musste sich zwingen, ruhig zu bleiben.

»Ambao waliuawa ndugu yako?«, wiederholte Krieger vorsichtig die Frage. *Wer hat deinen Bruder umgebracht?*

»Maluco.« Offensichtlich kostete es das Mädchen große Mühe, zu antworten. Auch wenn sie kein Suaheli konnte, kritzelte Eva das Wort aufgeregt in ihren Notizblock. Der erste Eintrag des Abends.

»Maluco?«, fragte Krieger nach. Und Rahima nickte. Dann verbarg sie ihren Kopf noch sorgfältiger zwischen ihren Armen.

»Sie kann nicht«, erklärte er.

Sofort erwachte Evas Misstrauen. »Was hat Sie Ihnen gesagt?«, wollte sie wissen. Krieger schüttelte den Kopf.

»Ich habe es doch gehört. Maluco. Was bedeutet das? Ist das ein Name?«, fragte Eva eine Nuance schärfer. Es war ein Fehler gewesen, nicht auf einen offiziellen Übersetzer zu warten.

Tomke Krieger lächelte sie müde an. »Maluco ist der Geist des Wahnsinns. Sozusagen der schwarze Mann Afrikas, vor dem alle Kinder Angst haben. Sie wird reden, sobald sie es kann. Und so lange müssen wir warten.«

Anna Seeger erklärte die Befragung für beendet. Rahima würde nichts mehr sagen, und sie wollte das Kind nicht weiter dem Stress einer Befragung aussetzen.

»Jede Minute, die sie nicht mit uns redet, hat der Mörder ihres Bruders Vorsprung«, versuchte Eva, Anna Seeger unter Druck zu setzen. Sie sah, wie die Frau mit sich kämpfte. »Und solange wir sein Motiv nicht kennen, wissen wir nicht, ob Rahima nicht auch in Gefahr ist«, setzte sie nach.

»Aber Sie sehen doch selbst, dass sie nicht redet«, erklärte Anna Seeger kraftlos.

»Wir können ihr ein Beruhigungsmittel geben lassen, vielleicht redet sie dann.«

Aber offensichtlich hatte sie damit die Grenze überschritten. Vehement schüttelte die Adoptivmutter den Kopf. »Nein, wir lassen sie jetzt in Ruhe. Vielleicht gelingt es ihr, zu schlafen. Und dann machen wir morgen früh weiter.«

Eva wusste, dass sie verloren hatte. Sie griff nach ihrem Handy und ging hinaus auf die Galerie, um die wenig begeisterte Bonner Übersetzerin, die schon wenige Kilometer vor Düsseldorf auf der Autobahn war, auf den nächsten Tag zu vertrösten.

Nachdem sie ihr Telefonat beendet hatte, merkte sie erst, dass jemand hinter ihr stand.

»Was ist mit ihm passiert?«, wollte Tomke Krieger wissen.

Eva überlegte einen Moment, was sie ihm sagen durfte, entschied dann aber, dass er die Fakten früher oder später sowieso von Frau Seeger bekommen würde. »Jemand hat ihm die Kehle durchgeschnitten.« Krieger schloss für einen Moment die Augen und atmete tief ein. Dann hatte er sich wieder unter Kontrolle.

»Sie arbeiten für das Flüchtlingscamp, aus dem die beiden Kinder stammen?«

Krieger nickte. »Ich hab sie hierher begleitet. Ich wollte ihnen den Einstieg erleichtern. Ich dachte, sie haben vielleicht weniger Angst, wenn jemand dabei ist, den sie kennen. Der ihnen alles erklären kann.«

»Sie haben Erfahrung mit Adoptionen?«

»Nein, das war unsere Erste. Aber ich kenne ihre Kultur. Und unsere«, fügte er dunkel hinzu. Er schien nicht allzu viel von Deutschland zu halten, registrierte Eva.

»Wann haben Sie Abasi zum letzten Mal gesehen?«

»Heute Morgen.«

»Wie hat er da auf sie gewirkt?«

Krieger überlegte. »Normal. Still. Aber das war er immer. Ich hatte den Eindruck, dass er sich einlebt … Sogar besser als seine große Schwester. Er hatte gebadet und zum ersten Mal die Kleider angezogen, die Anna für ihn gekauft hatte«. Tomke Krieger lächelte bei der Erinnerung. Und Eva fiel auf, wie sympathisch er mit einem Mal wirkte. Ein warmes Leuchten schob sich in seine ernsten Augen. »Er hat sich die ganze Zeit im Spiegel betrachtet, als könne er nicht glauben, dass der Junge, der ihn da anschaute, wirklich er ist.«

»Haben Sie eine Idee, wer einen Grund haben könnte, den Jungen umzubringen?«

Krieger schüttelte den Kopf. Wieder vollkommen ernst. »Er ist ein wehrloses Kind. Es gibt einfach keinen Grund, warum ihm jemand etwas antun sollte.« Trauer sprach aus seinem Gesichtsausdruck. Aber noch etwas anderes. Pure Desillusion.

* * *

Die Polizisten versammelten sich für eine erste Besprechung des Falls in der zweiten Etage des Polizeipräsidiums am Jürgensplatz. Eva schaute auf ihre Armbanduhr. Kurz vor Mitternacht. Morelli wartete ungeduldig, bis Dreier sein Telefonat beendete hatte, begierig darauf, endlich auf den neuesten Stand gebracht zu werden.

Als Dreier auflegte, war er offensichtlich unzufrieden mit dem Ergebnis. »Die Sitte kann uns im Moment niemanden abgeben, sie planen einen Großeinsatz in der Rethelstraße. Und der Betrug hat selber eine Anfrage nach mehr Leuten gestellt. Verdammt.« Dreier hängte ein Foto des ermordeten Jungen in die Mitte der Tafel und schrieb *Abasi, 7* darunter. Eva versuchte unauffällig wegzusehen. Dreier nickte Morelli zu. Er stand auf und malte einen Strich vom Foto ausgehend in die obere linke Ecke der Tafel. *Hagen Seeger, 45, Adoptivvater*, schrieb er in seiner krakeligen Handschrift daneben. »Hagen Seeger ist Manager für Natural Ressources Europa und Afrika bei *Stronck international.* Ein Technologiekonzern, von Haushaltsgeräten über Fernseher und Computer bis hin zu Antriebstechnologie in Autos und Bahnen machen die alles, was man sich vorstellen kann. Nach eigenen Aussagen hat er keine Ahnung, wer seinem Sohn etwas hätte antun wollen«, erklärte er. »Aber wenn ihr mich fragt: Wer so viel Kohle macht, hat mit Sicherheit Feinde.«

»Dich fragt aber niemand«, wies Dreier ihn zurecht.

Morelli fuhr unberührt fort. »Er ist seit dreizehn Jahren mit Anna Seeger verheiratet. Sie haben die beiden Kinder vor drei Tagen nach Deutschland bringen lassen. Tomke Krieger«, er malte einen weiteren Strich von der Mitte an den rechten Tafelrand »hat die Kinder nach Deutschland begleitet. Eva hat mit ihm gesprochen.«

»Das stimmt. Tomke Krieger arbeitet als Entwicklungshelfer in einem Flüchtlingscamp«, ergriff Eva das Wort. »*Lichtblicke für Afrika* heißt der Träger. Krieger ist mitgekommen, um den Kindern den Einstieg zu erleichtern. Ist seine erste Adoption, normalerweise machen sie so etwas wohl nicht.«

»Und warum haben sie diesmal eine Ausnahme gemacht?«, wollte Dreier wissen.

»Das werde ich herausfinden.« Eva ärgerte sich, dass sie Krieger das nicht direkt gefragt hatte.

»Kommt Seeger als Täter infrage?«, wandte sich Dreier jetzt wieder an Morelli. Der schüttelte den Kopf. »Mir fällt beim besten Willen kein Motiv ein. Außerdem wirkte er wirklich erschüttert über den Mord«, entgegnete er. »Und abgesehen davon hat er ein Alibi. Er hat gearbeitet.«

»Am Sonntagabend?«, warf Dreier skeptisch ein.

»Er hat eine Präsentation vorbereitet. In seinem Büro. Und ist erst nach Hause gekommen, als seine Frau ihn angerufen hat. Wir müssen das natürlich noch überprüfen. Aber er hat uns die Namen von anderen Angestellten gegeben, die das bezeugen können«, erklärte Morelli.

»Macht das. Und die Mutter?«

Morelli reichte Eva den Stift. Sie stand auf und malte eine Linie von Abasi nach unten. »Anna Seeger, 41, Adoptivmutter«, schrieb sie an den Rand der Tafel. »Kinderärztin, arbeitet aber im Moment nicht. Sie macht sich schwere Vorwürfe. Sie hatte gedacht, dass sie den zwei Kindern das Leben rettet, indem sie ihnen die Chance gibt, in Deutschland aufzuwachsen. Ich kann mir nicht vorstellen, dass sie irgendetwas damit zu tun hat. Sie ist vollkommen am Ende.«

»Gut. Ich denke auch, wir konzentrieren uns auf einen Täter von außerhalb«, erklärte Dreier. »Haltet ihr es für möglich, dass es sich um ein rechtsradikales Motiv handelt?«

Morelli und Eva schüttelten beide den Kopf.

»Der Junge war sieben«, gab Morelli als dünne Begründung an.

Trotzdem war Eva auch seiner Meinung. Die Zahl der fremdenfeindlichen Straftaten hatte in den letzten Jahren zugenommen. Aber einem Kind die Kehle durchzuschneiden? Und noch dazu im Garten seiner Adoptiveltern? Normalerweise traten Rechtsradikale in lauten Horden auf und prügelten ihre Opfer zu Tode. Das hier schien ein gezielter, professionell durchgeführter Mord zu sein.

Mit einem plötzlichen Blitzschlag und lautem Donner entlud sich das Gewitter, das sich den ganzen Tag über Düsseldorf zusammengebraut hatte. Es fing in Strömen an zu regnen. Dreier sah zum Fenster und seufzte.

»Scheiße«, erklärte Morelli. Die Chance, dass die Kollegen der Spurensicherung noch etwas Brauchbares fanden, würde sich jetzt minütlich verkleinern.

Immer lauter prasselte der Regen gegen die Scheiben. Dreier beendete die Sitzung. »Morelli, Langenberg, wir sehen uns um sieben in der Pathologie.«

Eva schaute auf die Uhr. Halb eins.

* * *

Anna Seeger begleitete Tomke Krieger zu seinem Auto, das er in der Auffahrt der Villa geparkt hatte.

»Ich komme morgen wieder«, sagte er.

Anna Seeger nickte nur schwach. Krieger bemerkte, dass sie zitterte. Er kannte sie jetzt seit zwei Jahren. Sie war immer wieder für ein paar Monate in das Camp gekommen, um sie medizinisch zu unterstützen. Selbst in den schlimmsten Zeiten, wenn verletzte und grausam verstümmelte Menschen in Scharen in ihr Camp strömten, hatte sie nie die Fassung verloren. Aber dass das Grauen sie in ihrem eigenen Garten heimgesucht hatte, war offensichtlich mehr, als sie verkraften konnte. Krieger wollte sie umarmen, ihr wenigstens für einen kurzen Moment Trost spenden, da trat Hagen Seeger aus der Tür. Er kam auf die beiden zu, legte einen Arm um seine Frau und gab Krieger die Hand.

»Danke für Ihre Hilfe«, meinte er und schaute ihm offensiv in die Augen.

Krieger blickte von Hagen Seeger zu seiner Frau und nickte. »Bis morgen.« Er setzte sich in seinen Sportwagen und startete den Motor. Das Tor wurde geöffnet. Blitzlichter blendeten ihn, als er hinausfuhr. Er trat aufs Gas und ließ die Reporter schnell hinter sich. Mit einem Mal fühlte er sich leer und unendlich müde.

Wie in Trance fuhr er am Rheinufer entlang. Er übersah fast eine rote Ampel, blieb mit quietschenden Reifen mitten auf der weißen Linie stehen. Sein Herz hämmerte. Ein Bild stieg vor seinem inneren Auge auf, mit aller Macht kämpfte er dagegen an. Hinter ihm hupte es, und jemand wies ihn darauf hin, dass die Ampel inzwischen wieder grün zeigte. Krieger fuhr rechts ran, stellte den Wagen ab, stieg aus und sog die frische Nachtluft tief in seine Lungen. Er stützte sich auf dem Dach seines Autos ab. Ein wütender Wind riss erste Blätter von den Bäumen, doch er nahm das Wetter um sich herum gar nicht wahr. Er überquerte die Straße und ging zum Rhein hinunter, wo er lange auf das schwarze, träge dahinfließende Wasser schaute. Für einen Moment schloss er vor Müdigkeit die Augen. Da starrten sie ihn an: dunkle, um Hilfe flehende Kinderaugen – aus denen das Leben entwich.

* * *

Dr. Frederik Bordieu war mit dem Abend zufrieden. Seinen Gästen schien die Show gefallen zu haben. Er selbst hätte zwar noch nicht einmal sagen können, welcher dieser albernen Maskenmänner das Wrestlingmatch gewonnen hatte, aber darum ging es heute Abend schließlich gar nicht. Trotzdem musste er schlucken, als er die überteuerte Rechnung sah, die ihm die Betreiber des

ISS Domes für die drei Plätze im VIP-Bereich und die paar halbwarmen Getränke servierten. Aber heutzutage erwarteten potenzielle Geschäftspartner eben, dass ihnen bei Besprechungen ein angenehmes Rahmenprogramm geboten wurde, und da kam er mit den paar hundert Euro für den Abend noch gut weg. Er hatte stundenlang die Fachsimpeleien der beiden Firmengründer der Niemeyer Kupfer AG über sich ergehen lassen. Zunächst über Fußball und dann über die Vorteile verschiedener Mischverhältnisse bei Kupferlegierungen. Er tat, als ob ihn das alles brennend interessieren würde und er vollstes Verständnis für die Nöte und Sorgen eines Kupfermagnaten hätte. Auch wenn ihm das äußerste Selbstbeherrschung abverlangte. Er winkte ein Taxi heran und seufzte. Jetzt musste er nur noch den letzten Programmpunkt des Abends überstehen, das Blue Monday in der Rethelstraße.

Bordieu nickte der Barfrau zu, die ihn von früheren Besuchen kannte. Die Prostituierten präsentierten sich an der langen Theke und versuchten, möglichst frisch und verführerisch auszusehen, was einigen von ihnen dank der schummrigen Beleuchtung sogar gelang. Außer ihnen saßen nur noch zwei Männer in dem Etablissement, die allerdings mit ihren Gesprächspartnerinnen so beschäftigt waren, dass sie alles andere im Raum nicht mehr wahrnahmen.

Er wünschte seinen Geschäftsfreunden viel Spaß und zog sich mit Noé auf ihr Zimmer zurück. Müde schaute er auf die Uhr. In dreißig Minuten würde er den Raum wieder verlassen. Noé gab ihm eine Flasche Wasser aus der Minibar. Von draußen drangen das Quietschen der Bahnschienen und das Kreischen einer von Noés Kolleginnen herein.

»Soll ich so tun, als ob ich Spaß hätte?«, fragte Noé.

»Schalt die Musik ein, das reicht.«

Noé zog ein Sudokuheft aus einer Schublade hervor. Bordieu gähnte. Der Tag war lang gewesen, und er war froh, wenn er endlich ins Bett konnte. Er stellte den Fernseher ohne Ton an. Die Werbung endete, und das Nachtjournal brachte eine Eilmeldung. *Kindermord in Managervilla* verkündete ein Laufband über den Bildern einer

Villa, die Bordieu nur allzu gut kannte. Ein Leichenwagen passierte das Tor, und eine Reporterin trat mit Mikrofon ins Bild.

Er war mit einem Mal hellwach.

Wenige Minuten später saß er an der Bar. Als die beiden Niemeyer-Brüder einer nach dem anderen mit ihren Damen aus den Zimmern traten, fiel es Bordieu schwer, sich zu konzentrieren.

»Ich freue mich, in Zukunft mit Ihnen Geschäfte zu machen«, sagte er.

»Ihr Angebot hat uns überzeugt«, antwortete Richard Niemeyer, der eine Nuance nüchterner war als sein Bruder. Schließlich hatte er sich nicht wie Rainer Niemeyer auch noch eine Flasche Champagner für dreihundert Euro aufs Zimmer bringen lassen, erkannte Bordieu auf seiner Kreditkartenabrechnung.

»Wir werden das mit unseren Fachleuten für den Abbau besprechen, sobald wir wieder in Hamburg sind«, fügte Rainer eine Nummer verwaschener hinzu.

»Ich dachte, wir ziehen das morgen bei mir im Büro direkt glatt«, brachte Bordieu erstaunt vor. Eins wusste er aus seiner Zeit als Autoverkäufer – man durfte die Kunden nicht einen Moment aus den Augen lassen, sonst überlegten sie es sich anders, ganz gleich, wie begeistert sie beim Verkaufsgespräch gewesen waren.

»Über solche Summen entscheiden wir nicht spontan«, erklärte Richard gönnerhaft. Er schaute auf die Uhr. »Schon so spät.«

Bordieu blieb nichts anderes übrig, als den beiden freundlich lächelnd den Schirm über ihre fleischigen Köpfe zu halten, als sie auf die Straße in den strömenden Regen traten. Er wünschte ihnen eine gute Nacht und sprang einen Moment zu spät zur Seite, als das Taxi davonbrauste und durch eine dicke Pfütze fuhr.

»Verdammte Scheiße«, entfuhr es ihm. Vergeblich versuchte er, das dreckige Wasser abzuschütteln. Der Abend hatte ihn dreitausend Euro gekostet, wenn man die beiden Suiten im Breidenbacher Hof mitrechnete, in denen die Brüder jetzt ihren Rausch ausschlafen würden. Er kaute auf der Innenseite seiner Wange, bis er Blut schmeckte. Das war nicht gut. Das war alles überhaupt nicht gut.

»Wie ich sehe, hast du wieder Kohle«, raunte eine Stimme mit unverkennbar russischem Akzent hinter ihm. Bordieu fuhr herum.

»Du kannst deinem Chef sagen, dass er sein Geld wie abgemacht am Ende der Woche kriegt«, log er.

Jegor packte ihn am Kragen. Er roch den Wodka im Atem des Hünen. »Das will ich dir raten. Wir lassen uns nicht von dir verarschen.«

Zwei Zuhälter, die auf der Straße standen und rauchten, schauten gelangweilt zu ihnen herüber. Von denen würde keiner helfen. Der Kragen seiner Jacke schnürte seinen Hals zu.

»Versprochen«, krächzte Bordieu heiser.

Jegor ließ ihn genauso plötzlich los, wie er ihn gepackt hatte und Bordieu stolperte unsanft gegen eine Hauswand.

»Besser, du hältst Versprechen«, drohte der Russe und spuckte ihm vor die Füße. Dann verschwand er in der Dunkelheit.

Bordieu hatte seinen Schirm fallen gelassen. Eine Windbö hob ihn auf und wehte ihn fort. Er entschied, sich nicht weiter der Lächerlichkeit preiszugeben, indem er ihm nachlief, sondern blieb im Regen stehen. Seine Gedanken rasten. Er versuchte, sowohl seine Atmung als auch seine Angst in den Griff zu bekommen. Dann klingelte sein Handy. *Seeger* verkündete das Display.

* * *

Rahima hatte einen Albtraum gehabt und brauchte eine Weile, um zu begreifen, dass sie wieder wach war. Es war still in dem Dorf, das aus wenigen strohgedeckten Lehm- und einer Reihe Bambushütten bestand, die auf einer Lichtung mitten im Wald errichtet worden waren. Die Geräusche der Nacht drangen zu ihr herein, das Rauschen der Palmblätter, das wie prasselnder Regen klang, und die Schreie der Nachtvögel. Ihre Großmutter hatte ihnen erzählt, dass die Vögel der Nacht die Geister der Verstorbenen in sich trugen. Sie schrien, um ihre Verwandten vor Maluco zu warnen, dem schlimmsten aller bösen Geister. Rahima hatte von eben jenem Maluco geträumt, nur dass er in ihrem Traum die Uniform eines Mayi-Mayi trug. Ihr kleiner Bruder lag neben ihr auf der Bambusmatte, und sie legte den

Arm um ihn. Abasi kuschelte sich im Schlaf an sie und langsam fiel die Angst des Albtraums von ihr ab. Auch wenn Abasis kleiner, dünner Körper sie wohl weder vor Maluco noch vor den Mayi-Mayi hätte beschützen können. Sie umschloss die kleine Faust ihres Bruders mit ihrer Hand, und automatisch verschränkte er seine Finger mit den ihren. Seit Jahren schliefen sie auf diese Weise ein. Nachdem sie eine Weile seinen gleichmäßigen Atemzügen und seinem beruhigenden Herzschlag gelauscht hatte, glitt auch sie wieder in den Schlaf hinüber.

Montag

Eva schlief unruhig, immer wieder wachte sie auf. Der Anblick des toten Jungen verfolgte sie, sobald sie die Augen schloss.

Als Lars' Wecker am nächsten Morgen um halb sechs klingelte, stand sie bereits in der Küche und machte Kaffee. Max schmatzte zufrieden über seinem Katzenfutter. Sie hatten kein Brot im Haus, deswegen stellte Eva zwei Müslischalen auf den Tisch.

»Ich esse im Krankenhaus«, rief Lars, nachdem er sich die erste Tasse Kaffee aus der Maschine genommen hatte und im Bad verschwunden war, gefolgt von seinem Kater, der ihm aus irgendeinem unerfindlichen Grund gerne beim Duschen zuschaute. Eva räumte die Schüsseln wieder in den Küchenschrank. Sie würde sowieso keinen Bissen herunter bekommen.

Eva parkte vor dem rechtsmedizinischen Institut der Universitätsklinik Düsseldorf. Sie stieg aus ihrem Wagen und zog ihre Outdoorjacke enger um sich. Es hatte zwar aufgehört, zu regnen, aber die Straßen waren noch feucht, und über Nacht war es kälter geworden. Carsten Dreier und Morelli warteten bereits auf sie. Die beiden standen am Fuße der Treppe, die zur Pathologie hoch führte. Irritiert schaute Eva auf ihre Uhr, aber sie war nicht zu spät, die Uhr zeigte erst fünf vor sieben.

Wortlos stiegen sie die Treppe hoch und holten alle drei noch einmal tief Luft, bevor sie die Rechtsmedizin betraten. Auch wenn die Front des Baus zu 80 Prozent aus Fenstern bestand, beschlich Eva das Gefühl, in eine dunkle Höhle zu treten. Immer noch schweigend, schritten sie durch die frisch desinfizierten Gänge.

»Geht einfach raus, wenn euch schlecht wird«, forderte Dreier sie auf.

Eva sah ihn fragend an.

»Passiert den Besten. An die frische Luft und ein paar Mal tief durchatmen, das hilft immer.«

Eva nahm sich trotzdem vor, die Prozedur ohne rauszugehen durchzustehen.

Im Keller des Gebäudes wurden sie von Henrik Kleinschmidt begrüßt. Der Pathologe wirkte völlig übermüdet; seine graue Gesichtsfarbe wurde durch dunkle Ringe unter den Augen noch verstärkt. Er führte sie in den gekachelten, klinisch sauberen Obduktionsraum, in dem der schmächtige Körper des Jungen auf einer Metallwanne lag. Eins der hellen Neonlichter an der Decke, direkt über dem Leichnam, flackerte ununterbrochen. Eva hielt unbewusst die Luft an. Ein frisch zugenähter Y-Schnitt auf dem Rumpf des Kindes bewies, dass der Pathologe die Obduktion bereits beendet hatte.

Kleinschmidt reichte ihnen ein Plastikdöschen mit Mentholsalbe.

»Die kurze Fassung«, bat Dreier den Mediziner, während sich Eva unauffällig eine doppelte Lage Mentholsalbe unter die Nase schmierte.

»Ein Schnitt, keine Probierschnitte. Es ist gar nicht so einfach, einen Hals durchzuschneiden. Du und ich, wir müssten mehrfach ansetzen, um das hinzukriegen«, erklärte er Dreier. »Naja. Zumindest du«, korrigierte sich Kleinschmidt sachlich, nachdem er seine Worte bedacht hatte. »Wer immer das getan hat, hat das nicht zum ersten Mal gemacht.«

Eva war überrascht, wie dünn der Kleine war. Narben überzogen seine Beine, seine Unterarme. Er sah so einsam aus. Man konnte ein Kind doch nicht einfach allein hier liegen lassen. Wut auf Abasis Eltern, seine Adoptiveltern oder wen auch immer stieg in Eva auf. Bis ihr Verstand wieder die Oberhand gewann und ihr klar wurde, dass Abasi niemanden mehr brauchte, der auf ihn aufpasste. Und dass es zu spät war, um ihn zu beschützen.

Kleinschmidt deutete auf die Wunde am Hals, die inzwischen vom Blut gesäubert war und jetzt den Blick auf den durchtrennten Kehlkopf und die Luftröhre freigab. »Seht ihr, der Schnitt verläuft leicht diagonal, der Täter hat unten links angesetzt und ist mit seinem Messer oben rechts wieder ausgetreten. Also Rechtshänder. Vom Winkel des Schnittes her würde ich sagen, dass er ein gutes Stück größer als das Opfer ist.«

»Wie groß genau?«, fragte Dreier.

»Mindestens 1,70 Meter. Er kann sich aber auch zum Opfer runtergebeugt haben und größer sein. Schwer zu sagen.«

In dem schnellen Wechsel zwischen Licht und Schatten, den die kaputte Neonleuchte erzeugte, hatte Eva für einen Moment den Eindruck, eine Bewegung in Abasis Gesicht zu sehen. Sie riss sich zusammen.

»Was können Sie uns über den Jungen sagen?«, schaltete sich Morelli ein.

»Tja, Auffälligkeiten gibt es genug. Die Mangelernährung seit frühester Kindheit hat ihre Spuren hinterlassen. Und er hat viele Narben. Einige Verletzungen hat er vermutlich nur mit Glück überlebt, wenn man die medizinische Versorgung im Kongo bedenkt.«

Eva blickte auf eine besonders große, schlecht verheilte Narbe, die vom Knie bis zur Hüfte den ganzen Oberschenkel des Jungen überspannte.

»Aber die sind alle alt. Frische Verletzungen konnte ich keine finden. Noch nicht einmal ein Hämatom an den Schultern, was man eigentlich vermuten sollte, wenn jemandem die Kehle durchtrennt wird. Normalerweise würde ein Opfer ja nicht freiwillig stillhalten. Ich schließe daraus, dass es sehr schnell ging oder der Junge von dem Angriff völlig überrascht wurde.«

Er hatte also wenigstens nicht gewusst, was auf ihn zukam.

»Die Tatwaffe?«

»Ein scharfes Messer. Circa zehn Zentimeter lang, glatte Klinge. Das kann alles sein, Küchenmesser, Klappmesser, Springmesser«. Kleinschmidt blickte in die enttäuschten Gesichter. »Tut mir leid.

Hätte euch auch lieber ein Vodooinstrument geliefert, das es nur im Südostkongo bei gewissen Bergstämmen gibt.«

Gierig sog Eva die klare, frische Luft ein, als sie endlich wieder ins Freie traten. Mit einem Taschentuch wischte sie sich die Mentholsalbe aus dem Gesicht. Ihr Herz hämmerte. Sie schüttelte den Kopf, in dem vergeblichen Versuch, sich von dem Anblick des toten Jungen zu befreien.

»Wer ist in der Lage, einem unschuldigen Kind so etwas anzutun?«, sprach Morelli mit belegter Stimme ihre Gedanken aus. Schnell blinzelte sie die Tränen weg, die ihr in die Augen schossen.

»Das werden wir herausfinden«, erklärte Dreier fast feierlich.

* * *

Eva achtete kaum auf die Straße, als sie sich durch den Morgenverkehr schob. Im Radio machten irgendwelche gut gelaunten Menschen Werbung für ein Produkt, das sie nicht zuordnen konnte. Völlig in ihre Gedanken vertieft, verpasste sie es, am Jürgensplatz abzubiegen; sie würde einen U-Turn machen müssen. Die Werbung wurde von den Nachrichten abgelöst. Erstes Thema war der Mord an dem kleinen Adoptivsohn eines Düsseldorfer Industriellen. An den vagen Formulierungen erkannte Eva, dass die Presse noch nicht mehr über die Geschichte herausbekommen hatte als am Abend zuvor. Der Rest der Nachrichten folgte: Krisen in Nahost, Probleme mit Russland, irgendwas mit dem Wetter, aber Eva hörte nicht mehr zu. Die Müdigkeit der durchwachten Nacht machte sich langsam bemerkbar. Sie hatte ihr Auto gerade auf dem Parkplatz abgestellt und wollte das Radio ausschalten, als es eine Sondermeldung gab. Journalisten hatten herausgefunden, dass Hagen Seeger vor Kurzem ein Geschäft im Kongo hatte platzen lassen. Ihre Müdigkeit war auf einen Schlag verflogen.

Sie traf Morelli auf dem Weg in den Besprechungsraum.

»Hast du schon gehört?«

»Ja!«

»Gibt es schon Einzelheiten über das Geschäft?«

»Ich hab es gerade erst online gesehen«, antwortete Morelli und hielt ihr sein Smartphone hin.

»Die Spur führt nach Afrika. Hatte der Kongo-Botschafter noch eine Rechnung offen?«, las Eva laut vor. Unter der Schlagzeile war ein Bild eines grimmigen Schwarzen zu sehen. Sie schaute Morelli an. Hatten sie Maluco gefunden? Aufgeregt traten sie in den Besprechungsraum.

»Was zum Teufel ist das?«, fragte Dreier, als Morelli ihn über die Neuigkeiten aufklärte. Und warum wissen wir nichts davon war die Frage, die deutlich mitschwang.

»Da haben die Kollegen von der Presse mal wieder 'ne Extraschicht eingelegt und die ganze Nacht nach Seeger gegoogelt«, erklärte Morelli. »Es gab da ein Projekt, das *Stronck* im Kongo aufbauen wollte. Es ging um Coltan. Das Batterie-Erz. Der kongolesische Botschafter hat wohl schon einen auf dicke Hose gemacht und sich als Held des Wiederaufbaus feiern lassen. Dann ist das Ganze abgesagt worden. War wohl 'ne ziemliche Blamage für den Mann«, fasste er den Artikel zusammen.

Ein totes Kind als Rache für einen verpatzten Deal? Reichte das als Motiv für einen so grausamen Mord? Eva hatte zwar keine Idee, was als Motiv in Frage kam, aber dass es lediglich um Geld ging, konnte sie sich schwer vorstellen.

»Die Sache mit dem Botschafter hat Seeger nicht erwähnt. Im Gegenteil, er hat behauptet, er hätte keine Feinde«, sagte Morelli. Er schaute wieder auf sein Smartphone. »Da gibt es wohl auch noch eine Tiefbaugesellschaft. Bergisch-Gladbach Hoch-Tief. Die hätten die Mine gegraben, wenn es so weit gekommen wäre …«

»Morelli, du knöpfst dir den Botschafter vor. Was war das für ein Geschäft, warum ist es geplatzt? Und nimm dir noch mal Seeger vor. Warum hat er uns nichts von seinen Geschäften erzählt? Eva, schau, ob du heute mehr aus dem Mädchen herausbekommst. Und dann fühlst du der Tiefbaugesellschaft auf den Zahn.«

* * *

Ob es eine Retourkutsche für den vorherigen Abend war oder stimmte, die Dolmetscherin hatte Eva erklärt, dass sie erst gegen 11 Uhr kommen könnte. Eva überlegte, ob es sich lohnen würde, die Baugesellschaft vorzuziehen, entschied sich dann aber dafür, in Kaiserswerth zu bleiben und den uniformierten Kollegen zu helfen, von Tür zu Tür zu gehen und zu fragen, ob jemand etwas gesehen hatte. Einen Teil der Nachbarschaft hatte man schon in der Nacht befragt, nach zehn Uhr aber damit aufgehört. Es hatte wieder angefangen zu nieseln. Eva klingelte bei einer der Nachbarvillen der Seegers. Das wuchtige Gebäude stammte aus der Gründerzeit und hätte einen neuen Anstrich gebrauchen können. Weinblätter überwucherten die Mauer, verwelkte Rosen zierten die Einfahrt, und der Rasen war schon lange nicht mehr gemäht worden. Die Villa war kein direktes Nachbarhaus, sondern stand in einer Parallelstraße, aber die Gärten der beiden Grundstücke stießen aneinander. Die Türglocke war klar und deutlich zu hören, aber drinnen rührte sich nichts. Eva klingelte erneut. Wieder nichts. Sie wollte schon wieder gehen, da hörte sie schlurfende Schritte hinter der Tür.

»Ich war auch gestern Abend hier. Aber nach Einbruch der Dunkelheit empfange ich keine Fremden mehr«, waren die Worte, mit denen die zerbrechliche alte Hausherrin sie begrüßte. Haare und Make-up waren perfekt gemacht, nur die Knöpfe ihres Tweed-Kostüms steckten in den falschen Löchern. Hinter ihr konnte Eva einen Blick in den Eingangsbereich werfen. Dunkle Ölgemälde und antike Kommoden füllten den Raum. Die Dame schaute kurz auf Evas Ausweis. »Wollen Sie eine Tasse Tee?«

»Nein danke, ich möchte nur wissen, ob Sie gestern Abend gegen 20 Uhr irgendetwas Ungewöhnliches wahrgenommen haben.«

Die Dame schüttelte den Kopf. »Nein.«

»Vielleicht ein Auto, das hier geparkt hat und nicht in die Nachbarschaft gehört? Oder jemanden, der das Haus Ihrer Nachbarn, der Seegers, beobachtet hat?«

Die Dame schüttelte wieder den Kopf. »Nein. Gestern war

nichts. Ich hab Radio gehört«, erklärte sie, als sei damit alles gesagt. »Gut, danke. Dann entschuldigen Sie bitte die Störung«, sagte Eva und wandte sich zum Gehen.

»Aber vor ein paar Monaten, da war etwas«, fügte die alte Dame hinzu.

Eva drehte sich um.

»Ich war gerade beim Vieruhrtee«, sie stockte. »Sind Sie sicher, dass Sie keinen Tee wollen?«

Eva wurde ungeduldig. »Nein danke. Was war vor ein paar Monaten?«

»Da hat die Töle von den Seegers gejault. Die hat immer so viel gebellt. Ich hab schon die Polizei angerufen, aber die hat nichts gemacht.«

Eva seufzte. »Das tut mir leid, Lärmbelästigung ist nicht meine Abteilung. Aber danke sehr. Ich wünsche Ihnen noch einen schönen Tag.« Sie wunderte sich, dass die Seegers einen Hund haben sollten; sie hatte keine Hinweise auf Haustiere in der Villa gesehen.

»Ne, darum geht es nicht, junge Dame. Der Hund hat gejault, und dann war es still. Und dann ist so ein Neger über die Mauer gesprungen und weggerannt.«

Mit einem Mal war Eva voll bei der Sache. Sie griff nach ihrem Notizheft. »Wann war das, sagten Sie?«

»Na vor ein paar Monaten. Im Sommer. Ich hab den angerufen, den Seeger. Und der hat gesagt, dass das ein Einbruch war und dass er die Polizei angerufen hat. Aber da ist nichts bei rausgekommen. Da hatten die wohl auch keine Zeit für.«

Eva machte sich eifrig Notizen, während die alte Dame weiterplapperte. »Wir haben dieselbe Putzfrau. Die Seegers und ich. Nur dass sie zu denen zweimal die Woche geht. Und zu mir nur einmal. Und die hat gesagt, dass der Hund nicht mehr da war, nach dem Einbruch. Anna war wohl ganz außer sich. Der Neger hat ihm einfach die Kehle aufgeschlitzt. Möchten Sie wirklich keinen Tee?«

»Doch. Sehr gerne. Gehen Sie schon mal vor. Ich muss noch einmal kurz telefonieren.«

Eva rief Dreier an, um ihn über die neuen Informationen in Kenntnis zu setzen. Er versprach, sofort einen Polizeizeichner zu schicken, und überprüfte, noch während sie am Telefon blieb, ob eine Anzeige vorlag. Ihr Verdacht wurde bestätigt. Seeger hatte den versuchten Einbruch nie gemeldet.

* * *

Eva hatte Habeebah Moke Kalemba gebeten, sie an dem Haus der alten Dame abzuholen. Die Frau hatte sie mit einer eisigen Miene begrüßt. »Gestern schicken Sie mich wieder zurück, und heute darf ich Taxi für Sie spielen. Polizei«, erklärte sie abfällig, als sei damit alles gesagt. Auf der kurzen Fahrt einmal um den Block zu den Seegers schmetterte die Frau sämtliche Smalltalk-Versuche ab. Na gut, sollte ihr recht sein. Dadurch blieb ihr Zeit, noch einmal im Geist alle Fragen durchzugehen, die sie Anna Seeger stellen wollte. Sie durfte keinen Fehler machen und sie wusste, dass das beste Mittel gegen Fehler eine gute Vorbereitung war. Wieso hatte Frau Seeger ihnen nicht erzählt, dass ihr Hund auf dieselbe Art wie ihr Sohn ermordet worden war? Hatte sie etwas zu verbergen? Hatte sie etwas mit dem Mord zu tun? Nein, das konnte sich Eva einfach nicht vorstellen. Sie parkten vor der Villa der Seegers, die inzwischen wieder von der Presse belagert wurde. Die Kronen der Kastanienbäume wiegten sich über ihnen im Wind, als sie ausstiegen. Sofort stürmte ein kleiner Trupp Journalisten auf sie zu.

»Können Sie bestätigen, dass Sie einen Schwarzen verdächtigen?«

»Sehen Sie einen Zusammenhang zwischen den Geschäften *Stroncks* und dem Mord?«

»Handelt es sich hier um ein weiteres Opfer der Bluterze?«

»Kein Kommentar«, presste Eva heraus und versuchte, sich den Weg an den Journalisten vorbei zu bahnen.

»Sind Sie mit dem Opfer verwandt? Oder mit dem Täter?«, wurde nun auch Habeebah Moke Kalemba mit Fragen bestürmt.

»Reichen die langen Arme des Bürgerkriegs in Afrika bis nach Düsseldorf?«

»Kein Kommentar«, wiederholte die Kommissarin anstelle der Gefragten, dann schob sie die Dolmetscherin durch das Tor und drückte es schnell wieder zu.

»Die werden Ihnen ganz schön auf die Finger schauen«, meinte Habeebah Moke Kalemba mit einer gewissen Genugtuung in der Stimme. Und Eva fragte sich, wie es wohl dazu gekommen war, dass man eine Frau, die einen so offensichtlichen Groll gegen die Polizei hegte, als offizielle Dolmetscherin angestellt hatte. Aber sie kannte die Antwort. Momentan herrschte an allen Ecken und Enden Mangel an Dolmetschern; da spielte es offensichtlich keine Rolle, auf wessen Seite sie standen.

Anna Seeger öffnete ihnen in T-Shirt und Jeans die Tür. Sie führte Eva und Habeebah in die Küche und bot ihnen Kaffee aus einer High-Tech-Kaffeemaschine an. Beide nahmen dankbar an.

»Mein vierter Kaffee heute Morgen«, erklärte Anna Seeger, nachdem sie einen Latte macchiato für Eva, einen Milchkaffee für die Dolmetscherin und einen normalen schwarzen Kaffee für sich selbst aus der Maschine gedrückt hatte. »Ich hab in Rahimas Zimmer auf dem Boden geschlafen. Oder eher nicht geschlafen«, erklärte sie müde. »Sie ist völlig abwesend.«

Eva konnte das Mitgefühl in den Augen der Adoptivmutter sehen.

»Sie ist jetzt ganz allein«, erklärte Habeebah. Zum ersten Mal sah Eva, dass ihre Züge weicher wurden.

Anna Seeger machte sich mit ihrem Kaffee in der Hand auf den Rückweg ins Kinderzimmer. Eva hielt sie auf. »Ich würde gerne noch einmal kurz mit Ihnen reden. Allein.«

Anna Seeger zögerte. »Ich lass Rahima jetzt nur ungern allein«, erklärte sie mit Blick hinauf zum Kinderzimmer.

»Ich kann bei ihr bleiben«, bot Habeebah freundlich an, und Anna nickte.

Eva zog sich mit Anna Seeger in deren Arbeitszimmer zurück. An den Wänden hingen Fotos von afrikanischen Kindern mit fehlenden Gliedmaßen und kindliche Dankeszeichnungen. Ein Bild zeigte Anna Seeger inmitten eines Flüchtlingscamps.

»Sie haben in Afrika gearbeitet?«, fragte Eva überrascht. Am Vorabend hatte sie Anna Seeger für eine typische privilegierte reiche Ehefrau gehalten. Doch anscheinend hatte sie sich geirrt.

»Meine Eltern wussten nach dem Ruhestand nicht, was sie mit ihrem ganzen Geld anfangen sollen. Sie haben eine Hilfsorganisation gegründet. *Lichtblicke für Afrika*.«

»Tomke Krieger arbeitet für Ihre Eltern?« Die Kommissarin versuchte, ihre Überraschung zu verbergen. So viel zu guter Vorbereitung.

Anna nickte.

»Und Sie haben zwei Kinder aus ihrem Camp adoptiert?«

Anna nickte erneut. »Aber wir sind die offiziellen Wege gegangen und haben uns an die Vorschriften gehalten. Das können Sie nachprüfen«, erklärte sie freundlich.

Eva hatte das Gefühl, immer einen Schritt zu langsam zu sein. Sie riss sich zusammen. »Gut. Erzählen Sie mir von Abasi.«

Anna Seeger lächelte traurig. »Da gibt es leider nicht viel zu erzählen. Ich kannte den Jungen ja kaum. Er war sehr schüchtern. Die ersten Tage hat er sich kaum aus dem Zimmer getraut. Bei jeder plötzlichen Bewegung zuckte er zusammen. Er hat alles mit großen Augen in sich aufgenommen. Man hätte ihn auch auf dem Mars aussetzen können, das wäre für ihn kein größerer Kulturschock gewesen.«

Eva nickte und versuchte, sich für einen Moment vorzustellen, wie die verwöhnten Blagen ihrer Freundinnen wohl reagieren würden, wenn man sie in ein afrikanisches Flüchtlingslager brächte. Für die meisten von ihnen brach schon die Welt zusammen, wenn sie nicht die richtigen Schokopops zum Frühstück bekamen. »Wenigstens war er mit seiner Schwester zusammen«, erklärte sie.

»Ja, das stimmt. Das haben wir uns auch gedacht. Aber die beiden haben die meiste Zeit schweigend in ihrem Kinderzimmer gesessen. Rahima ist nur ein Jahr älter, sie ist genauso überfordert von Deutschland wie ihr Bruder. Vielleicht ist es etwas anderes, wenn man kleinere Kinder adoptiert. Die vergessen schneller, wo sie herkommen.«

»Wieso haben Sie ausgerechnet die beiden adoptiert?«, hakte Eva nach.

»Das war purer Zufall. Wir waren im Kongo, ich habe Hagen auf einer Geschäftsreise begleitet«. Sie stockte und musste sich kurz sammeln. Eva beobachtete sie genau. Anna Seeger hatte den Blick auf den Boden gerichtet und strich sich mit den Händen ihr T-Shirt glatt. Versuchte die Frau, ihr etwas zu verschweigen?

Dann blickte sie wieder auf. »Ich wollte die Gelegenheit nutzen, um das Flüchtlingscamp zu besuchen. Es ist schon eine Weile her, dass ich das letzte Mal dort war … Es hatte sich viel geändert. Das Camp war mindestens doppelt so groß als bei meinem letzten Besuch und vollgestopft mit Menschen. Und dabei haben sie gar nichts. Ein paar Hütten aus Stöcken und Plastikfolien. Kein Wasser, kaum etwas zu essen. Aber trotzdem platzte das Camp aus allen Nähten, weil die Menschen Schutz vor den Rebellen suchen.« Jetzt wirkte sie wieder vollkommen ehrlich.

»Und da wollten Sie helfen und zumindest zwei Kindern eine bessere Zukunft ermöglichen?«

»Nein. Doch. Das auch«. Anna Seeger machte eine Pause. »Wir hatten lange über eine Adoption nachgedacht.« Sie schaute wieder zu Boden. »Und als wir dann in Afrika waren – haben wir den Entschluss gefasst, es wirklich zu tun.« Sie schwieg.

Eva wartete eine Weile. Sie erinnerte sich daran, dass sie einmal vor Urzeiten in einem Seminar über Befragungstechniken gelernt hatte, dass Stille die meisten Menschen dazu verführte, zu reden. Doch Anna Seeger widerstand dieser Versuchung.

»Ist Ihnen inzwischen irgendjemand eingefallen, der Ihrer Familie schaden möchte?«

Die Ärztin schüttelte den Kopf. »Nein, beim besten Willen nicht.«

»Hat es bereits in der Vergangenheit Vorfälle gegeben. Briefe, Anrufe, Drohungen?« Evas Stimme klang freundlich, und Anna Seeger merkte nicht, dass sie in eine Falle tappte.

»Nein. Nichts dergleichen.«

»Irgendetwas im Zusammenhang mit den Geschäften Ihres Mannes?«

Anna Seeger schüttelte mit dem Kopf.

»Sicher?«

Anna Seeger sah sie direkt an und nickte.

»Wann wollten Sie uns eigentlich sagen, dass Ihr Hund getötet wurde?«, wagte Eva einen Schuss ins Blaue.

Ihr Gegenüber wirkte ehrlich überrascht. »Das … das war ein Einbrecher … Sie glauben doch nicht, dass das etwas damit zu tun hat?« Die Erkenntnis, dass die beiden Todesfälle möglicherweise zusammenhingen, brachte sie sichtlich aus der Fassung. Sie wurde noch eine Spur blasser. Der Gedanke schien für Anna Seeger völlig neu zu sein, da war sich Eva sicher. Ihr Telefon klingelte. Sie nahm ab und hörte zu.

»Schicken Sie es mir.« Dann legte sie auf und wartete auf das »Ping« ihres Smartphones.

»Kennen Sie diesen Mann?«, fragte sie Anna Seeger und hielt ihr das Display mit dem Phantombild hin, das der Polizeizeichner mithilfe der Nachbarin erstellt hatte.

Die Frau schüttelte den Kopf. »Wer ist das? Hat er Abasi ermordet?«

»Das wissen wir nicht«, entgegnete Eva ehrlich. »Aber vermutlich hat er Ihren Hund getötet.«

Eva sah Anna Seeger an, dass sie Schwierigkeiten hatte, das Gehörte und Gesehene zu begreifen. »Wieso sollte ein Afrikaner meinen Hund töten?« Dann schwieg sie abrupt.

»Ist Ihnen etwas eingefallen?«, hakte Eva nach.

Anna schüttelte den Kopf. Aber Eva war sich nicht sicher, ob das der Wahrheit entsprach.

* * *

Stronck international hatte ein repräsentatives Hochhaus am Medienhafen für seinen deutschen Firmensitz angemietet, zusätzlich zu den Werken, die sie außerhalb der Stadt besaßen. Morelli schaute sich im großzügigen Foyer des Hauses um. Das Gebäude schien hauptsächlich aus Glas zu bestehen und bot freie Sicht auf den Rhein und das gegenüberliegende grüne Ufer. Er meldete sich bei der Rezeption und fuhr mit einem Aufzug in die oberste Etage.

Ungeduldig schaute er auf sein Handy, als er eine Dreiviertelstunde später immer noch in Seegers Vorzimmer darauf wartete, dass dieser aus seiner Besprechung zurückkam. Weder der ausgezeichnete italienische Kaffee, den Friederike Unger, Seegers Sekretärin, ihm servierte, noch die Aussicht über den Hafen und das Rheinpanorama konnten verhindern, dass sein Unmut von Minute zu Minute wuchs.

»Er hat im Moment furchtbar viel zu tun, die Kurse sind gefallen, nachdem das mit seinem Adoptivsohn bekannt geworden ist. Einfach schrecklich«, entschuldigte die stetig lächelnde Sekretärin ihren Chef, als sie dem Kommissar den zweiten Kaffee brachte.

»Das mit den Kursen oder das mit seinem Sohn?«, hakte Morelli nach.

»Das mit seinem Sohn natürlich«, erklärte die Sekretärin empört. Doch da trat auch schon Seeger mit festem Schritt in den Raum. Sein Äußeres war tadellos. Nichts an ihm deutete darauf hin, dass sein Garten in der vergangenen Nacht Schauplatz einer Tragödie geworden war. »Ich bin sofort bei Ihnen«, erklärte er, »wenn Sie mein Alibi überprüfen wollen, dann fragen Sie Friederike, sie war den ganzen Abend dabei.« Worauf die Sekretärin bestätigend nickte und ihrem Chef ein freundliches Lächeln zuwarf, bevor dieser in seinem Büro verschwand. Morelli schaute Seeger fassungslos nach. Dann drückte er der Sekretärin seinen Kaffee in die Hand und folgte ihm.

»Ich muss ein dringendes Telefonat führen«, entschuldigte Seeger sich freundlich, aber bestimmt, als er merkte, dass der Kommissar hinter ihm in den Raum getreten war.

»Und wir müssen ein dringendes Gespräch führen«. Morelli ging an ihm vorbei und setzte sich auf den Besucherstuhl vor Seegers Schreibtisch. Seeger begriff, dass er verloren hatte.

»Wieso haben Sie uns nicht erzählt, dass Sie Ärger im Kongo haben?«, kam Morelli sofort zur Sache.

Seeger schaute ihn verwundert an. »Ich weiß nicht, ob man das so nennen kann«, entgegnete er, um Zeit zu gewinnen.

»Sie haben eine Menge Leute im Kongo, die das Geld schon riechen konnten, vor den Kopf gestoßen«, setzte der Kommissar nach.

Seeger seufzte, um den Eindruck zu vermitteln, dass dieses lapidare Thema gar nicht mehr der Rede wert war. »Das war ein normaler Geschäftsvorgang. Wir haben einen neuen Produktionsstandort für die Coltangewinnung gesucht, und da das Wirtschaftsministerium gerne den Kongo unterstützt hätte, haben wir die Gegend in Betracht gezogen. Sie wissen schon, die Situation vor Ort soll verbessert werden, damit weniger Flüchtlinge den Weg nach Europa antreten. Dabei war es von Anfang an klar, dass die Chancen im Kongo nicht besonders gut stehen.«

»Worauf es uns ankommt, ist die Frage, ob das auch Ihren afrikanischen Geschäftspartnern klar war. Und das sieht im Moment nicht so aus, wenn man der Presse glauben kann.«

»Sie und ich wissen doch, dass man genau das nicht tun sollte«, erklärte Seeger gönnerhaft.

»Uns wäre auch viel wohler, wir bekämen die Informationen, die den Tod ihres Sohnes betreffen, von Ihnen und nicht vom Express«, antwortete Morelli.

Seeger riss sich zusammen. »Ich bin einfach nicht auf die Idee gekommen, dass das zusammenhängen könnte. Wie gesagt. Das war ein Projekt wie viele andere auch.«

»Dann ist es auch normal für Sie, dass Ihr Hund von Ihren Geschäftspartnern getötet wird?« Das saß. Seeger brauchte einen Moment, um sich wieder zu fangen. Morelli konnte förmlich spüren, wie er die verschiedenen Möglichkeiten, auf diese Frage zu antworten, im Geiste durchging.

»Jemand hat versucht, bei uns einzubrechen, und ist von unserem Hund gestört worden. Wir wohnen in einer Gegend, in der Sie nicht ein Fenster finden werden, das nicht mit einer Alarmanlage gesichert wird – und das nicht ohne Grund. Wie kommen Sie darauf, dass das etwas mit meinen Geschäften zu tun hat?«

Morelli beugte sich vor und blickte Seeger direkt in die Augen. Der hielt dem Blick stand. Jeder unschuldige Mensch hätte das Bedürfnis gehabt, den Augenkontakt nach wenigen Sekunden zu unterbrechen. Seeger hatte Dreck am Stecken.

»Wieso arbeiten Sie nicht mit uns zusammen?«

»Glauben Sie, ich finde es gut, dass da draußen der Mörder eines kleinen Jungen frei herumläuft?«, verteidigte Seeger sich. »Sie könnten sich und mir viel Zeit sparen, wenn Sie aufhören würden, mir ständig etwas zu unterstellen.«

»Sie müssen zugeben, dass es auffällig ist, wenn erst Ihr Hund von einem Schwarzen getötet und dann wenige Monate später Ihr afrikanischer Adoptivsohn ermordet wird und Sie vergessen zu erwähnen, dass Sie vor Kurzem ein Geschäft im Kongo abgesagt haben.«

»Das waren nicht wir, das Wirtschaftsministerium hat den Stecker gezogen. Außerdem ist das bereits vier Monate her. Wieso sollte sich jetzt jemand an mir rächen?«, erwiderte Seeger kühl.

Morelli holte zum nächsten Schlag aus. »Kennen Sie diesen Mann?«, fragte er und hielt Seeger sein Smartphone mit dem Phantombild ein wenig zu dicht vor die Nase, sodass er unwillkürlich zurückzuckte.

»Nein, wer soll das sein?«

»Schauen Sie es sich genau an.«

»Ich kenne ihn nicht. Ist das der Mörder des Jungen?«

»Sie klingen nicht so, als ob Ihnen der Tod Ihres Sohnes sonderlich nahegeht«, bemerkte der Kommissar. Treffer.

Seeger atmete tief durch. »Natürlich geht es mir nahe, dass ein kleiner Junge in meinem Garten ermordet wurde. Aber ich kannte ihn kaum. Wir hatten ihn erst seit drei Tagen bei uns. Da baut man keine tiefe emotionale Beziehung auf.«

»Apropos emotionale Beziehung. Wieso sind Sie eigentlich nicht zu Hause? Welche Geschäfte sind so wichtig, dass sie es wert sind, die eigene Frau in so einer Situation allein zu lassen?«

»In meiner Position kann man sich nicht einfach krankmelden«, erklärte Seeger. »Hier kann jede Entscheidung zig Millionen Euro und Tausende Arbeitsplätze kosten. Glauben Sie nicht, dass ich jetzt lieber zu Hause wäre?«

»Nein«, antwortete der Kommissar.

Als Morelli Seegers Büro verließ, wartete vor der Tür dessen besorgte Sekretärin. Sie warf ihm einen abfälligen Blick zu und huschte schnell zu ihrem Chef hinein, um zu sehen, ob er etwas wünschte. Morelli schaute ihr nach, als sie betont vehement die Tür hinter sich schloss. Ganz schön fürsorglich die Dame. Wenn die beiden nur Chef und Sekretärin sind, dann geh ich zurück in den Streifendienst, dachte er, als er in den Fahrstuhl stieg.

* * *

Eva hatte Anna Seeger mitgeteilt, dass sie Rahima gern allein vernehmen wollte. Sie konnte der Adoptivmutter ansehen, dass ihr das nicht recht war, aber schließlich hatte sie sich geschlagen gegeben und sich in die Küche zurückgezogen.

Als Eva in Rahimas Kinderzimmer trat, sah sie, dass sich die Dolmetscherin erfolgreich dem Kind angenähert hatte. Zumindest redete Rahima mit ihr. Allerdings war *Siyo, siyo, siyo* die einzige Antwort, die Rahima für die junge Afrikanerin übrig hatte. Was so viel wie *nein* bedeutete, wie die Übersetzerin erklärte. Aber wenigstens war Rahima aus ihrer Ecke hinter der Kommode hervorgekommen. Sie saß jetzt mit angezogenen Beinen, die Arme um die Knie geschlungen, auf dem Bett und warf Eva hin und wieder einen musternden Blick zu. Eva lächelte sie aufmunternd an, aber die Augen des Mädchens blieben leer. Sie zog sich einen der Kinderstühle an einen kleinen Tisch neben dem Eingang, um Rahima so viel Raum wie möglich zu lassen.

Nach einer halben Stunde *siyo, siyo, siyo* gab die Dolmetscherin auf. Sie drehte sich um und wandte sich an Eva. »Sie möchte nicht darüber reden.«

»Wir müssen sie zum Reden bringen. Sie ist unsere einzige Zeugin«, insistierte Eva.

»Manche Menschen brauchen Jahre, bis sie endlich über ein traumatisches Erlebnis sprechen können.«

»Das ist mir bewusst. Ich hab den Antrag auf psychologische Betreuung schon ausgefüllt. Sobald jemand frei ist, wird sich eine Psychologin um Rahima kümmern. Aber wir dürfen jetzt keine Zeit verlieren.«

Die Übersetzerin schüttelte ihren Kopf. »Wenn wir sie zwingen, sich an alles zu erinnern, kann das schwere, vielleicht sogar irreparable Schäden hinterlassen. Verdrängen kann eine Schutzfunktion des Körpers sein. Es ist manchmal überlebenswichtig.«

Der Streit hatte Rahima aus ihrer Lethargie gerissen. Interessiert schaute sie von einer Frau zur anderen. Eva wurde ungeduldig. Die Antwort darauf, wer Abasi ermordet hatte, war zum Greifen nahe. Doch ihr fehlte das richtige Werkzeug, um sie aus Rahima herauszubekommen. »Wir haben Sie als Übersetzerin hergebeten. Nicht als Psychologin. Und als solche bitte ich Sie jetzt, meine Fragen zu übersetzen!«, versuchte Eva es eine Spur vehementer.

»Sie können nicht bestimmen, was ich tue.«

Verständnislos sah Eva die Afrikanerin an.

»Jeden Tag treffe ich auf Leute wie Sie, die sich einbilden, es besser zu wissen, nur weil sie weiß sind«, stieß Habeebah wütend aus.

Das hatte ihr gerade noch gefehlt. »Darum geht es hier doch gar nicht. Hier geht es darum, dass ein Landsmann von Ihnen ermordet wurde«. Eva hoffte, Habeebah damit zur Zusammenarbeit bewegen zu können.

»Er ist kein Landsmann, ich bin Deutsche. Und meine Eltern kommen aus Uganda. Aber für Sie sehen wir sowieso alle gleich aus.«

Eva schrie innerlich auf. Das Ganze lief völlig aus dem Ruder! Sie musste die Situation wieder unter Kontrolle bekommen. »Es tut mir sehr leid, wenn ich Ihre Gefühle verletzt habe. Ehrlich.« Eva konnte sehen, dass sich die Dolmetscherin langsam wieder entspannte. Fast hatte sie den Eindruck, als würden selbst ihre Haare nicht mehr ganz so wütend von ihrem Kopf abstehen. »Können wir jetzt mit der Befragung weitermachen?«

»Nein«, antwortete Habeebah.

»Zeigen Sie ihr zumindest das Phantombild und fragen Sie sie, ob sie den Mann schon einmal gesehen hat!«

»Das werde ich nicht tun.« Habeebah griff beleidigt ihre Handtasche. Liebevoll strich sie Rahima über den Arm und wünschte ihr »Bahati nzuri.« *Viel Glück.* Dann rauschte sie aus dem Raum.

Eva schaute ihr fassungslos hinterher. »Das können Sie nicht machen, wir brauchen Sie. Es geht hier um einen Mord«, aber da fiel auch schon die Zimmertür hinter der Übersetzerin zu.

»Ist alles in Ordnung?« Anna Seeger schaute fragend durch die geöffnete Tür. »Ihre Dolmetscherin ist gerade aus dem Haus gerannt.«

Eva trat auf die Galerie vor Rahimas Kinderzimmer. Von dort aus hatte sie einen freien Blick auf das Wohnzimmer und den Garten. Der hintere Teil des Grundstückes war noch immer abgesperrt, allerdings hatten die Kollegen jetzt ihre Spurensuche auf das Gebiet um die Mauer herum ausgeweitet. »Sie hatte noch einen Termin«, erklärte sie, um der Peinlichkeit der Wahrheit zu entgehen. Sie wog ihre Optionen gegeneinander ab. Habeebah würde ihnen heute nicht mehr weiterhelfen. Sie wusste, dass sie sie für eine offizielle Übersetzung brauchte. Aber ihr blieb keine Wahl, sie benötigte Rahimas Aussage. »Könnten Sie vielleicht noch einmal Tomke Krieger anrufen?«

Eine halbe Stunde später stand Eva mit Tomke Krieger vor Rahimas Zimmertür. Krieger betrachtete aufmerksam das Bild auf Evas Handy. Jetzt erst sah sie, dass er Sommersprossen unter seinen grauen Augen hatte. Er stand dicht neben ihr, um das Bild besser erkennen zu können, und Eva konnte sein Duschgel riechen. Für einen kurzen Moment überlegte sie, ihn zu fragen, welche Marke er benutzte, um dasselbe Produkt für Lars zu kaufen.

»Das könnte so ziemlich jeder zweite Afrikaner sein«, meinte Krieger zu der etwas naiv wirkenden Zeichnung eines Mannes mit kurzgeschorenen Haaren, breiter Nase und großem Mund.

»Die Zeugin hat ihn aus einiger Entfernung gesehen. Außerdem ist das Ganze schon drei Monate her.«

»Und wie kommen Sie darauf, dass das der Mann ist, der Abasi ermordet hat?«, fragte Krieger.

»Das ist nur ein Tatverdächtiger«, berichtigte Eva ungeduldig seine Aussage. »Aber das spielt auch keine Rolle. Fragen Sie Rahima einfach, ob sie den Mann kennt.« Wieso war es so schwer, Rahima diese einfache Frage zu stellen?

Krieger musterte die Kommissarin für einen Moment. »Okay.« Eva atmete auf.

Zurück in Rahimas Spieleparadies setzte sich Krieger neben Rahima und plauderte erst ein wenig in einem freundlichen Ton mit ihr. Doch das Mädchen schien seine Worte für heute aufgebraucht zu haben. Wieder starrte es nur stumm auf einen Punkt vor seinen Füßen.

»Zeigen Sie ihr das Bild«, bat Eva den Entwicklungshelfer.

Tomke Krieger holte Evas Handy hervor und zeigte Rahima den Bildschirm. »Unajua mtu huyu?«, fragte er. *Kennst du diesen Mann?*

Aber das Mädchen reagierte nicht.

»Fragen Sie sie, ob er ihren Bruder ermordet hat.«

»Je, alimuua ndugu yako?«, übersetzte Krieger und hielt dem Kind das Display direkt vor das Gesicht. *Hat er deinen Bruder getötet?*

Rahima fokussierte die Zeichnung und blieb erstaunt auf dem Bild hängen.

»War er es?«, forderte Eva Krieger zu übersetzen auf.

»Je, yeye ndiye?« *War er es?*

Rahima zögerte.

»Je, yeye ndiye?«, wiederholte Eva Kriegers letzte Worte. Rahima schaute vom Bild auf und Eva direkt ins Gesicht, dann zu Krieger und wieder zurück zu Eva. Sie überlegte einen Moment. Dann nickte sie.

* * *

Eva hatte sofort die positive Identifizierung des Phantombilds an Dreier durchgegeben. Sie bat Tomke Krieger, sie nach draußen zu begleiten, um ihm noch ein paar Fragen zu stellen. Sie gingen ein Stück die Ausfahrt hinunter, schweigend. Krieger hatte sich seine Kapuzenjacke übergezogen, sie selbst schloss ihre Jacke bis zum Kragen. Keine Frage, der Sommer war vorbei. Es roch nach frisch gewaschener Natur, die Geräusche der Straße hinter der Mauer drangen nur gedämpft zu ihnen herein. Selbst die ewig lärmende Presse schien verstummt zu sein. Jetzt, im Tageslicht, fiel Eva auf, dass Kriegers jugendliches Aussehen sie in der Nacht zuvor getäuscht hatte. Feine Falten spannten sich um seine Augen und seinen Mund.

»Stört es Sie, wenn ich rauche?«, fragte Krieger, und die Kommissarin schüttelte den Kopf. Zu ihrem Erstaunen sah sie, wie Krieger auf einen parkenden Sportwagen zuging und ein Packung Zigaretten herausholte. Sie folgte ihm.

»Fahren alle Entwicklungshelfer Ihrer Organisation Sportwagen?«

»Gehört einem Freund.«

»Nette Freunde haben Sie.«

»Wollen wir uns hier wirklich über meine Freunde unterhalten?«, fragte Tomke Krieger äußerst direkt, aber nicht unfreundlich.

»Sie haben gestern gesagt, dass das Camp, in dem Sie arbeiten, sonst nichts mit Adoptionen zu tun hat. Wie kommt es, dass Sie in diesem Fall eine Ausnahme gemacht haben?«, wechselte Eva das Thema.

»Irgendwann ist immer das erste Mal«, wich Tomke Krieger aus.

Eva war froh, die Oberhand über das Gespräch zurückzugewinnen. »Wieso hat Ihr Camp in diesem Fall eine Ausnahme gemacht und einem reichen deutschen Paar zu zwei Kindern verholfen? Sie müssen doch zugeben, dass das Fragen aufwirft.«

»Es ist alles legal gelaufen«.

»Das war nicht meine Frage.« Die Kommissarin registrierte, dass Krieger ihr nicht sagen wollte, welche Verbindung zwischen den Seegers und dem Flüchtlingscamp bestand. »Welche Rolle hat es gespielt, dass Anna Seegers Eltern die Besitzer des Camps sind?«

Krieger seufzte. »Ja, Annas Eltern finanzieren Lichtblicke. Und Anna Seeger hat uns immer wieder unterstützt. Sie hat Hunderte Leben gerettet. Wieso sollten wir ihr da nicht helfen, wenn sie zwei Kindern eine Chance auf ein Leben in Frieden bieten will? Das heißt aber nicht, dass irgendetwas bei der Sache nicht mit rechten Dingen zugegangen ist. Die Adoption ist vorschriftsgemäß durchgeführt worden.«

»Sie halten es also für einen reinen Zufall, dass ausgerechnet die Tochter der Campgründer und ihr Mann die einzigen Menschen sind, die je ein Kind aus ihrem Flüchtlingslager adoptiert haben?«

»Nein, natürlich nicht. Es ist eher so, dass sonst niemand einfach mal so bei uns vorbeikommt, der auf der Suche nach einem Kind ist. In den Ostkongo fährt man nicht, wenn man nicht lebensmüde ist.«

»Kennen Sie den Mann von dem Phantombild?«, fragte Eva.

Krieger schüttelte den Kopf. »Was glauben Sie, warum hat er Abasi umgebracht?«, antwortete er mit einer Gegenfrage.

Eva nahm eine Veränderung an ihm wahr. Jetzt hatte er nicht mehr die geringste Ähnlichkeit mit einem Surfer. Im Gegenteil, er wirkte auf einmal sehr, sehr alt. Sein sonst so klarer Blick war plötzlich verschwommen. Irgendetwas an dem Mann konnte sie nicht richtig greifen. »Was denken Sie?«

Krieger überlegte einen Moment. »Dass es mit Seegers Geschäften zusammenhängt.«

»Also ein Mord aus Rache für etwas, das sein Adoptivvater getan hat?«

Er nickte. »Welchen Grund sollte es sonst geben?«

»Sie kennen die Kinder am besten. Sagen Sie's mir.«

Krieger zuckte zusammen, als würde ein plötzlicher Schmerz ihn durchfahren.

»Alles in Ordnung?«, fragte Eva besorgt.

»Ich brauch nur etwas Schlaf«, versuchte Krieger, sie zu beruhigen. Und tatsächlich. Er sah auf einmal so aus, als hätte er seit Tagen kein Auge zugemacht.

»Sind Sie sicher?«

Krieger lächelte sie an. »Machen Sie sich um mich keine Sorgen.«

Und wieder trafen sich ihre Blicke, einen Moment länger als üblich. »Haben Sie noch Fragen, oder kann ich jetzt gehen?«

Eva überlegte kurz. Sie merkte, dass sie ihn gerne weiter befragt hätte, aber ihr fiel beim besten Willen keine vernünftige Frage mehr ein. »Nein, das wäre es für den Moment.«

Krieger reichte Eva zum Abschied die Hand. Sie spürte noch für Sekunden die angenehme Berührung seiner warmen Haut, auch als Krieger bereits in den Wagen gestiegen und losgefahren war. Sie wollte schon wieder zurück zum Haus gehen, da fiel ihr doch noch etwas ein. Sie warf einen letzten Blick auf den Sportwagen und sein Kennzeichen. Mal sehen, was das für ein großzügiger Freund war, den Krieger da hatte. Dann glitt ihr Blick nach oben, und zu ihrer Überraschung stellte sie fest, dass Krieger sie durch seinen Rückspiegel beobachtete, während er darauf wartete, dass sich das Tor öffnete. Er hielt ihrem Blick stand, bis die Ausfahrt frei war. Dann gab er Gas.

* * *

Das ganze Dorf hatte ein Fest gefeiert. Zwei Jeeps waren durch den Dschungel gekommen, und weiße Männer mit blauen Helmen hatten Säcke mit Hirse gebracht. Vor einigen Wochen hatten die Rebellen das Dorf überfallen und alles mitgenommen, was sie finden konnten. Selbst die Maniokwurzeln hatten sie aus der Erde gezogen. Seitdem waren sie alle schrecklich hungrig gewesen, aber Abasi hatte es am schlimmsten getroffen. In den letzten Tagen wollte er gar nicht mehr aufstehen. Jetzt, nach einer Schüssel Brei, breitete sich ein wohliges Lächeln auf seinem Gesicht aus. Rahima bekam schon langsam Bauchschmerzen, so viel gab es heute zu essen. Die Männer in den Jeeps hatten gesagt, dass sie bald wiederkämen, wenn die Straße sicher sei. Sie hatten nach allen Namen und Geburtsdaten gefragt, und einer von ihnen hatte Rahima gezeigt, wie man ihren Namen schrieb. Niemand im Dorf wusste genau, wann er geboren war, aber das machte den Männern nichts aus. Sie hatten einfach ein paar Zahlen in ihre Computer eingetragen. Jeder musste seinen rechten Daumen auf eine Glasplatte in einem kleinen Kasten legen, der durch ein Kabel mit dem Computer verbunden war. Für die Wahlen, hatten sie erklärt, aber Rahima wusste nicht, was das war. Dann hatten sie Fotos gemacht. Rahima hatte schon vorher Fotos gesehen, in Zeitungen, die ihr Vater von seinen Ausflügen zum Markt mitbrachte, aber das war das erste Mal, dass sie ein Foto von sich selbst sah. Von jedem hatten sie ein Foto gemacht. Von allen Erwachsenen und allen Kindern. Sie hatten glitzernde silberne Platten ausgepackt, um die Sonne zu sammeln, hatten sie erklärt und dann jedem einen Ausweis ausgedruckt. Die Männer waren sehr nett zu ihnen gewesen. Einer hatte ihr sogar erlaubt, sein Haar anzufassen; er war sehr groß und hatte gelbes, an den Spitzen fast weißes, weiches Haar. Er hatte ihr zugewinkt, als er mit den anderen wegfuhr. Heute Nacht würden sie alle gut schlafen.

* * *

»Das klingt nicht, als ob Sie alles unter Kontrolle hätten«, erklärte Fauconnier in fast akzentfreiem Deutsch in sein Satellitentelefon. Wenn er eins hasste, dann war das Unzuverlässigkeit. Bordieu verlor sich am anderen Ende der Leitung in langen Rechtfertigungen, aber Fauconnier hörte schon längst nicht mehr zu. Sein Blick wanderte durch die große Glasfront seiner Villa an das Ufer seiner kleinen Insel mitten im Kivusee. Der Nebel verzog sich langsam vom Wasser, Wolken krochen die Abhänge der Virunga-Vulkankette hinunter. Die ewig präsente Rauchfahne über dem Nyiragongo erschien ihm heute größer als üblich.

Es war schon seit dem frühen Morgen ungewöhnlich warm. Normalerweise stiegen die Temperaturen tagsüber selten über 25 Grad Celsius und sanken nachts auch nicht weit unter 15. Aber heute war es bereits beim Frühstück unangenehm drückend. Er hatte unruhig geschlafen, sein Magen machte ihm wieder zu schaffen. Und die Hitze. Er trat auf die Veranda, lehnte sich an das handgeschnitzte Geländer und ließ seinen Blick über den Kivusee schweifen.

Die Insel war Fauconniers Privatreich; außer seiner Villa und den beiden Gästebungalows gab es auf ihr nur noch die Hütten seiner Bediensteten. Sein Vater hatte in weiser Voraussicht die Insel noch während der ruhigen und sicheren Zeit der Kolonialisierung gekauft und das Haus bauen lassen. Während der Unruhen, die nach der Unabhängigkeit des Landes ausgebrochen waren und seitdem immer wieder die Region heimgesucht hatten, war die Insel Gold wert gewesen. Im Keller lagerten jederzeit genügend Vorräte, um mehrere Monate überleben zu können. Aber bis jetzt war es nie nötig gewesen, auf Konserven zurückzugreifen. Selbst wenn das Gebiet um die Seen heftig umkämpft wurde, lief der Betrieb auf der Insel dank der beiden Helikopter, die hinter dem Haus parkten, weiter wie gewohnt.

»Ich werde mich darum kümmern. Sie bekommen eine Telefonnummer«, sagte Fauconnier und legte auf. Er würde sich Bordieus Problem annehmen. Und danach einen Ersatz für ihn suchen.

* * *

Marius Morelli war in die Düsseldorfer Innenstadt gefahren und hatte seinen Wagen in einem Parkhaus an der Kö abgestellt. Vor der Tür des Konsulats schaute er anerkennend einer attraktiven Endzwanzigerin hinterher, als er fast von zwei Damen, die mit Einkaufstüten beladen waren und bereits ihre Pelzmäntel trugen, überrannt wurde.

»Hast du den gesehen, steht einfach im Weg«, fragte die eine Pelzmantelträgerin die andere.

»Es wird immer schlimmer mit den Ausländern. Lungern den ganzen Tag auf der Straße herum.«

Morelli war sprachlos. Hatten diese Fregatten ihn gerade als herumlungernden Ausländer bezeichnet?

»Dumme Schnepfen«, war alles, was er hervorbrachte.

Die Dame mit den blondierteren Haaren befürchtete offensichtlich, dass der Ausländer gleich ausrasten würde, und zog ihre Freundin schnell in ein Juweliergeschäft in Sicherheit.

»Wie können Sie sich bloß für etwas Besseres als andere halten, wenn Ihre einzige Aufgabe darin besteht, das Geld Ihrer Männer auszugeben?!«, rief Morelli ihnen nach. Aber da schloss sich bereits die Tür hinter den beiden.

Ein wenig länger als nötig drückte er auf die Klingel neben einem dezenten goldenen Schild, das verkündete, dass sich in diesem Gebäude die Vertretung der Demokratischen Republik Kongo befand. Er stieg die Treppe in die zweite Etage hoch. Ein roter Läufer bedeckte die Stufen und führte Morelli zu einer wuchtigen Mahagonitür. Ein dicker beigefarbener Teppich dämpfte seine Schritte, als er nach dem leisen Surren des Türöffners den Empfangsbereich betrat. Die Einrichtung war minimalistisch, aber sorgsam durchdacht; selbst Morelli bemerkte, dass allein das Lichtdesign schweineteuer gewesen sein musste. Dezente Lampen bestrahlten afrikanische Masken und Statuen, die die Wände zierten. Eine äußerst attraktive dunkelhäutige Empfangsdame mit einem perfekt gestylten Pagenschnitt brachte ihm einen frischen Kaffee und bat ihn, einen Moment zu warten. Dr. Bordieu würde ihn sofort empfangen, er müsse nur noch ein wichtiges Telefonat führen. Morelli betrachtete ausführlich ihre attraktive Rückansicht, als sie in ihrem eng anliegenden hellen Kostüm zurück hinter den Empfangstresen stöckelte.

Jioni Amsini Mpasi wusste, dass der junge Polizist auf ihren Hintern starrte. Sie wusste auch, dass ihr Chef mit ziemlicher Sicherheit nicht telefonierte, sondern das nur vorgab – wie immer, wenn er jemanden empfing –, um wichtiger zu wirken. Er hatte das nötig, um ernst genommen zu werden; davon zeugte auch sein gekaufter Doktortitel. Andererseits – vielleicht brauchte er die Zeit heute wirklich, um sich zu sammeln. Er hatte nach dem Besucher am frühen Morgen sehr aufgewühlt gewirkt und überhaupt nicht erfreut auf die Ankündigung reagiert, dass die Polizei einen Termin wollte. Wenige Minuten später summte ihre Sprechanlage.

»Sie können den Herrn jetzt hereinlassen.«

Jioni stand auf, um dem Kommissar persönlich den Weg durch das Konsulat zu zeigen und ihn durch einen kurzen Flur zum Büro ihres Chefs zu begleiten. Sie machte ihm die Freude und ging vor ihm her. Was sollte es, sie wurde schließlich dafür bezahlt. Ihre guten Noten in ihrer kaufmännischen Ausbildung hatten ihr den Job auf jeden Fall nicht verschafft.

Morelli betrat das Büro und starrte Dr. Bordieu verwundert an.

»Sie sind also der kongolesische Botschafter?«

Der Mann, der ihn begrüßte, war mittelgroß, hatte einen Wohlstandsbauch, Halbglatze und Schnurrbart und war um einiges weißer als Morelli selbst.

»Sie haben wohl was Dunkleres erwartet«, konstatierte Bordieu zur Begrüßung. Er drückte Morelli kraftvoll die Hand. Jetzt kam es darauf an, Ruhe und Stärke zu demonstrieren. »Und nein, ich bin nicht der Botschafter. Düsseldorf hat nur ein Konsulat. Ich bin Honorarkonsul.«

Morelli hatte sich wieder gefasst. »Es ist nur, das Bild in der Zeitung …«

»Keine Ahnung, wo der Express das herhat. Sieht aus wie von einem afrikanischen Kriegsverbrecher«, erklärte Bordieu. »Völlig absurd«, fügte er kopfschüttelnd hinzu. Sein Gehirn arbeitete auf Hochtouren. Es war nur verständlich, dass die Polizei in der jetzigen Situation Seegers berufliches Umfeld beleuchtete. Das hatte überhaupt nichts zu bedeuten, versuchte er sich zu beruhigen. Was wusste der Polizist? Was konnte er ihm sagen, was verschweigen, ohne sich verdächtig zu machen?

»Sind Sie Kongolese?«, wollte Morelli wissen.

»Als Honorarkonsul braucht man nicht die Staatsbürgerschaft des Landes zu haben, das man vertritt. Ich bin so deutsch wie Sie. Belgischer Großvater väterlicherseits, daher der Name«, spulte er zum hundertsten Mal die Erklärung zu seinem Beruf herunter.

Die beiden Männer hatten sich in einer Sitzecke niedergelassen, in der Kaffee und Gebäck bereitstanden. Aus dem Fenster sah man auf die Baumkronen der Kö. Dunkles Parkett lag auf dem Boden des Raumes, in dem schwarze Holzregale geschmackvoll Bücher und Kunstgegenstände beherbergten. Bordieu wusste, wie man sich zu präsentieren hatte. Und das hatte bestimmt einen Haufen Geld gekostet.

»Wie Sie sich sicher denken können, bin ich wegen des Mordes an Abasi Mulumba Besungu hier.«

Bordieu nickte.

»Erzählen Sie mir von den Geschäften, die Sie mit seinem Vater, Hagen Seeger, geplant hatten.«

»Da gibt es nicht viel zu erzählen.«

»Erzählen Sie es trotzdem.«

»Das Bundesministerium für Wirtschaft suchte nach einer Möglichkeit, im Kongo zu investieren. England und Frankreich tun das längst, aber die Deutschen waren bis jetzt zu zaghaft. Als dann die Chinesen auf den Markt drängten, hat man endlich auch bei uns begriffen, dass wir uns um die Rohstoffe kümmern müssen, wenn wir in Zukunft noch welche bekommen wollen.«

»Und an welcher Stelle ist Herr Seeger ins Spiel gekommen?«, hakte Morelli nach.

»Das Ministerium brauchte einen Investor aus der Wirtschaft. Und *Stronck* war interessiert. Als Chemieriese sind sie auf Coltan angewiesen; da lag es nahe, ein eigenes Bergwerk zu bauen, um den Nachschub zu sichern. Wir hatten große Pläne. *Stronck* hatte sogar überlegt, nach einem erfolgreichen Start auch noch ein Werk zur Veredelung des Coltans in Tantal zu bauen. Wer weiß, vielleicht wären irgendwann die Handyfirmen nachgezogen. Das wäre ein erster Schritt, das Land wirklich von seinen Rohstoffen profitieren zu lassen, wenn es gelingen würde, anspruchsvollere Arbeitsplätze vor Ort zu schaffen. Afrika ist das neue China. Oder könnte es zumindest sein, wenn die Kongolesen aufhören würden, alles kurz und klein zu schießen, was bei ihnen aufgebaut wird. Aber darum geht es ja gerade. Man muss investieren, damit das Land auf eigene Füße kommen kann. Deutschland kann so viele Brunnen bohren, wie es will. Aber solange die Leute da unten keine anständige Arbeit haben, werden die Mayi-Mayi sich nicht über Nachwuchsmangel beklagen können.« Bordieu war abgeschweift, er hatte den Faden verloren. Er hatte seine Rede zum Wiederaufbau des Kongo so häufig aufgesagt, dass er auf Autopilot geschaltet hatte. Er musste sich besser konzentrieren. »Wo war ich?«

»Das Bergwerk ist nicht gebaut worden«, half Morelli weiter.

»Genau.« Bordieu beruhigte sich. Der Bulle hatte nicht die geringste Ahnung. »*Stronck* ist dann stattdessen nach Malaysia gegangen.«

»Vor drei Monaten ist ein schwarzer Mann dabei beobachtet worden, wie er auf das Grundstück der Seegers eindrang und den Hund der Familie ermordet hat.« Morelli zeigte dem Konsul das Phantombild. »Haben Sie irgendeine Ahnung, wer das gewesen sein könnte?«

Bordieu hatte Mühe, seine Züge unter Kontrolle zu halten, als er das Gesicht erkannte. Das durfte einfach nicht wahr sein! Es klopfte an der Tür, und Jioni kam genau zum richtigen Augenblick herein, mit einem weiteren Teller Keksen in der Hand. Sie stellte ihn auf dem Tisch ab und verließ hüftschwingend den Raum. Der Kommissar war ganz im Bann ihrer weiblichen Kurven. Zeit genug für Bordieu, sich wieder zu sammeln. »Ich hab ihn noch nie gesehen. Auch wenn ich für den Kongo arbeite, kenne ich nicht jeden Afrikaner im Rheinland«, sagte er leichthin. Morelli nickte, er schien nichts gemerkt zu haben.

Als der Kommissar gegangen war, griff Bordieu zu dem Prepaidhandy, das ihm die Russen für ein Vielfaches seines ursprünglichen Preises verkauft hatten. Er wählte mit feuchten Fingern, aber der Anruf ging ins Leere. Ohne zu klingeln sprang eine automatische Ansage an, die »the person you have called is temporarily not available«, verkündete. Vermutlich hatte sein Gesprächspartner sein Handy direkt nach seinem letzten Anruf entsorgt. So, wie er es eigentlich auch längst hätte tun sollen. Wütend feuerte er das Handy in die Ecke, wo es in seine Bestandteile zerbrach.

* * *

Eva konnte es nicht erwarten, ins Präsidium zurückzukehren und mit ihren Kollegen über ihre neuen Erkenntnisse zu reden. Ungeduldig schaute sie auf die Uhr. Seit zehn Minuten wartete sie jetzt schon auf den Geschäftsführer der Bergisch-Gladbach Hoch Tief, mitten in einem Gewerbegebiet, das grauer nicht hätte sein können. Baupläne hingen an den Wänden. Regale quollen über vor Aktenordnern, und auch der Schreibtisch des Ingenieurs war unter einem Wust von Papieren begraben. Aus dem Fenster konnte sie Container sehen, die aufeinandergestapelt waren und als Büros dienten. Sie hatte einmal einen Bericht gesehen, in dem ein Zusammenhang zwischen dem Anstieg von Containerbüros und der Abnahme fester Verträge hergestellt wurde. Anscheinend mussten sich die Gebäude der Flexibilität der Arbeitsverträge anschließen. Ihr Mann hatte nur schulterzuckend erklärt, dass das eben der Lauf der Dinge sei, aber sie musste seitdem jedes Mal, wenn sie so ein Containerbüro sah, daran denken, wie es wohl war, eine Familie zu ernähren, wenn man nicht wusste, ob man im nächsten Quartal überhaupt noch einen Job hatte. Henrik Schäfer eilte in den Raum und begrüßte die Kommissarin freundlich. Er trug ein großkariertes Hemd und eine Brille mit Metallrahmen. Nach seinem kräftigen Händedruck zu urteilen, konnte Eva sich gut vorstellen, dass Schäfer sich auf seinen Baustellen sehr viel wohler fühlte als hinter seinem Schreibtisch.

»Sie sind sicher wegen dem Jungen vom Seeger hier. Ich hab es schon in den Nachrichten gehört.«

»Genau«, sagte Eva und nahm einen Schluck von dem lauwarmen Filterkaffee, den Schäfers Sekretärin ihr in der Zwischenzeit serviert hatte.

»Obwohl, um ehrlich zu sein, weiß ich gar nicht, wie ich Ihnen helfen kann«, meinte Schäfer.

»Da machen Sie sich mal keine Sorgen. Beantworten Sie einfach meine Fragen, damit helfen Sie mir schon genug.« Die Kommissarin stellte ihre Tasse auf Schäfers Schreibtisch, holte ein Notizbuch aus ihrer Handtasche und schlug es auf.

»Na dann schießen Sie mal los.«

»Erzählen Sie mir von Ihren Geschäftsbeziehungen zu Seegers.«

»Das kann ich kurz halten. Es bestehen keine«, antwortete Schäfer und ließ sich in seinen Schreibtischstuhl fallen.

»Aber Sie sollten doch für *Stronck* ein Coltanwerk im Kongo bauen, oder?«

»Genau. Das war der Plan. Aber dann hat das Bundesministerium für Wirtschaft entschieden, das Projekt nicht zu fördern. Und damit war es gestorben.«

»Ich dachte, die Nachfrage nach Coltan ist ungebrochen steigend?« Eva hatte ihre Hausaufgaben gemacht.

»Ist sie auch. Die ganze Welt braucht Coltan. Oder besser gesagt, das Tantal, das daraus gewonnen wird. Es ist im Akku von jedem Handy, jedem Laptop, jedem Elektroauto dieser Welt. Da kommt einiges zusammen. Es ging bei der Förderung auch weniger um das Geld, als um den Dodd-Franck Act.«

Jetzt hatte Schäfer Eva verloren. »Um was?«

»Den Dodd-Franck Act. So heißt ein Bundesgesetz, das die Amerikaner erlassen haben. Es bestimmt, dass alles, was in den USA verkauft wird, aus konfliktfreien Rohstoffen hergestellt sein muss. Und ohne die Zusammenarbeit mit dem Ministerium hätte das Coltan nicht mehr den Stempel *konfliktfrei* bekommen. Deswegen ist das Projekt gestorben.«

»Verstehe«, sagte Eva, auch wenn das nicht wirklich der Fall war.

»Das Ganze ist jetzt schon 4 Monate her. Ich fürchte, Sie sind da einer falschen Fährte der Medien aufgesessen. Mit dem Projekt Kivu hängt der Tod des kleinen Jungen sicher nicht zusammen.«

Eva war schon auf dem Weg nach draußen, als ihr Blick auf

eine ganze Reihe von Ordnern mit der Beschriftung *Kongo/Brunnen* fiel. Sie blieb vor dem Regal stehen, und Schäfer folgte ihrem Blick.

»Für uns hat das Ganze noch eine positive Wendung genommen. Das Bundesministerium hat uns damit beauftragt, im Rahmen der Entwicklungshilfe Brunnen im Kongo zu graben. Sie hatten vermutlich ein schlechtes Gewissen, weil wir schon so viel in die Vorbereitung des Coltanprojekts investiert hatten. Naja. So haben die Afrikaner doch noch etwas davon.«

Und ihr vermutlich noch viel mehr, dachte Eva.

* * *

Eva hatte endlich die Zeit gefunden, einen Ordner für ihren Fall anzulegen. Sie saß in ihrem kleinen Büro an ihrem aufgeräumten grauen Standardschreibtisch und tippte ihren Bericht über die Gespräche des Tages und des vergangenen Abends in ihren Computer. Anschließend druckte sie die Blätter direkt aus und heftete sie befriedigt ab. Sie hatte am Anfang ihrer Polizeikarriere ein paar Jahre im Archiv gearbeitet und regelmäßig den Kopf darüber geschüttelt, wie schlampig viele Kollegen ihre Berichte verfassten. In der Ausbildung hatte sie gelernt, dass immer wieder Angeklagte aufgrund mangelhaft geführter Dokumentationen frei gesprochen wurden. Ihr würde so etwas nicht passieren, hatte sie sich geschworen. Nicht dass je die Gefahr dafür bestanden hätte. Sie liebte es, wenn die Dinge ihre Ordnung hatten. Eine Eigenschaft, die ihr im Innendienst immer wieder zugutegekommen war. Viertel vor sechs, Zeit für die abendliche Teamsitzung. Befriedigt stellte sie den Ordner in ihren Schiebeschrank. »Lust auf provenzalisches Gemüse mit Hühnchen?«, fragte Lars per SMS. »Und wie«, antwortete sie hungrig. Ihr Magen knurrte laut, um die Antwort zu unterstreichen.

»Glaube an dich selbst, und die Welt wird an dich glauben«, riet ihr der Zettel an ihrem revitalisierenden Tee, den sie sich schnell noch in der Küche gemacht hatte. Zugegeben, der Anfang war ein wenig holprig gewesen, aber sie hatte sich bis jetzt gar nicht so schlecht in ihrem ersten Mordfall geschlagen.

»Und, gibt es schon Reaktionen auf das Phantombild? Hat jemand den Mann wiedererkannt?«, fragte sie, als sie den Besprechungsraum betrat.

Dreier stutzte, dann begriff er, was Eva meinte. »Wir haben es nicht veröffentlicht.«

Eva konnte ihre Überraschung nicht verbergen. »Warum?«

»Weil sonst jeder Idiot seinen afrikanischen Nachbarn darin wiedererkennt. Bestenfalls. Schlimmstenfalls nehmen irgendwelche Schwachköpfe es als Anlass, Asylantenheime anzuzünden und Ausländer zu verprügeln«, erklärte Morelli.

»Selbst wenn unsere Zeugin nicht über achtzig und kurzsichtig wäre, wäre es verdammt schwer, jemanden zu identifizieren, der nicht zur eigenen Ethnie gehört. Das Phantombild ist also zwangsweise unzuverlässig. Und außerdem wäre hier die Hölle los, wenn bekannt wird, dass wir nach einem Schwarzen suchen«, fügte Dreier ein wenig sachlicher hinzu.

Enttäuscht versuchte Eva, sich auf Morellis Ausführungen über Seeger und Bordieu zu konzentrieren.

»Was hast du über die Adoption herausgefunden?«, wandte sich Dreier an sie, nachdem Morelli seinen Bericht beendet hatte.

»Anna Seegers Eltern, dem Ehepaar Steiner, gehört das Flüchtlingscamp. Sie haben den Trägerverein *Lichtblicke für Afrika* gegründet.«

Morelli pfiff anerkennend durch die Zähne.

»Und, gab es weitere Unregelmäßigkeiten?«, wollte Dreier wissen.

»Weitere Unregelmäßigkeiten?«

»Was hast du über den Verein herausgefunden?«

»Naja. Eigentlich nichts weiter. Ich hatte noch keine Zeit, sie durchzuchecken.«

Dreier versuchte erst gar nicht, seine Missbilligung zu vertuschen. »Was hast du denn dann den ganzen Nachmittag gemacht?«

»Berichte geschrieben natürlich.«

Jetzt schauten ihre beiden Kollegen sie ungläubig an.

»Wir müssen doch jeden Tag Berichte schreiben«, verteidigte sich Eva.

»Das stimmt. In der Theorie. Rein praktisch macht man sich in den ersten Tagen kurz vorm Einschlafen ein paar Notizen und schreibt sie dann, wenn wieder mehr Zeit ist, ins Reine«, erklärte Morelli. Eva spürte, dass sie rot anlief.

Dreier nickte. »Gut. Oder auch nicht gut. Wie dem auch sei. Wir haben bis jetzt zwei Ansätze, die beide in den Kongo führen. Erstens die geschäftliche Verbindung des Adoptivvaters. Die Variante halte ich für am wahrscheinlichsten, wenn wir davon ausgehen, dass der Täter auch schon vor drei Monaten zugeschlagen hat. Lange vor der Adoption. Und zweitens die Adoption an sich. Auch wenn es nicht ungesetzlich ist, so hinterlässt es doch einen unschönen Beigeschmack, dass sich die Seegers Kinder aus einem Lager ausgesucht haben, das ausgerechnet ihre Eltern finanziell unterstützen. Langenberg, du klemmst dich dahinter. Gibt es noch andere Unregelmäßigkeiten? Was ist mit den Mitarbeitern, haben die eine saubere Weste? Oder deutet irgendetwas darauf hin, dass sie vielleicht mit Menschenhandel zu tun haben?«

Eva nickte schnell und schrieb den Arbeitsauftrag sorgfältig mit.

»Ich hab noch was anderes. Ich bin mir fast sicher, dass Seeger was mit seiner Sekretärin hat«, erklärte Morelli.

»Wie kommst du darauf?«, wollte Dreier wissen.

»Ich kann es nicht genau sagen. Irgendwas in der Art, wie sie sich angucken. Aber ich könnte wetten, dass zwischen ihnen was läuft«, beharrte der junge Kommissar.

»Das ist zwar nicht schön, aber auch nicht verboten. Durchleuchte den Vater. Und bleib an dem Konsulat dran. Alles, was du ausgraben kannst.«

Eva ging zurück in ihr Büro. Wütend dachte sie an die Berichte. Sie hatte doch nur alles richtig machen wollen! Als sie ihren

Schreibtisch erreichte und ihren Block aus der Tasche holen wollte, konnte sie ihn nicht finden. Er musste noch im Besprechungsraum liegen. Eilig lief sie zurück, die Tür zu dem Raum war nur angelehnt. Sie war schon im Begriff, sie aufdrücken, da hörte sie Dreiers Stimme.

»Ich brauch hier dringend Verstärkung. Das hier ist kein Fall, um Aktenschubserinnen die Arbeit in der Mordkommission beizubringen.« Er schien zu telefonieren und jetzt seinem Gesprächspartner zuzuhören. »Ich weiß, dass gerade niemand frei ist, aber können wir sie nicht austauschen?«

Dreier redete über sie. Offensichtlich wollte er sie so schnell wie möglich aus seinem Team loswerden. Ihr wurde heiß und kalt zugleich. Noch nie hatte sich Eva so geschämt. Sie hörte Schritte, die sich der Tür näherten.

»Das hier ist ein Fall mit großem Medieninteresse. Wir können uns keine Fehler erlauben und müssen schnell Erfolge vorweisen. Und dafür brauch ich jemanden, der weiß, was er tut.«

Eva flüchtete gerade noch rechtzeitig um die Ecke, bevor Dreier den Besprechungsraum verließ. Mit klopfendem Herzen wartete sie, bis er im Treppenhaus verschwunden war. Wie ein Dieb in der Nacht schlich sie in den Raum, um ihren Block zu holen. Auf dem Weg hinaus blieb ihr Blick an Abasis Gesicht hängen. Irgendjemand hatte inzwischen eine Vergrößerung seines Ausweisbildes neben das Foto seines Leichnams gehängt. Große, ernste Augen schauten sie an. Schnell wich sie seinem Blick aus.

* * *

Lars war wenig begeistert gewesen, als Eva ihm gesagt hatte, dass sie noch Überstunden einlegen musste. Sie wollte ihren Chef nicht noch einmal enttäuschen. Vier Stunden später schwirrte ihr der Kopf, als sie hundemüde über den Parkplatz ging und ihren Wagen aufschloss. Wie es aussah, unterstütze Anna Seegers Familie eine Reihe von Hilfsorganisationen in ganz Afrika. Eva war gar nicht bewusst gewesen, wie viele bewaffnete Konflikte es zurzeit in Afrika gab. Sie hatte sich schließlich auf den Ostkongo mit seinen direkten Nachbarn Ruanda und Uganda konzentriert, aber selbst dort war es schwer, die einzelnen Parteien auseinanderzuhalten.

Verschiedenste Rebellengruppen, ugandische Hutu, ruandische Tutsi, Mayi-Mayi-Rebellen, die Demokratischen Kräfte zur Befreiung Ruandas, der Nationalkongress zur Verteidigung des Volkes, die M23 und das kongolesische Militär – alle versuchten, ein Stück vom Kuchen der rohstoffreichen Kivu-Region im Osten der Demokratischen Republik Kongo abzubekommen, um mit den Gewinnen ihre erbitterten Kämpfe zu finanzieren. Und mittendrin *Lichtblicke für Afrika*, die sich überall um Flüchtlinge kümmerten, wo die Konflikte das Leben der Menschen zerstört hatten. Die Camps zu überprüfen würde eine ganze Weile dauern. Die Tatsache, dass *Lichtblicke* bis jetzt nicht aktenkundig geworden war, bedeutete nicht, dass nichts gegen sie vorlag. Im kongolesischen Bürgerkriegschaos könnte eine kriminelle Hilfsorganisation lange operieren, bevor das irgendjemandem auffiel, hatte ihr eine Mitarbeiterin der deutschen Botschaft in Kinshasa erklärt, die freundlicherweise bereit gewesen war, auch lange nach Dienstschluss noch Auskunft zu erteilen. Eva hatte Anfragen an verschiedene Botschaften gestellt und mit Vertretern anderer Hilfsorganisationen gesprochen, aber bis jetzt ohne Erfolg. Sie würde auf die Rückmeldungen am nächsten Tag warten müssen. Sie wollte nichts sehnlicher, als eine lange heiße Dusche und dann ihr Bett, um morgen mit frischem Kopf zu starten. Das Radio sprang automatisch an, als sie den Wagen startete. Sie stellte es aus. Ihr Kopf konnte keine weiteren Informationen mehr aufnehmen. Die Straßen des nächtlichen Düsseldorfs waren leer, dafür sämtliche Parkplätze in ihrem Viertel besetzt. Eine Dreiviertelstunde kurvte sie in immer größer werdenden Kreisen um ihr Zuhause, bis sie schließlich Glück hatte, und ein Wagen seinen Platz verließ. Auch nach dem zweiten Versuch stand ihr Auto ziemlich schräg in der Lücke, aber das musste für diese Nacht reichen.

Niedergeschlagen stieg sie die Stufen zu ihrer Wohnung hoch. »Das Gemüse dürfte inzwischen hin sein«, begrüßte Lars sie schlecht gelaunt. »Das sollte ein Probelauf für das nächste Freitagskochen sein …«

Die berühmten Abende mit Lars' Kommilitonen. Seit Anbeginn dieser Pärchenabende hatte sich ein Wettkampf darüber entsponnen, wer besser kochte, schöner wohnte und dabei noch am entspanntesten aussah. Obwohl, den Kampf hatten sie schon lange verloren, weil sie die Letzten ohne Haus und ohne Nachwuchs waren. Das würde kein Gemüse der Welt mehr ändern.

»Ich hab sowieso keinen Hunger«, entgegnete Eva. Müde hängte sie ihre Jacke an die Garderobe.

»Wie wäre es dann mit einem heißen Bad und einer Massage?«. Lars umarmte sie von hinten. Sie wunderte sich über diesen plötzlichen Stimmungswechsel, doch dann fiel ihr ein, dass Lars vermutlich immer noch an Projekt *Baby* arbeitete. Aber Sex war das Letzte, was sie jetzt wollte. Als ihr Mann sie zu sich zog und sie küssen wollte, drehte sie sich zur Seite.

»Nicht jetzt. Ich bin gerade erst angekommen«, wehrte sie ab.

»Wir verpassen den Zyklus, wenn wir heute keinen Sex haben. Wir können nicht ewig warten«, erwiderte Lars. Erst letzte Woche hatte er ihr eine Tabelle gezeigt, auf der der Zusammenhang zwischen Alter und nachlassende Fruchtbarkeit dramatisch visualisiert wurde.

Eva seufzte. »Ich will so kein Baby machen. Mein Kopf ist noch bei dem Fall.«

»Du musst lernen, die Arbeit im Präsidium hinter dir zu lassen.« Lars' gut gemeinter Ratschlag kam bei Eva als Vorwurf an.

»Vielleicht hat Abasi es verdient, dass wenigstens ein Mensch auch nach Büroschluss noch an ihn denkt.« Das stimmte eigentlich nicht. Nicht der Junge hatte sie beschäftigt, sondern die schmerzenden Worte ihres Vorgesetzten. Aber jetzt, wo sie Abasi als Vorwand benutzt hatte, stiegen die Bilder des kleinen Jungen, wie er einsam auf der Metallwanne lag, wieder in ihr hoch. Sie spürte, dass sie gleich anfangen würde, zu weinen.

»So habe ich das nicht gemeint. Das weißt du.«

»Ja, weiß ich das?« Sie wollte sich jetzt streiten. Und Lars stieg darauf ein.

»Ich hab dir von Anfang an gesagt, dass die Mordkommission nichts für dich ist. Warum tust du dir den Stress an? Wir brauchen das Geld nicht. Du musst niemandem beweisen, dass du mehr kannst, als Akten zu sortieren.«

Ihr eigener Mann hielt sie also auch für eine Versagerin. »Das bin ich also für dich? Jemand, der Akten herumschiebt? Es kann nicht jeder so ein toller Lebensretter sein wie du!«, schrie sie ihn an und feuerte ihre Tasche in die Ecke unter das zierliche Sideboard, das eigentlich als Ablage für sie gedacht war. Sie machte sich auf den Weg ins Badezimmer. Dieser Flur war wirklich elendig lang. »Du weißt genau, wie man eine Frau dazu bringt, Sex haben zu wollen«, schob sie noch nach.

»Zumindest nicht meine eigene«, antwortete Lars und verstummte dann.

»Wie meinst du das?« Eva war stehen geblieben und drehte sich zu ihrem Mann um.

Aber er antwortete nicht.

»Was willst du damit sagen?!«

»Vergiss es«. Mit den Worten griff Lars nach seiner Jacke und ließ Eva einfach stehen. Sie schaute ihm fassungslos nach, als er die Wohnungstür hinter sich schloss. Hatte ihr Mann etwa eine Affäre?!

* * *

Normalerweise trugen sie ihre Meinungsverschiedenheiten äußerst rational und gesittet aus, aber jetzt platzte es einfach aus Anna Seeger heraus. »Du willst mir doch nicht etwa immer noch erzählen, dass Benno von einem Einbrecher getötet wurde. Willst du mich für dumm verkaufen?« Der pfeifende Wind vor der großen Glasfront unterstrich ihre Worte.

Aufgebracht lief sie durch das Wohnzimmer. Dass Hagen einfach unbeweglich am Kamin stand und ihr demonstrativ gelassen dabei zuschaute, brachte sie erst recht in Rage.

»Das hatten wir schon, ich weiß es doch selber nicht. Ich war nicht dabei. Ich hab keine Ahnung, wer ein Interesse daran haben könnte, deinen Hund zu töten.«

»Benno war unser Hund. Und Abasi unser Sohn. Und jetzt sind sie beide tot. Ermordet!« Anna war kurz davor, zu schreien. Sie hatten heute zum ersten Mal in diesem Jahr die Heizung angemacht, und jetzt war ihr mit einem Mal unerträglich heiß. »Das hängt mit deinen Geschäften zusammen. Erzähl es mir.«

»Da gibt es nichts zu erzählen. Ich hab seit unserer Reise nichts mehr mit dem Kongo zu tun.«

»Um was soll es sonst gehen? Was wollen die von uns?«

»Wenn ich das wüsste, würde ich es dir sagen«. Er ging auf sie zu, umfasste ihre Hände. »Anna. Glaub mir. Wenn ich eine Ahnung hätte, was hier los ist, dann würde ich etwas dagegen tun und nicht hier herumsitzen und darauf warten, dass die Polizei das für uns löst.«

Anna musterte ihn scharf. Er schaute ihr in die Augen, aber es war, als würde sie einfach nicht zu ihm durchdringen. Früher waren sie einander so nah gewesen. Aber jetzt? »Wenn ich rausfinde, dass du mich anlügst, dann war es das«, erklärte sie, mit einem Mal völlig ruhig. Sie meinte, was sie sagte. Immer.

»Ich lüge dich nicht an.«

Anna entwand sich seinen Händen. »Ich schau nach der Kleinen.«

»Tu das. Wenn du willst, schlaf ich heute bei dir.«

Anna verließ wortlos das Wohnzimmer.

Hagen starrte seiner Frau lange nach. Er spürte, wie ihm alles entglitt. Seit zehn Jahren hatten sie versucht, Kinder zu bekommen. Am Anfang wollten sie es ganz entspannt angehen lassen, aber nach zwei Jahren des vergeblichen Hoffens und Wartens waren sie beide nicht mehr entspannt gewesen. Es hatte einfach nicht klappen wollen. Dann begann die Odyssee von einem Arzt zum nächsten, zu Fruchtbarkeitskliniken im In- und Ausland. Nach der fünften Insemination hatten sie aufgegeben. Er hatte sich immer gegen eine

Adoption gewehrt; er wollte nicht, dass jeder begriff, dass er es nicht geschafft hatte, eigene Kinder zu zeugen. Aber dann… Als er sich bereit erklärt hatte, die Kinder zu adoptieren, war ihm zwar bewusst gewesen, dass eine Ausnahmesituation keine gute Grundlage für eine solche Entscheidung war. Doch diese beiden Kinder waren der verzweifelte Versuch einer zweiten Chance für ihre Beziehung gewesen. Jetzt wusste er, dass er sich nicht stärker hätte täuschen können. Die Kinder hatten sie endgültig auseinandergetrieben.

Er kippte sich einen japanischen Whiskey ein, schüttete ihn herunter, dann direkt noch einen. Und noch einen. Wie hatte das alles nur so fürchterlich schieflaufen können? Er hörte ein Knacken und starrte hinaus in den dunklen Garten. Der Himmel war wolkenverhangen, die Nacht stockdunkel. Windböen brachten neuen Regen. Jetzt bereute er, dass er es abgelehnt hatte, einen Streifenwagen vor der Villa postieren zu lassen. Was hatte das alles zu bedeuten? Nach der *Benno-Warnung* hatte er doch alles getan, was seine *Geschäftspartner* wollten. Er wünschte sich, er hätte sich nie auf sie eingelassen. Das Geschäft war seine Chance gewesen, der ganzen Welt zu beweisen, dass er mehr war als nur der Schwiegersohn von Annas Eltern. Dass er ihre Kontakte nicht brauchte, um Erfolg zu haben. Er kontrollierte zum wiederholten Mal, ob alle Türen und Fenster verschlossen waren. Auch das Licht der Alarmanlage blinkte beruhigend. Als der Coltan-Deal den Bach runterging, hatte er versprochen, sich darum zu kümmern. Und das hatte er auch getan. Mit Erfolg. Aber jetzt flog ihm alles um die Ohren. Ihm blieb fast das Herz stehen, als er aus dem Augenwinkel vor dem Fenster eine Bewegung wahrnahm. Blitzschnell fuhr er herum. Als er sein jämmerliches Spiegelbild in der Fensterfront sah, musste er auf einmal lachen. Seine Angst hatte ihm einen Streich gespielt. Die Bewegung, die er gesehen hatte, kam von den Zweigen eines Oleanderbusches; der Wind hatte sie wohl in sein Blickfeld geweht. Er musste dringend seine Nerven unter Kontrolle bekommen. Es ergab alles überhaupt keinen Sinn. Niemand hatte einen Grund, ihn umzubringen. Aber es hatte auch niemand einen Grund gehabt, den Jungen zu ermorden …

Dienstag

Gregor Spielmann hatte eine unruhige Nacht verbracht. Er war erst eingeschlafen, als die Dämmerung die nächtliche Dunkelheit vertrieben hatte und der Regen friedlich gegen seine Scheiben prasselte. Er lag in seiner Zweizimmerwohnung, im Erdgeschoss einer kleinen Nebenstraße in Friedrichstadt, Düsseldorfs bevölkerungsstärkstem Stadtteil, nur wenige Minuten vom Polizeipräsidium entfernt. Neben ihm auf seinem Nachttisch stand eine kleine Papiertüte; sie beinhaltete den Ring, den er heute für Jana gekauft hatte. Sie hatte Geburtstag, und Gregor war sich noch nicht ganz sicher, ob er ihr den Ring einfach so schenken oder ihr direkt einen Antrag machen sollte. Er wusste, dass sie sich nichts sehnlicher wünschte. Sie hatte immer wieder subtile Andeutungen gemacht, die er geflissentlich überhört hatte. Keine Frage, sie war eine tolle Frau. Und er liebte sie. Sie hatte in den letzten Jahren immer zu ihm gehalten und ihn mehr als einmal mit ihrem mageren Krankenschwesterngehalt durchgezogen. Und trotzdem war er sich nicht sicher, ob er für solch einen Schritt bereit war. Die Vorstellung, den Rest seines Lebens mit ein und derselben Frau zu verbringen, schreckte ihn doch ab. Auch wenn er im Moment nichts gegen ein wenig Langeweile und Beständigkeit einzuwenden gehabt hätte. Seitdem er am Morgen vom Mord an Seegers Adoptivsohn gehört hatte, wünschte er sich, er hätte auf seine Eltern gehört und eine Banklehre gemacht, anstatt Geologie zu studieren. Er hatte sich sogar eine Packung Zigaretten gekauft, obwohl er vor einem Jahr mit dem Rauchen aufgehört hatte. Von der Packung waren jetzt noch zwei Zigaretten übrig. Gegessen hatte er dafür den ganzen Tag über gar nichts. Vielleicht gab es ja auch eine ganz andere Erklärung für diesen Mord, hatte er sich einzureden versucht. Mit der Suche nach dieser ganz anderen Erklärung hatte er sich die Nacht um die Ohren geschlagen. Und jetzt lag er leicht schnarchend in seinem Ikeabett der unteren Preisklasse und träumte von Jana. Sie lächelte ihn an, er schaute ihr tief in die freundlichen braunen Augen und wusste, dass er den Rest seines Lebens mit ihr verbringen wollte. Dann schoss das Blut aus seiner Halsschlagader. Spielmann wachte auf, nur um wenige Sekunden später zu sterben. Das Letzte, was er sah, waren die Umrisse eines Mannes, der neben seinem Bett stand und völlig entspannt auf ihn herunterschaute.

* * *

Als der Wecker um sechs Uhr klingelte, stand Eva auf und fand Lars im Wohnzimmer, wo er in Boxershorts unter ihrer Wolldecke auf dem Sofa lag – den Kater wohlig schnurrend auf seiner Brust. Vermutlich war er erst heimgekommen, nachdem sie eingeschlafen war.

»Wo warst du?«

Jetzt schlugen beide langsam die Augen auf. Max räkelte sich auf Lars' Brust. Fast hatte sie den Eindruck, als grinse das Vieh sie zufrieden an.

»Ich wollte dich nicht wecken«, gähnte Lars.

»Wo warst du?«

Lars schaute sie verständnislos an. »Hier, auf dem Sofa.«

»Nein, wo warst du heute Nacht?«. Eva hatte Mühe, bei der Frage ruhig zu bleiben. Sie war noch lange wach gewesen und hatte immer wieder vergeblich versucht, ihn anzurufen.

»Ich war was trinken. Im Club.«

Seine Tenniskumpel. Klar. Lars hatte selbst erzählt, dass seine Freunde sich untereinander Alibis gaben, wenn sie ihre Freundinnen trafen. Sie hätte nie gedacht, dass sie einmal selbst davon betroffen wäre.

»Im Club«, wiederholte sie tonlos.

Und jetzt begriff auch Lars langsam, worauf ihre Fragen hinausliefen. Er rappelte sich auf, was Max unsanft vom Sofa rutschen ließ. »Du denkst doch nicht etwa, ich wäre bei einer anderen Frau gewesen?«

Eva antwortete nicht. Sie fühlte sich, als würde ihr der Boden unter den Füßen weggezogen. Sie sah die Blicke, die Lars auf sich zog, wenn sie mit ihm unterwegs war. Er war attraktiv, charmant, kontaktfreudig. Immer wieder hatten Freundinnen ihr gesagt, dass sie sie um ihn beneideten und was für ein Glück sie mit ihm gehabt hatte.

»Sag mir einfach die Wahrheit.«

Lars rappelte sich verschlafen auf. »Das ist vollkommen hysterisch.«

Sie musterte ihn scharf, aber er schüttelte nur wütend den Kopf. Ihr Handy klingelte. Dreier. Sie ging ran. »Ich muss weg«, erklärte sie und warf Lars einen düsteren Blick zu. Das hier war noch nicht vorbei.

* * *

Jana Nolden hatte ihren Freund Gregor Spielmann am Morgen gefunden, als sie von ihrer Nachtschicht im Krankenhaus zurückkam. Nachbarn hatten auf ihre Schreie hin die Polizei gerufen. Der Pathologe erklärte, dass auch dieses Mal nur ein Schnitt nötig gewesen war, um dem Geologen den Hals durchzuschneiden. Und dass, zumindest dem ersten Anschein nach, auch die Waffe dieselbe gewesen sein könnte.

Mittlerweile drängten sich die Kommissare der Mordkommission »Kongo« in der engen Wohnung des zweiten Opfers. Als Eva dazukam, standen Dreier und Morelli in dem kleinen Schlafzimmer des Geologen, neben ihnen zwei Mitarbeiter der Pathologie, sodass sie nur einen kleinen Ausschnitt des Betts zu sehen bekam. Blut hatte große Teile der hellen Bettwäsche dunkel gefärbt. Ein Vogel krächzte vorm Fenster, es stand auf kipp, und Eva musste sich beherrschen, es nicht aufzureißen, so sehr erschlug sie die schlechte Luft des Raumes. Morelli trat zur Seite und gab den Blick auf die Leiche frei. Die Züge des Opfers spiegelten das Grauen wider, das die letzten Sekunden in seinem Leben bestimmt haben musste. Der Geruch des Blutes schlug Eva entgegen, trotzdem zwang sie sich dazu, die Leiche genauer zu betrachten. Sie verspürte ein leichtes Würgen und war froh, dass sie noch nicht gefrühstückt hatte. Freiwillig verließ sie das Schlafzimmer, um den Fahrern der Pathologie Platz zu machen, nahm die Kopfbedeckung ihres weißen Spurensicherungsanzugs ab und atmete tief durch. Morelli und Dreier würden auch ohne sie zurechtkommen.

Sie schaute sich die Bücher in den wackeligen Ikearegalen des Wohnzimmers an. In einem Regal standen lauter Liebesromane mit blumigen Covern in doppelter Reihe, einige davon hatte sie selbst gelesen. Dazwischen stieß sie auf Souvenirs von Nordseeurlauben und Fotos, die das Opfer und seine hübsche Freundin in glücklicheren Tagen zeigten. Ein fröhliches junges Pärchen. Eva hätte den Mann im Bett fast nicht auf den Fotos wiedererkannt, so sehr hatte der Tod sein Aussehen verändert. Die anderen beiden Regale enthielten Ordner und geologische Fachbücher. Dazwischen lose Papiere, Briefumschläge – das reine Chaos.

Sie musste zur Seite treten, als der Leichensack aus dem Schlafzimmer geschoben wurde. Draußen aus dem Treppenhaus hörten sie einen klagenden Schrei, der mit einem Mal erstarb.

»Die Freundin, sie ist ohnmächtig geworden. Ich hab sie gerade von den Nachbarn geholt. Ihr hättet mich warnen können, dass die Leiche rausgeschoben wird«, fuhr eine Kollegin in Uniform Eva an, während sie auf der Suche nach einem Glas Wasser an ihr vorbeihechtete.

»Tut mir leid«, entgegnete Eva. Sie fühlte sich elendig.

Die Kollegin griff auf dem Rückweg aus der Küche zu ihrem Funkgerät und bat in der Einsatzzentrale um einen RTW.

»Okay, das ist zu voll hier, nehmt die Freundin mit zum Präsidium«, ordnete Dreier an, der ebenfalls ins Wohnzimmer getreten war, um der eintreffenden Verstärkung von der Spurensicherung Platz zu machen.

Eva trat ins Treppenhaus, in dem Jana Nolden, eine zierliche Frau mit schulterlangen rotbraunen Haaren, auf dem nicht gerade sauberen Treppenabsatz vor der Wohnungstür lag und von zwei uniformierten Kollegen betreut wurde. Einer der Polizisten hatte Janas Beine angewinkelt und hielt sie in der Position, um ihren Kreislauf zu stabilisieren. Die Polizistin wartete, bis Jana sich aufsetzte und gegen die Wand lehnte, dann reichte sie ihr das Wasser. Dankbar trank die Frau ein paar Schlucke.

»Er kann nicht tot sein, heute ist mein Geburtstag«, versuchte sie, erfolglos gegen den Tod ihres Freundes anzuargumentieren und fing an zu weinen. Die beiden Streifenpolizisten schauten betreten weg, Eva kniete sich vor sie hin und ergriff Janas Hand. Fieberhaft überlegte sie, was sie der Frau sagen konnte, damit es ihr besser ging. »Ich bin bei Ihnen«, sagte sie schließlich und setzte sich neben die Frau auf den kühlen Steinboden. Tränen flossen Jana Nolden über das Gesicht. Sie hatte eiskalte Hände, die Eva fest umschlossen hielt, bis der Rettungssanitäter eintraf und der Frau ein leichtes Beruhigungsmittel spritzte.

Sobald ihr der Sanitäter die Erlaubnis gegeben hatte, nahm Eva die junge Frau mit auf das Präsidium. Geduldig füllte sie mit ihr den Bericht darüber aus, wie sie ihren Freund gefunden hatte. Jana war so grau im Gesicht wie der Boden des Büros, und Eva hatte Angst, dass sie ihr jederzeit vom Stuhl kippen könnte. Immer wieder hörte Jana auf zu reden und unterdrückte ein Gähnen. Vermutlich war die Dosis des Beruhigungsmittels etwas zu hoch gewesen.

»Hat ihr Freund in letzter Zeit Probleme gehabt?«, fragte Eva einfühlsam.

»Nein, im Gegenteil. Er hatte eigentlich immer Probleme, nur in letzter Zeit nicht«, gähnte Jana Nolden.

»Wie meinen Sie das?«

Jana rang einen Moment mit sich. Offensichtlich wollte sie nicht schlecht über ihren Freund reden. »Das mit seiner Selbstständigkeit ist nicht so richtig angelaufen.«

Eva konnte sehen, wie sie gegen die Müdigkeit kämpfte.

»Mit Geologie macht man nicht das große Geld. Er hat sich mehr so durchgehangelt«, sie gähnte erneut. »Aber dann kam dieser Job bei der BGR ...«

»BGR?«, fragte Eva nach.

»Bundesanstalt für Geowissenschaften und Rohstoffe.« Jana sprach immer langsamer. »Kann ich mich hier irgendwo hinlegen? Nur für einen Moment.«

Eva überlegte. Im Aufenthaltsraum stand ein Sofa. Aber was würden die Kollegen wohl sagen, wenn sie mitbekam, dass Eva die Zeugin einfach schlafen ließ? »Noch einen kurzen Moment«, antwortete sie. »Dann rufe ich jemanden, der Sie nach Hause bringt. Zu Ihren Eltern, meine ich«, korrigierte sie sich schnell. »Oder zu einer Freundin vielleicht?«

Jana Nolden gähnte wieder.

»Er hatte also einen neuen Auftraggeber?«, nahm Eva die Befragung wieder auf.

»Ja. Alle anderen, die sie gefragt haben, wollten nicht. Zu gefährlich.«

»Zu gefährlich? Um was für einen Job handelte es sich denn?« Eva war mit einem Mal ganz wach. Ihre Zeugin leider nicht.

»Sie wollten, dass er mitgeht. Und er hat gedacht, wenn er das macht, dann ist das sein Durchbruch«, lallte Jana.

»Mitgeht? Wohin denn?«

»Na in den Kongo.«

»Gregor Spielmann war im Kongo?!«

* * *

Schreie. Feuer. Rahima wachte auf und roch den Rauch. Sie schaute aus der Tür und sah, dass die Nachbarhütte brannte. Hörte, wie jemand etwas gegen ihre Hütte goss, und spürte Benzindämpfe in ihren Augen. Ihr Vater griff nach seiner Machete und rannte raus, ihre Mutter wollte ihn aufhalten. Sie nahm das neue Baby aus der Hängematte und folgte ihm. Abasi setzte sich schlaftrunken auf seiner Matte auf. Und da wurde es auch schon warm, ihre Hütte brannte. Rahima riss Abasi hoch und zerrte ihn hinter sich her.

Die Mayi-Mayi waren zurückgekommen, um sich das zu holen, was die weißen Männer den Dorfbewohnern gebracht hatten. Aber diesmal waren sie noch brutaler als bei ihrem letzten Überfall. Rahima wollte zu ihren Eltern, aber sie konnte sie nicht finden. Die Dorfbewohner rannten durcheinander, während die brennenden Hütten eine nach der anderen den Flammen nachgaben und zusammenknickten. Rahima rannte zum Dorfplatz, da stand plötzlich einer der Rebellen vor ihr. Mit einer Maschinenpistole in der Hand. Er war kaum älter als sie selbst. Sie sah ihm in die Augen und war sich sicher, Maluco war in diesen Jungen gefahren. Er legte an, wollte auf sie schießen, aber Rahima war schneller. Sie zog Abasi mit sich hinter die nächste Hütte. Und dann rannte sie. Um ihr Leben. Schnell hatten sie den dichten Wald und seine schützende Dunkelheit erreicht. Sie hörten die Schreie der Frauen aus dem Dorf, die von den Rebellen festgehalten wurden. Und immer wieder Schüsse aus den Gewehren und Maschinenpistolen. Rahima und Abasi rannten weiter, auch wenn niemand sie verfolgte. Als der Lärm aus ihrem Dorf nur noch eine ferne Geräuschkulisse war, versteckten sie sich schließlich im dichten Gestrüpp unter den Bäumen.

Sie waren bis zum Morgengrauen im Wald geblieben. Nachdem es stundenlang ruhig gewesen war, hatten sie sich bei den ersten Sonnenstrahlen zurück in ihr Dorf getraut. Keine Hütte stand mehr. Als Einziges hatten die rostigen Kochstellen die Brandschatzung der Männer überlebt und ragten nun aus den verkohlten Überresten des Dorfes heraus. Die ganze Welt der beiden Geschwister hatte sich in Asche verwandelt. In dem Teil der Lichtung, den sie für ihre Feiern benutzt hatten, bei denen sie bis tief in die Nacht getrommelt und getanzt hatten, lagen jetzt die Leichen ihrer Tanten und Cousinen, denen man die Kleider vom Leib gerissen hatte. Ein Stück abseits fanden sie ihre ermordeten Onkels und Cousins, die achtlos auf einen Haufen geworfen worden waren. Ganz unten lag ihr Vater. Abasi hatte ihn noch nicht gesehen. Ebenso wenig hatte er ihre Mutter erkannt, die mit eingeschlagenem Gesicht auf dem Platz lag, ihre jüngste Tochter leblos unter sich begrabend. Rahima griff Abasis Hand. Sie mussten hier weg. Sie musste ihren kleinen Bruder zu den weißen Männern bringen. Rahima zog ihren Bruder mit sich, der sich einfach nicht von dem Grauen abwenden konnte. Sie würde sich nie wieder umdrehen. Sie spürte keinen Schmerz, keine Trauer. Sie war mit einem Mal völlig leer. Sie wollte nur eins, ihren Bruder zu irgendjemandem bringen, der sich um ihn kümmern konnte – denn sie konnte das nicht. Barfuß ging sie in die Richtung, aus der die Männer in den Jeeps am Tag zuvor gekommen waren …

* * *

Gregor Spielmann war im Auftrag der Bundesanstalt für Geowissenschaften und Rohstoffe im Kongo gewesen! Eva hatte die neue Information an Dreier weitergegeben und dann dafür gesorgt, dass Jana Nolden von ihren Eltern abgeholt wurde. Sie nutzte die kurze Pause vor der Teambesprechung, um sich ein Fleischwurstbrötchen in der Bäckerei vor dem Polizeipräsidium zu kaufen und einen Moment frische Luft zu schnappen. Sie beschloss, sich fünf Minuten mehr zu gönnen und einen kleinen Spaziergang durch die Lorettastraße zu machen, um einen klaren Kopf zu bekommen. Langsam schlenderte sie an kleinen Restaurants und Cafés vorbei, in denen sie früher regelmäßig die Mittagspausen mit ihren Kolleginnen verbracht hatte. In Gedanken versunken, blickte sie in eins der Restaurants; es war eins der schickeren, in dem italienisches Essen der gehobenen Klasse angeboten wurde. Bei dem Anblick eines verliebten Pärchens stockte ihr Herz. Sie erstarrte. War das ihr Mann? Der die Hand einer anderen Frau hielt? Säure floss durch ihre Adern. Das Wurstbrötchen blieb ihr im Hals stecken. Sie starrte auf das Paar, bis der Mann sie bemerkte und zu ihr herschaute. Es war nicht Lars. Sie atmete auf. Und sah für einen Moment sich selbst in der Reflexion der Scheibe. Wirres Haar, beschlagene Brille, zu große Regenjacke, ein halb aufgegessenes Brötchen in den Händen. Schnell ging sie weiter. Sie hatte den ganzen Morgen über nicht an Lars gedacht, jetzt kamen der ganze Schmerz, der gekränkte Stolz und die Verletztheit wieder in ihr hoch. Wo hatte er die Nacht verbracht? Und vor allem, mit wem?

Sie war immer noch in Gedanken bei ihrem Mann, als sie um dreizehn Uhr in der Teambesprechung saß.

»Wundert mich, dass die Bundesanstalt für Geowissenschaften und Rohstoffe mit so einem zusammenarbeitet. Ich mein, ihr habt seine Wohnung gesehen. Er hat da auch gearbeitet. Wirklich 'ne kleine Nummer«, begann Morelli. »Kriegen wir eigentlich Verstärkung?«, wandte er sich an Dreier.

Der schüttelte den Kopf. »Leider nein. Die Sitte steht kurz vor ihrem großen Schlag in der Rethelstraße, und bei WiKri und O.K. geht Magen-Darm rum.«

Lisa! Lisa aus dem Tennisclub! Sie und Lars hatten sich immer über das Segeln unterhalten. Anscheinend bot ein Yachturlaub in Australien genug Stoff, um jahrelang davon zu erzählen. Lisa hatte sich vor Kurzem von ihrem Mann getrennt, und alle waren sich einig, dass es nicht lange dauern würde, bis sie mit dem nächsten Porschefahrer ankam. Aber wie es aussah, hatte sie ihre Standards gesenkt. Lars fuhr nur Audi, dachte Eva düster.

Es klopfte an der Tür, und Hamann von der Spurensicherung trat in den Raum.

»Stör ich?«

»Leg los«, forderte Dreier ihn auf.

»Wir haben Einbruchsspuren am Küchenfenster gefunden.«

Eva zwang sich zuzuhören.

»Das geht zum Hof raus, da gibt es mehrere Garagen. Also freier Zugang von der Straße aus«, erklärte er. »Wer immer es war, konnte unbeobachtet das Fenster aufhebeln und einsteigen. Da wäre allerdings auch meine Mutter reingekommen, bei den alten Dingern. Keine Fingerabdrücke. Er muss Handschuhe getragen haben. Aber hier. Das könnt ihr schon haben.« Er zog ein Handy aus der Tasche, das in einer Plastiktüte steckte. »Da sind nur Spielmanns Fingerabdrücke drauf. Ist freigegeben.«

Er hielt Eva das Handy hin, weil sie am nächsten zur Tür saß.

Sie nahm es, überlegte einen Moment, was sie wohl damit tun sollte, und öffnete dann die Anruferhistorie. »Er hat kurz vor

Mitternacht ein Gespräch geführt. Fünf Minuten lang. Mit einer Handynummer. Leider kein Name.«

»Das ist interessant«, meinte Dreier.

»Drück auf Wahlwiederholung«, forderte Morelli sie auf.

Sie deutete den anderen an, leise zu sein, stellte das Telefon auf laut und drückte auf Wahlwiederholung.

Hagen Seegers Mailbox sprang an.

»Der gehört mir«, sagte Morelli grimmig.

* * *

Bei seinem nächsten Besuch im Medienhafen musste Morelli nicht warten. Er hatte vier Schutzpolizisten und einen Durchsuchungsbeschluss der Staatsanwältin dabei, der ihnen die Türen öffnete. Während einer der Kollegen sich von Seegers Sekretärin die Akten des Kongo-Projekts herausgeben ließ, klopfte Morelli an Seegers Tür und trat ein, ohne auf Antwort zu warten. Seeger, der sich in einem Gespräch mit zwei älteren Kollegen befand, versuchte gar nicht erst, seinen Unmut zu verbergen.

»Ich bin in einer wichtigen Besprechung.«

»Gleich sind Sie in einer noch viel wichtigeren Besprechung«, erwiderte der Kommissar. Er hasste diese Typen, die meinten, sie ständen über dem Gesetz. Aber er würde ihn nicht davonkommen lassen, nur weil er reich und mächtig war. »Wenn Sie so freundlich wären, freiwillig mit aufs Präsidium zu kommen. Ansonsten …« Morelli nickte zu zwei uniformierten Beamten, die hinter ihm im Vorraum warteten.

»Brauchst du einen Anwalt, Hagen?«, fragte einer der älteren Herren, vermutlich weniger um seinen Kollegen als um den Ruf der Firma besorgt.

»Nein, es geht um den Jungen, meinen Adoptivsohn. Sie haben sicher Verständnis, dass das im Moment leider Vorrang hat«, erklärte Seeger den beiden Mitarbeitern, um Schadensbegrenzung bemüht. Morelli nahm zum ersten Mal wahr, dass Seeger Unsicherheit ausstrahlte. Offensichtlich war es ihm unangenehm, dass seine Kollegen diesen Auftritt mitbekamen.

»Natürlich Hagen. Wir sprechen, wenn du zurück bist«, antwortete der Grauhaarige.

»Das könnte eine Weile dauern«, erklärte Morelli freundlich, aber bemüht, Salz in die Wunde zu streuen. Es gab zwei Methoden, Leute zum Sprechen zu bringen. Mitgefühl und Provokation. Und bei Seeger setzte er auf Letzteres.

»Was glauben Sie eigentlich, was Sie hier machen?«, fuhr Hagen Seeger den Kommissar an, als er sah, wie seine Kollegen Akten in Kartons räumten.

»Meine Arbeit«, entgegnete Morelli süffisant.

Seegers Blicke irrten zwischen seiner Sekretärin und seinen beiden Kollegen hin und her. Offensichtlich wollte er irgendetwas sagen, um die Situation zu retten, aber ihm fiel nichts ein. Gut so. Die perfekte Fassade bekam Risse.

Als sie kurze Zeit darauf zusammen im Streifenwagen saßen, ließ Seeger seine Maske endgültig fallen.

»Sie werden sich wegen Rufmords verantworten müssen«, zischte er Morelli an.

»Wenn Ihr Sohn Ihnen doch bloß so wichtig wie Ihr Ruf wäre …«, antwortete dieser seelenruhig.

»Ich will mit meinem Anwalt sprechen.«

»Oh, jetzt plötzlich doch.« Innerlich grinste Morelli. Seeger verschwieg ihnen etwas. Und er würde herausfinden, was das war.

Eine halbe Stunde später saß Morelli mit Dreier und Seeger im Vernehmungsraum. Seeger hatte inzwischen nicht nur Begleitung von seinem eigenen Anwalt, Dr. Junklewitz, sondern auch noch die Verstärkung von zwei weiteren hochkarätigen Firmenanwälten bekommen: Dr. Klisch und Dr. Maschke. Es wurde langsam eng in dem schmalen Raum.

»Herr Seeger, warum halten Sie es für nötig, so viele Anwälte zu unserem Gespräch mitzunehmen?«, fragte Morelli viel zu freundlich.

»Vielleicht erklären Sie uns lieber, warum Sie meinen Mandanten wie einen Verdächtigen abführen, um ein *Gespräch* mit ihm zu führen!«, konterte Dr. Junklewitz.

»Wir hatten den Eindruck, sein Job hält ihn davon ab, sich auf die Zusammenarbeit mit uns zu konzentrieren«, antwortete der Kommissar. Dann beendete er das Geplänkel. »Herr Seeger, wir würden gerne noch mal mit Ihnen über Ihre Geschäfte im Kongo reden.«

»Das hatten wir doch schon, das war ein ganz normaler geschäftlicher Vorgang«, erwiderte Seeger genervt.

»In welcher Form war Gregor Spielmann in Ihr Projekt involviert?«, fragte Morelli. Seeger zuckte bei der Erwähnung des Namens leicht zusammen. Morelli beobachtete ihn konzentriert.

»Spielmann? Völlig abwegig. Der hat bestimmt nichts mit dem Mord zu tun.«

Er wich aus! »Beantworten Sie bitte meine Frage.«

»Er hat als Geologe der Bundesanstalt für Geowissenschaften und Rohstoffe im Auftrag des Bundesministeriums für Wirtschaft eine Mine überprüft, um zu entscheiden, ob der Ostkongo als Standort für ein Coltanbergwerk infrage käme.«

»Und, zu welchem Ergebnis ist er gekommen?«

»Rein geologisch hätte alles dafür gesprochen. Aber wie gesagt, dem Bundeswirtschaftsministerium war die Gegend dann doch zu gefährlich. Und ohne deren Zuschüsse kam der Kongo für uns nicht mehr infrage, das Projekt wurde zu teuer. Die Infrastruktur ist einfach zu schlecht, die hätten wir allein nicht aufbauen können. Warum interessiert Sie das überhaupt?« antwortet Seeger sichtlich genervt.

Spielte er das nur, oder wusste er wirklich nicht, warum er nach Spielmann fragte? Jetzt kam es darauf an. »Ihr Mitarbeiter ist heute Morgen ermordet worden. Auf dieselbe Art, wie Ihr Sohn«, sagte Morelli ruhig und behielt Seeger dabei genau im Auge. Jede noch so kleine Regung zählte.

Seeger schluckte sichtlich. »Er war nicht mein Mitarbeiter, er hat für die BGR gearbeitet …«, hob er mit leiser Stimme zu einer

Verteidigung an. Er war überrascht. Soviel stand fest. Aber da war noch etwas anderes: Angst.

»Unser Mandant hat Ihnen nichts mehr zu sagen«, entschied Dr. Klisch die Frage für ihn.

Morelli ignorierte die Ansage. »Über was hat er mit Ihnen geredet? Was war so wichtig, dass er es nach Mitternacht mit Ihnen besprechen musste?«

»Er hat mir sein Beileid ausgesprochen«, erklärte Seeger schwach.

»Mitten in der Nacht?«

»Unser Mandant hat Ihnen nichts mehr zu sagen«, kam es jetzt unisono von allen drei Anwälten.

Seeger war vermutlich nicht direkt an der Tat beteiligt. Aber er wusste mehr, als er zugab, entschied Morelli.

»Wir haben zwei brutale Mordfälle. Und Sie sind das Bindeglied.«

Es sah so aus, als stocke Seeger für einen Moment. Maschke, Klisch und Junklewitz erhoben sich gleichzeitig von ihren Plätzen. »Auf Wiedersehen.«

* * *

Sie hatte Abasi erzählt, dass ihre Eltern in dem Camp der weißen Männer auf sie warteten. Sie wusste nicht, ob er ihr das geglaubt hatte, aber er ging jetzt schon zwei Tage ohne ein Wort zu sagen neben ihr her. Sie hielten sich immer noch bei den Händen. Inzwischen waren sie auf eine Straße gestoßen, die vor langer Zeit einmal asphaltiert gewesen war. Doch der Urwald hatte sich das zurückgeholt, was ihm damals genommen worden war. Wurzeln sprengten die Asphaltdecke, und überall wuchsen Pflanzen mitten aus der Straße. Einige der Pflanzen waren abgeknickt, deswegen hoffte Rahima, dass sie in die richtige Richtung gingen. Als sie um eine Kurve bogen, konnte sie in der Ferne am Hang des gegenüberliegenden Hügels eine gerodete Stelle sehen, auf der weiße Zelte standen. Sie hatten den richtigen Weg gewählt, aber die Sonne ging bald unter. Sie würden es heute nicht mehr schaffen.

Rahima suchte ein Versteck im Wald, in dem sie die Nacht verbringen konnten, und fand ein geschütztes Fleckchen unter einer Akazie. Sie entfernte die Schlingpflanzen, die den Boden bedeckten, und streute die Blätter aus, die Abasi eingesammelt hatte. Es war zwar erst ihre zweite Nacht im Wald, aber trotzdem entwickelten sie langsam eine Routine. Nur Minuten später war Abasi in ihren Armen eingeschlafen, seine kleinen Finger fest mit ihren verschränkt. Rahimas Augen brannten vor Müdigkeit. Aber sie konnte einfach nicht aufhören, in die Dunkelheit zu starren. Bei jedem Knacken zuckte sie zusammen.

Kurz vor dem Morgengrauen hatte der Schlaf sie dennoch übermannt. Als die Sonne über dem Osten des Kongo aufging und die Vögel des Urwalds zu ihrem Konzert anstimmten, kam sie langsam wieder zu Bewusstsein. Und blickte in den Lauf einer Kalaschnikow.

* * *

Anna Seeger hatte ihrem Mann für den Morgen und die Nacht ein Alibi gegeben. Nachdem Seeger sich von der Nachricht des zweiten Mordes erholt hatte, hatte er über seine Anwälte vehement Polizeischutz für sich und seine Familie gefordert. Und auch bekommen.

Routinemäßig überprüften die Polizisten auch Bordieu auf ein Alibi, aber er hatte am Morgen einen Termin in München gehabt und war schon am Vorabend dorthin geflogen. Abgesehen davon, hatte auch er ebenso wenig wie Seeger ein Motiv für diesen Mord: Wieso hätte er jemanden ermorden sollen, der dafür plädiert hatte, das Coltanwerk im Kongo zu bauen? Trotzdem schien das geplatzte Kongoprojekt Dreh- und Angelpunkt des Falles zu sein.

Auch wenn diese Spur jetzt nicht mehr so wahrscheinlich schien, hatte Dreier Eva Langenberg angewiesen, weiter an *Lichtblicke für Afrika* und dem Verdacht des Kinderhandels dranzubleiben, während er und Morelli sich um das Umfeld des Geologen und das Coltanprojekt kümmerten.

Evas Anfragen bei den deutschen Botschaften in Ruanda und Uganda, wo *Lichtblicke* ebenfalls Flüchtlingslager unterstützte, hatten nichts ergeben. Die engagierte Mitarbeiterin der deutschen Botschaft in Kinshasa hatte versprochen, mit der örtlichen Polizei Kontakt aufzunehmen, war aber auch nicht weitergekommen. Eva fiel beim besten Willen niemand mehr ein, den sie anrufen konnte. Sie resümierte, was sie über die Kinder wussten. Es sprach eigentlich nichts dagegen, dass es sich um eine ganz normale Adoption handelte. Kriegswaisen, die bei einer sozial engagierten Ärztin ein neues Zuhause gefunden hatten. Die Papiere waren in Ordnung, alles war offiziell einwandfrei gelaufen. Was war, wenn sie die ganze Zeit in die falsche Richtung dachten? Wenn es gar nicht darum ging, was die Adoptiveltern der beiden getan hatten, sondern um die Kinder selbst? Vielleicht war Abasi im Kongo Zeuge von etwas geworden und wurde deswegen zum Schweigen gebracht? Spielmann war schließlich auch im Kongo gewesen. Sie beide hätten dort etwas sehen können, was sie nicht hatten sehen sollen … Vielleicht reichten die langen Arme des kongolesischen Bürgerkriegs tatsächlich bis nach Düsseldorf, wie der Reporter es so blumig formuliert hatte. Und wenn dem so war, hieß das nicht, dass Rahima auch in Gefahr schwebte? Selbst wenn sie selber nichts gesehen hatte, musste der Täter doch davon ausgehen, dass Abasi ihr von seinem Geheimnis erzählt hatte. Vielleicht schwieg sie deswegen so hartnäckig. Eva wusste rein gar nichts über die Vergangenheit der Kinder. Sie beschloss, noch einmal mit Tomke Krieger zu reden.

Es war schon kurz vor sieben, als die Kommissarin im Hinterhof eines ehemaligen Versandhandellagers stand, das zu schicken Lofts umgebaut worden war. Fabrikschick mit hohem Luxusfaktor, das zumindest verrieten die teuren Autos, die im Innenhof parkten. Kletterpflanzen begrünten die grobe Backsteinfassade. Hier war alles ein paar Nummern größer, die Fenster, die früher Licht in das Lager gelassen hatten, Türen, die genug Raum für das An- und Abliefern der Waren boten – stylisches Industriedesign mitten in der Stadt. Besonders beliebt in der Medienbranche, das verrieten die Schilder an der Toreinfahrt.

Eva stieg eine Verladerampe hoch und klingelte. Ein provisorisch mit Klebestreifen befestigtes Namensschild verriet, dass Tomke Krieger sein Büro in der oberen Etage hatte, im Loft des Fotografen Kai Tielen. Ihm gehörte auch der teure Sportwagen, den Krieger benutzte. Eva hatte den Entwicklungshelfer durchleuchtet, aber die deutschen Behörden gaben nicht viel über ihn her. Abgebrochenes Sportstudium, Dutzende Nebenjobs und immer wieder längere Auslandsaufenthalte in den letzten fünfzehn Jahren, in Afrika und Asien. Keine Vorstrafen, keine Anzeigen. Weder in Deutschland noch bei Interpol.

»Ja?«, tönte eine Stimme durch die Gegensprechanlage.

»Kriminaloberkommissarin Langenberg hier. Ich würde gerne mit Herrn Krieger sprechen.«

»Kommen Sie hoch, zweite Etage links«, antwortete Krieger, dann surrte der Öffner.

Eva stieg das überdimensionierte Treppenhaus hinauf und trat in den Loft des Entwicklungshelfers. Sie wurde von überlebensgroßen Aktfotografien von Menschen unterschiedlichsten Alters empfangen.

»Ich wohne hier manchmal, wenn ich in Deutschland bin. Die Wohnung gehört einem Kumpel, der ist den größten Teil des Jahres unterwegs«, erklärte Krieger die Bilder. »Möchten Sie etwas trinken?« Er schien überhaupt nicht überrascht zu sein, dass die Polizei ihn besuchte. Im Gegenteil, er wirkte vollkommen entspannt.

Eva folgte ihm in den Küchenbereich. Eine Ecke des Lofts war mit einer modernen Edelstahlküche ausgerüstet. Ein weiterer Bereich, der vor einer riesigen Fensterfront lag, bildete ein Foto-Atelier, mit Reflektoren und Scheinwerfern und allem, was man für professionelle Aufnahmen brauchte. Im hinteren Teil des Raumes befand sich der Wohnbereich des Lofts mit einem großen Bettpodest und einer Sofagruppe. Eva schätze, dass die Wohnung locker 300 Quadratmeter groß war. Kriegers Freund musste ganz schön teure Fotos schießen.

»Ich koche gerade, haben Sie schon gegessen?«, fragte Krieger.

Evas Magen knurrte; außer dem Fleischwurstbrötchen hatte sie heute noch nichts zu sich genommen. »Das ist sehr freundlich, aber ich wollte Sie nicht lange stören.« Jetzt, wo Krieger nur ein schwarzes T-Shirt trug, fiel ihr zum ersten Mal auf, wie durchtrainiert er war. Sommersprossen überzogen seine gebräunte Haut nicht nur im Gesicht, sondern auch auf den muskulösen Armen.

»Sie stören mich nicht. Aber Sie sind vermutlich nicht gekommen, um mir Gesellschaft zu leisten, oder?« Er betrachtete sie mit leicht zur Seite geneigtem Kopf.

Flirtete er mit ihr? »Ich bin hier, um mehr über Abasis Vergangenheit zu erfahren.«

»Nehmen Sie Platz«. Krieger bot ihr einen Hocker am Küchenblock an und stellte die Flammen unter seinen Töpfen aus. Mit zwei Gläsern und einer Karaffe Wasser setzte er sich zu ihr.

»Ich kann Ihnen nicht viel erzählen. Die Truppen der MONUSCO haben ihn eines Tages zusammen mit seiner Schwester zu uns gebracht.«

»Monusco?«

»Das ist die Einheit der UN, die im Kongo zuständig ist. Sie haben die Kinder aus der Gefangenschaft von Mayi-Mayi-Rebellen befreit.«

»Die beiden waren in der Gefangenschaft der Mayi-Mayi?«

»Ja. Sie haben sie als Arbeitssklaven gehalten. Fast ein Jahr sind sie mit ihnen herumgezogen.«

Arbeitssklaven der Mayi-Mayi. Eva hatte über ihre Gräueltaten gelesen. Daher die Narben. Was hatte Abasi in seinem kurzen Leben schon alles erleiden müssen? »Und was ist mit ihren leiblichen Eltern?«

»Die sind bei einem Angriff der Rebellen gestorben. So wie der gesamte Rest ihrer Dorfgemeinschaft. Die beiden haben als Einzige überlebt.«

Eva schwieg betreten.

»Das war übrigens auch der Grund, warum ich sie ausgesucht habe«, setzte Krieger nach.

»Sie haben die Kinder ausgesucht?«

»Ja. Die Seegers wollten zwei Geschwister. Einen Jungen und ein Mädchen. Abasi und Rahima waren die Einzigen, von denen wir mit Sicherheit sagen konnten, dass sie keine Verwandten mehr hatten. Deswegen sind sie zu den Seegers gekommen.«

Eva machte sich Notizen. »Wissen Sie, ob die Kinder irgendwann mit Coltanminen in Berührung gekommen sind?«

Krieger schaute sie überrascht an. »Mit Coltanminen? Das kann ich Ihnen nicht sagen.« Er zögerte einen Moment. »Wissen Sie, ich kenne die beiden kaum. Unser Lager ist riesig. Da weiß man nicht viel über die einzelnen Bewohner. Außerdem haben die beiden auch nicht viel über ihre Vergangenheit gesprochen.«

Evas Hoffnung schwand, einen Hinweis darauf zu erlangen, ob Abasi im Kongo Zeuge von etwas geworden war, das ihm jetzt das Leben gekostet hatte. Krieger war ihre einzige Chance auf Informationen aus Abasis Vergangenheit. Zumindest solange Rahima schwieg. »Kennen Sie irgendjemanden, der mehr über die beiden Kinder weiß?«

Krieger überlegte. »Es gibt da ein Mädchen, das gemeinsam mit ihnen zu uns gekommen ist. Safisha. Sie weiß vielleicht mehr über ihre Zeit bei den Mayi-Mayi.«

Na also. Vielleicht ergab sich ja doch noch ein Weg. »Gibt es eine Möglichkeit, mit ihr zu sprechen?«

»Wir haben ein Satellitentelefon im Camp. Morgen Nachmittag telefoniere ich mit meinen Kollegen vor Ort. Wenn Sie möchten, können Sie hierherkommen, und ich übersetze dann für Sie.«

Eva strahlte. »Das wäre sehr freundlich.«

Krieger lächelte sie an. Nickte. »Gut. Morgen um zwei also.«

Sie mochte ihn. Seine entspannte, freundliche Art. Er wandte ihr den Rücken zu, stellte das Feuer auf dem Gasherd wieder an und rührte ein paar Mal kraftvoll in dem großen Topf, in dem er ein angenehm exotisch duftendes Gericht aus Gemüse und Hühnerfleisch zubereitete.

Dann drehte er sich wieder zu ihr. »Sind Sie sicher, dass Sie nicht mitessen wollen? Ich hab viel zu viel gekocht«, meinte er und schaute ihr direkt in die Augen.

Sein Blick traf sie tief in der Magengrube. Es kostete sie Mühe, sich loszureißen. »Nein danke«, erklärte sie, unangemessen nachdrücklich. »Ich muss nach Hause. Dringend.«

Als sie wieder auf der Straße stand, spürte sie ein tiefes Bedauern. Ein Teil von ihr wäre nur zu gerne geblieben.

* * *

Als Eva nach Hause kam, war es schon kurz vor neun. Lars war noch nicht da, auch wenn sein Dienstplan am Kühlschrank eindeutig verkündete, dass er heute Abend frei hatte. Der immer hungrige Kater saß maunzend vor seinen Schälchen, die Hinterbeine wärmend von seinem runden Bauch bedeckt.

»Du solltest weniger essen«, erklärte sie Max, während sie seine Schälchen füllte. Sie versuchte Lars anzurufen, aber nur seine Mailbox ging dran. Jetzt erst bemerkte sie, dass der AB blinkte. Ein Anruf. Sie drückte auf »Abhören«, und die Stimme ihrer Mutter kam vom Band. »... mal nachfragen, ob ihr am Wochenende vorbeikommen wollt. Wir würden uns sehr freuen, euch mal wieder zu sehen, falls es in Lars' Dienstplan passt ...« Dann schlug ihre Mutter eine Bogen zu der Tochter der Nachbarin, die bereits ihr zweites Kind in ebenso vielen Jahren erwartete, und Evas Gedanken schweiften ab. Ihre Eltern waren von Anfang an große Lars-Fans gewesen. Sie waren froh darüber, ihre Tochter so gut versorgt zu wissen. Eva hasste diese altmodische Vorstellung. Dass sie mit ihrem Beamtengehalt problemlos selbst zurechtkommen konnte, wurde dabei immer übergangen. Ihre Eltern hatten nie verstanden, warum sie sich für eine Laufbahn bei der Polizei entschieden hatte. Dabei war es eigentlich erst ihre belustigte Reaktion auf die Ergebnisse des Tests der Berufsberatung gewesen, die bei Eva den Ausschlag dazu gegeben hatte, sich tatsächlich dort zu bewerben. Die Berufsberatung hatte ganz klar die Empfehlung für eine Ausbildung zur Kriminalkommissarin ausgesprochen, und obwohl Eva noch nie in diese Richtung gedacht hatte, war sie von dieser Idee sofort fasziniert gewesen. Für ihren Vater als leitenden Angestellten bei der Stadtverwaltung stand dagegen seit jeher fest, dass Eva in seine Fußstapfen treten würde. Und tatsächlich hatte der Test genau das als zweite Option ergeben. Aber wenn es eins gab, was sie nie gewollt hätte, dann war das, bis zur Rente in einem Büro hinter einem Schreibtisch zu versauern und Akten zu sortieren. Bei dem Gedanken daran sah sie jedes Mal die Blätter eines altmodischen Abreißkalenders vor ihrem inneren Auge vorbeiziehen, bis nur noch neue Hüftgelenke und Treppenlifts im Leben auf sie warteten. Dass sie nach der Ausbildung dann doch in der Verwaltung gelandet war, hing damit zusammen, dass es bei Lars' unregelmäßigen Arbeitszeiten als Arzt im Praktikum einfach mehr Sinn ergeben hatte, wenn einer von ihnen einen planbaren Alltag lebte. Und auch wenn das jetzt schon zehn Jahre her war, waren sie irgendwie bei dieser Aufteilung geblieben … Ihre Mutter kam zum Ende, und Eva wollte den AB bereits ausdrücken, da kündigte die automatische Ansage eine alte Nachricht vom Nachmittag an. Eine fremde Frauenstimme. »Hallo Lars, ich bin's. Tut mir leid, ich hab's auf deinem Handy probiert; ich weiß, du magst es nicht, wenn ich dich zu Hause anrufe …«, ein Klicken wies darauf hin, dass der Hörer abgenommen worden war. Sofort waren die Gedanken an die Vergangenheit wie weggeblasen. Adrenalin schoss in ihre Adern. Die Befürchtungen des Morgens kehrten mit voller Wucht zurück. Sie hörte den Anruf noch einmal ab. Eine andere Frau, die mit Lars reden wollte und ihren Namen nicht zu nennen brauchte. Und die sich dafür entschuldigte, dass sie ihn zu Hause anrief … War das Lisas Stimme? Eva wurde schlecht.

Sie ließ sich auf das Sofa sinken und ihren Blick durch ihr gemeinsames Wohnzimmer schweifen. Die Möbel, die sie im Laufe der Jahre gemeinsam mit ihrem Mann angeschafft hatte, als sie es sich leisten konnten, ihre Studentenmöblierung gegen Qualitätsware auszutauschen. Eine dunkelgraue Sofalandschaft, die sie drei Monatsgehälter gekostet hätte. Schlichtes, zeitloses Design. Ein massiver Holztisch mit acht Stühlen daran für die Freitagsabende. Eine maßgefertigte weiße Schrankwand, hinter der Bücher und Fernseher verschwanden – Möbel, die auf Dauer angelegt waren, für ein langes gemeinsames Leben. Keine Sekunde konnte sie mehr hier verbringen.

* * *

Eva warf die Tür hinter sich zu und lief die Treppe hinunter über die Straße, geradewegs auf die gegenüberliegende Kneipe zu. Ein Auto hupte, Bremsen quietschten, ein Wagen blieb nur wenige Meter vor ihr stehen. Doch sie nahm nichts mehr um sich herum wahr. Sie musste sich zusammenreißen, um die schwere Schwingtür nicht aufzutreten.

Die L-förmige Eckkneipe bestand zum größten Teil aus einer Theke aus hellem Holz, die zusammen mit den in Schwammtechnik gelb gestrichenen Wänden noch aus den 1990er-Jahren übrig geblieben war. Das Licht war gedämpft. Es gab sicherlich sehr viel schönere Kneipen und Cafés in Pempelfort. Aber der Vorteil des Schwerin's war, dass es direkt gegenüber von ihrer Wohnung lag. Und außerdem hatte der Geruch nach Bier, der zu jeder Zeit hier in der Luft lag, etwas ungemein Tröstliches.

Eva stellte sich an die Theke. Immer wieder versuchte sie, Lars auf seinem Handy zu erreichen. Beim dritten Mal sprang die Mailbox ohne vorheriges Klingeln sofort an. Offensichtlich hatte Lars sein Handy in der Zwischenzeit ausgestellt. Sie konnte es nicht fassen. Sie waren seit 12 Jahren zusammen, sie hatten sich die ewige Treue geschworen, sie hatten zusammen eine Wohnung gekauft…

»Du siehst so aus, als könntest du heute was Härteres vertragen, Liebchen«, erklärte die Thekenkraft Torsten, ein schwuler Enddreißiger, der so wirkte, als hätte er die Hälfte seines Lebens hinter der Theke verbracht. »Hier, geht aufs Haus«, sagte er und stellte ihr mit ihrem zweiten Alt einen Jägermeister hin, den Eva augenblicklich auf ex hinunterkippte. »Ärger mit dem Liebsten?« Eva knallte das Glas auf die Theke. »Noch einen«, sagte sie.

Torsten stellte ihr den zweiten Kurzen auf die Theke. »Aber nicht übertreiben.«

Sie versuchte, einen klaren Gedanken zu fassen. Sie waren dabei, eine Familie zu gründen. Lars konnte doch jetzt nicht einfach rausgehen und sich eine andere Frau für sein Baby suchen! Für ihr Baby! War ihm die ganze Zeit, die sie zusammen verbracht hatten, denn gar nichts wert? Sie hatten eine gemeinsame Zukunft gehabt. Und jetzt warf Lars sie so mir nichts, dir nichts aus ihrem gemeinsamen Leben und ersetzte sie durch eine anderen? Sie war bei ihrem vierten Bier und dritten Jägermeister angekommen, als ihr Handy klingelte. Ihr Magen rotierte, in Vorbereitung auf die Auseinandersetzung mit ihrem Mann. Doch dann sah sie, dass es nicht Lars, sondern eine fremde Nummer war, die auf dem Display erschien.

»Mir ist noch etwas eingefallen«. Es war die Stimme von Tomke Krieger. »Vielleicht ist es auch nicht wichtig. Aber Sie haben gefragt, ob die Kinder eine Verbindung zu Coltanminen haben. Und naja, da gibt es etwas …«

Eine Gruppe ausgelassener Studenten betrat das Schwerin's. Eva drückte ihr freies Ohr zu, um besser hören zu können. »Ich bin in zehn Minuten bei Ihnen«, sagte sie. Dann legte sie auf. Kaugummis. Sie brauchte Kaugummis. Und ein Taxi.

Eva hatte sich von Torsten noch eine Flasche Wasser geben lassen. Trotzdem spürte sie immer noch den Alkohol, als sie aus dem Taxi stieg. Kriegers Loft war der einzige, in dem noch Licht brannte. Ein wenig außer Atem erreichte sie die zweite Etage. Krieger wartete an der Tür auf sie und kam direkt zur Sache. »Vielleicht spielt es auch gar keine Rolle, ich mein, ich weiß nicht, ob Abasi und Rahima selber in einer der Minen gewesen sind. Aber der ehemalige Anführer ihrer Einheit bei den Mayi-Mayi, Bad Dog, hat nach der Auflösung seiner Truppe eine Coltanmine übernommen.«

Eva hatte Mühe, ein professionelles Auftreten zu bewahren. »Bad Dog?«, fragte sie irritiert nach.

Krieger entschuldigte sich. »Kommen Sie erstmal rein.«

Sie hatten wieder an dem Küchenblock Platz genommen. Ein schmutziger Teller lag in der Spüle, ein geöffnetes Bier stand auf der Arbeitsplatte. Warmes Licht umgab sie, der Rest des Lofts lag im Dunkeln. Eva deutete Krieger mit einem Nicken an, weiterzureden.

»Also, Bad Dog. Das ist so eine Art Kampfname. Keine Ahnung, wie er richtig heißt. Weiß er vermutlich selber nicht mehr. Ich weiß nur, dass er ein gewissenloser Anführer war. Er hat seine Kämpfer drogenabhängig gemacht und sie dann mit nichts als einem Amulett und einer Machete in den Kampf gegen Soldaten mit Maschinengewehren geschickt. Viele waren noch halbe Kinder. Das Abgefahrene war, dass er damit Erfolg hatte. Seine Kämpfer haben so sehr an die schützende Macht ihrer Amulette geglaubt, dass sie ihre Gegner in die Flucht geschlagen haben.«

Eva hatte von diesen Amuletten gelesen, die die Kugeln der Gegner angeblich in Wasser verwandelten. »Das kann doch unmöglich funktioniert haben.« Eva schaute Krieger skeptisch an und sah die Ernsthaftigkeit in seinen grauen Augen.

»Es hat auch nicht immer funktioniert. Viele sind getroffen worden und elendig im Dschungel verreckt. Einige sind später mit notdürftig amputierten Armen und Beinen zu uns gekommen. Aber selbst dann haben sie noch an die Macht der Amulette geglaubt. Wenn man trotzdem getroffen wurde, dann musste es dafür eine andere Erklärung geben. Zum Beispiel, dass sie sich gewaschen hatten …« Krieger lächelte traurig.

Lag es am Alkohol? Nein, beschloss Eva. Auch nüchtern hätte sie Schwierigkeiten gehabt, sich solch eine Welt vorzustellen. Sie versuchte, sich zu konzentrieren. Was bedeuteten diese Informationen für ihren Fall? Was hatten sie mit Abasi und Spielmann zu tun? Aber sie konnte ihre Gedanken nicht zu Ende denken. Kriegers Augen brachten sie ganz durcheinander. Seine körperliche Nähe zog sie unwiderstehlich an. Sein Geruch weckte das Verlangen in ihr, in ihm zu versinken. Seine Haut zu spüren. Seine Lippen.

»Vielleicht sollte ich besser morgen wiederkommen.«

Sie standen nah beieinander. Sie konnte ihre Augen einfach nicht von ihm nehmen.

»Ja, vielleicht.« Krieger klang, als würde er Evas Entscheidung bedauern.

»Gut, ich geh dann jetzt«, sagte sie. Doch dann machte sie einen Schritt auf ihn zu. Und mit einem Mal fühlte sich alles ganz natürlich an. Krieger beugte sich zu ihr vor, und dann küssten sie sich. Noch nie hatte jemand Eva so gut geküsst, sanft und doch stürmisch, innig und trotzdem unaufdringlich. Die Welt schrumpfte mit einem Mal zusammen, es existierten nur noch sie beide. Vorsichtig umarmte Krieger sie, ließ seine Hände an ihrem Rücken heruntergleiten. Eva drückte sich gegen seinen warmen Körper. Sie wollte ihn. Sich und ihn, nichts anderes spielte mehr eine Rolle. Jede seiner Berührungen sendete Stromstöße durch ihre Gliedmaßen. Sie zogen sich gegenseitig aus, begierig, die Haut des anderen zu spüren. Gemeinsam fielen sie aufs Bett, und Evas Verstand setzte endgültig aus.

Was dann folgte, war der schönste Sex ihres Lebens. Zärtlich, leidenschaftlich, vorsichtig und doch so intensiv wie nichts anderes, was sie bis jetzt erlebt hatte. Seine Hände auf ihrer Haut, sein Körper in ihrer Umarmung – es fühlte sich an, als ob sie endlich dort angelangt war, wo sie hingehörte. Sie schlang die Beine um ihn, drückte ihn noch fester in sich hinein. Jede seiner Bewegungen katapultierte sie weiter in eine bis dahin nicht gekannte Lust. Sie kamen gemeinsam zum Höhepunkt.

Außer Atem ließ Krieger sich neben sie sinken, seinen Arm weiter fest um sie geschlungen. Seine Haut auf ihrer Haut, seine Sommersprossen auf ihrer Brust.

Langsam, ganz langsam kehrte Evas Verstand zurück. »Ich … geh mal ins Bad«, stotterte sie und verschwand auf wackeligen Beinen im Badezimmer, das in eine Ecke des Lofts gebaut war. Sie verriegelte die Tür und lehnte sich gegen die Wand. Schloss die Augen, versuchte vergeblich zu verstehen, was in den letzten dreißig Minuten geschehen war. Ihr Blick fiel auf die Dusche. Vielleicht würde die ihr helfen, einen klaren Kopf zu bekommen. Sie zog die Tür auf, stieg hinein und ließ kaltes Wasser über ihren ganzen Körper strömen. Mit der Kälte drang langsam zu ihr durch, was sie getan hatte. Was sie nie hätte tun dürfen! Nicht als Ehefrau. Und nicht als Polizistin.

Erfolglos durchsuchte sie die Kosmetikflaschen, aber sie fand nichts, was sie hätte benutzen können. Sie konnte schlecht nach männlichem Duschgel riechend nach Hause kommen. Schließlich stellte sie die Dusche einfach ab und wickelte sich in ein Handtuch. Als sie aus dem Badezimmer trat, wartete dort Krieger mit einem großen Glas Wasser auf sie. Er war noch nackt, aber das schien ihm nichts auszumachen.

»Möchtest du etwas trinken?«

»Ich hab so was noch nie gemacht …«, die Haare auf seiner Brust zogen sie magisch an, forderten sie auf, sie anzufassen. Ihre Hand auf sein Herz zu legen. Aber sie widerstand und zog stattdessen ihre Brille, die neben dem Bett gelandet war, wieder auf. Mit einem Mal war ihr ihre Blöße unangenehm. In Windeseile zog sie ihre Kleider wieder an, die sie auf dem Weg ins Bett verstreut hatten. »Ich muss nach Hause.«

»Geht es dir gut?«, fragte Krieger besorgt. »Soll ich dir ein Taxi rufen?«

»Nein danke. Ich mach das schon«, antwortete sie und stürmte aus dem Loft. Was hatte sie getan?

Mittwoch

Schweiß stand auf ihrer Stirn, als sie in das Taxi stieg. Nicht nur in ihrem Kopf drehte sich alles, auch die Welt schien Karussell zu fahren. Was sollte sie bloß Lars sagen, wenn sie nach Hause kam? Im Geiste ging sie die Freundinnen durch, die ihr ein Alibi geben konnten. Aber alle, die ihr einfielen, hatten bereits Kinder und gingen selten mitten in der Woche abends aus. Ganz abgesehen davon, dass die meisten von ihnen mit Lars' Freunden verheiratet waren. Sie ließ sich vor einem Kiosk einige Meter von ihrer Wohnung entfernt absetzen und gab dem Taxifahrer ein großzügiges Trinkgeld. Die nächtliche Straße war menschenleer, der Kioskbesitzer wollte gerade seinen Laden zuziehen. Sie kaufte sich Mineralwasser und Kaugummis und versuchte, den Alkoholgeschmack aus ihrem Mund zu verbannen, während sie den Rest der Strecke zu Fuß ging und sich eine Erklärung für Lars zurechtlegte. Sie hatte zufällig auf dem Heimweg eine alte Schulfreundin getroffen und dann versucht, ihn anzurufen, um ihm zu sagen, dass sie nicht nach Hause kommen würde. Auf seinem Handy konnte er schließlich sehen, dass sie mehrmals versucht hatte, ihn anzurufen … Das müsste funktionieren. Sie fühlte sich elendig.

Lars lag friedlich schnarchend im Bett. Max blinzelte ihr verschlafen von seinem Kopfkissen aus zu. Möglichst leise versuchte Eva, auf ihre Seite zu schleichen. Lars schien im Schlaf von irgendetwas irritiert zu sein. Eva erstarrte. Er brummte, drehte sich weg von ihr und schlief weiter, während Max misstrauisch jede ihrer Bewegungen beobachtete. In Zeitlupe und mit angehaltenem Atem schlüpfte Eva unter die Decke. Streckte sich vorsichtig aus. Lars neben ihr schlief friedlich weiter. Sie konnte es kaum glauben, sie hatte es geschafft. Vorsichtig griff sie nach dem Wecker. Wenn sie morgen ganz früh aufstand, würde es ihr vielleicht erspart bleiben, über die heutige Nacht Auskunft geben zu müssen. Leise stellte sie den Wecker zurück auf das Nachttischchen. Und stieß dabei ihre Wasserflasche um. Laut klirrend knallte sie auf den Boden. Eva erstarrte. Lars wurde langsam wach, drehte sich um und schlang einen Arm um sie.

»Ich hab es schon im Radio gehört. Ihr habt einen zweiten Toten«, murmelte er verschlafen.

»Genau«, erklärte Eva erleichtert mit zusammengekniffenen Zähnen in der Hoffnung, dass er dadurch ihre Alkoholfahne nicht riechen würde.

»Susi hat mich angerufen. Ich war gerade von der Arbeit zurück, da musste ich wieder hin. Mein dämlicher Chef ist vom Moped gefallen und hat sich die Hand verstaucht. Ich hasse es, wenn sie einen selbst zu Hause nicht in Ruhe lassen.«

Eva erstarrte. Die andere Frau. Die hatte sie völlig vergessen. Der Anruf, die Entschuldigung, zu Hause zu stören – war das wirklich die Sekretärin von Lars' Chefarzt gewesen? Wenn sie jetzt darüber nachdachte, konnte das tatsächlich die Stimme dieser kleinen hypernervösen Person gewesen sein, die sie auf der letzten Weihnachtsfeier kennengelernt hatte.

»Tut mir leid, dass wir gestern den letzten Tag versaut haben. Aber nächsten Monat klappt es ganz bestimmt«, erklärte Lars, bevor er leicht schnarchend an ihrer Brust einschlief. Atemzug für Atemzug beruhigte sich ihr Herzschlag. Und auch das Zimmer drehte sich immer langsamer. Sie wusste, sie sollte froh und dankbar sein. Sie würde mit ihrem Betrug durchkommen. Lars würde nie erfahren, was sie getan hatte. Aber alles, was sie wollte, war, in den Armen eines anderen zu liegen.

* * *

Sie hatte kaum geschlafen und stand unter der Dusche, als Lars' Wecker klingelte. Immer wieder schickten die Bilder der vergangenen Nacht wohlige Schauer durch ihren Körper. Sie wollte mehr. Auch wenn sie wusste, dass es unmöglich war. Lars schlurfte ins Bad, reichte ihr ein Handtuch.

»Ich frühstücke heute im Büro, bei uns ist die Hölle los«, erklärte sie und wunderte sich, wie leicht es ihr fiel, ihren Mann anzulügen.

»Ist gut. Bis heute Abend.« Lars gab ihr einen Kuss auf die Wange und nahm ihren Platz in der Dusche ein. Eva betrachtete sich in dem großen Spiegel und konnte es kaum glauben, dass sie immer noch so aussah wie gestern, obwohl ihr Körper sich doch vollkommen anders anfühlte.

In fünf Minuten war sie fertig angezogen, zwei Minuten später saß sie im Auto. Am liebsten wäre sie zurück in Kriegers Loft gefahren.

Stattdessen steuerte sie automatisch durch die leeren Straßen in die Innenstadt. So schnell war sie noch nie im Präsidium gewesen. Bis zur Morgenbesprechung hatte sie noch über eine Stunde Zeit. Langsam trank sie ihren extragroßen Latte macchiato, die Brötchentüte aus der Bäckerei lag unangetastet neben ihr. Sie konnte jetzt nichts essen. Immer wieder durchlebte sie in Gedanken die vergangene Nacht. Süchtig nach den Hormonen, die dadurch freigesetzt wurden. Sollte sie Krieger anrufen? Aber was konnte sie ihm schon sagen?

Im Besprechungsraum hatte sie Schwierigkeiten, sich auf die Ausführungen der anderen zu konzentrieren.

Dreier erklärte wortreich, dass Gregor Spielmanns Aufgabe bei der Bundesanstalt für Geowissenschaften und Rohstoffe eigentlich darin bestand, Proben von Coltanminen für eine Datenbank zu nehmen, die quasi als Fingerabdruck fungierten, um die Herkunft der Rohstoffe künftig besser nachverfolgen zu können. Ein Projektversuch im Kampf gegen Bluterze, um sichergehen zu können, dass nur *saubere* Rohstoffe in Handys und Laptops landeten. In diesem Fall war Spielmann aber von dem Bundeswirtschaftsministerium gebeten worden, gleichzeitig auch weitergehende

Bohrungen in verschiedenen Minen im Ostkongo durchzuführen. Man hoffte, daraus Rückschlüsse ziehen zu können, wie viel Coltan sie enthalten und wie lange es voraussichtlich dauern würde, bis die Vorräte aufgebraucht wären. Die Antworten auf beide Fragen schienen positiv ausgefallen zu sein, sodass er am Ende seiner Untersuchungen die Empfehlung aussprach, vor Ort Coltan zu fördern.

Die Coltanmine! »Bad Dog«, fiel Eva schlagartig ein. Dann war sie in Gedanken wieder an Kriegers Küchentisch, bei ihrem ersten Kuss, Kriegers Hand auf ihrem Rücken.

»Ist alles in Ordnung?«, flüsterte Morelli ihr zu.

Eva riss sich zusammen. »Nur zu wenig geschlafen«, log sie.

Dreier beendete seine detaillierten Ausführungen. Morelli blätterte lustlos den Abschlussbericht durch, den Spielmann für das Bundeswirtschaftsministerium angefertigt hatte, und reichte ihn an Eva weiter. »Bist du sicher, dass du okay bist?«, fragte er nochmals.

Eva nickte. Bis ihr Blick auf das Bild der Exkursionsteilnehmer fiel. »Das gibt es doch nicht«, stieß sie erstaunt aus. Für einen Moment glaubte sie, ihre Wahrnehmung spiele ihr einen Streich. Ihr Gehirn weigerte sich, das Gesehene zu begreifen. Nein, das durfte nicht wahr sein! Das durfte einfach nicht wahr sein! Mit aller Kraft weigerte sie sich, zu glauben, was das Bild ihr sagen wollte. Dafür gab es bestimmt eine andere, ganz harmlose Erklärung …

»Was?«, fragte Dreier.

»Das ist Tomke … Krieger … der Entwicklungshelfer«, erklärte Eva stockend. In der Mitte des Fotos, von der Bildunterschrift als Führer der Kongoreise beschrieben, stand direkt neben Gregor Spielmann niemand anderes als der Mann, mit dem sie die letzte Nacht verbracht hatte.

Morelli nahm ihr den Abschlussbericht aus der Hand und betrachtete das Foto. »Das heißt, er hat nicht nur seine Finger in der Adoption, sondern er hat auch etwas mit Seegers Coltangeschäft zu tun?«

Dreier schaute ernst in die Runde. »Er kannte beide Opfer! Damit rückt er in den Kreis unserer Verdächtigen.«

Eva entschuldigte sich und schaffte es gerade noch bis zu den Toiletten, bevor sich der Latte macchiato wieder seinen Weg nach draußen bahnte.

* * *

Eva war froh, dass sie Morellis Auto genommen hatten und sie nicht fahren musste. Ihr Kollege fragte sie auf dem Weg durch den dichten Stadtverkehr darüber aus, was sie ihm über Krieger sagen konnte. Und Eva fiel auf, dass es nicht viel war. Dass er ein fantastischer Liebhaber war, konnte sie Morelli wohl schlecht erzählen.

»Er ist viel rumgereist und irgendwann im Kongo hängen geblieben«, erklärte sie schwach.

»Warum ausgerechnet im Kongo?«

»Ich weiß es nicht.«

Sie parkten auf der Straße vor dem Loft, und Eva stieg mit zitternden Knien aus dem Wagen.

»Alles fit bei dir?«, erkundigte sich Morelli skeptisch.

»Nur zu wenig geschlafen«, wiederholte Eva ihre Lüge, aber sie hatte nicht den Eindruck, dass sie ihren Kollegen damit überzeugen konnte. Vermutlich dachte er jetzt, dass sie den Strapazen einer Mordermittlung nicht gewachsen war, aber das war ihr egal.

»Ich hätte nicht gedacht, dass wir uns so schnell wiedersehen«, erklärte Krieger lächelnd, als er Eva die Treppe hochkommen sah. Er schien sich über ihren Besuch zu freuen, aber er verstummte rasch, als Morelli in sein Blickfeld trat. Er musste die Begrüßung mitbekommen haben, denn jetzt schaute er misstrauisch von Eva zu Krieger. Eva verfluchte sich, dass sie ihren Kollegen nicht vorgeschickt hatte. Trotzdem löste Kriegers Nähe neue Hormonwellen in ihr aus. Krieger bedeutete den beiden einzutreten, und Morelli sah sich um. Offenbar war er wenig beeindruckt von der Größe des Raums.

»In welchem Verhältnis standen Sie zu Gregor Spielmann?«, kam er direkt zur Sache.

»In gar keinem.« Krieger brauchte einen Moment, um sich zu sammeln. Fragend schaute er zu Eva, aber sie konnte nichts anderes tun, als panisch zurückzustarren. Sie fühlte sich wie eine Verschwörerin wider Willen. Würde Krieger sie verraten?

»Wir haben ein Foto, das beweist, dass Sie ihn kennen.«

Krieger ließ sich nicht einschüchtern. »Ja, ich kenne ihn. Aber das war nur eine kurze berufliche Beziehung. Warum fragen Sie?«

»Erzählen Sie einfach von dieser kurzen beruflichen Beziehung«, überging Morelli seine Frage. Evas Nackenmuskeln schmerzten vor Anspannung.

Krieger schwieg, er schien zu überlegen.

»Was für eine Funktion hatten Sie bei dem Coltanprojekt?«, setzte der Kommissar nach.

Krieger schaute von Eva zu Morelli und zurück. »Ich arbeite ab und zu als Führer für deutsche Gruppen. Es gibt nicht viele Leute, die sich im Ostkongo auskennen, und auf eigene Faust loszufahren, kann man keinem raten. Inhaltlich habe ich nichts mit dem Projekt zu tun, ich bin nur dafür engagiert worden, Seegers Leute zwei Wochen lang zu begleiten. Aber warum wollen Sie das wissen?«

»Als Bodyguard?!«

»Nein, dafür hatten wir die UN. Ich hab mich um die Organisation gekümmert.«

»Also eine Art Reiseleiter.«

»Schon eher.«

Es gibt für alles eine ganz harmlose Erklärung, betete sich Eva wie ein Mantra vor.

»Details. Lassen Sie sich nicht alles aus der Nase ziehen.«

Krieger überlegte wieder einen Moment. Dann zuckte er mit den Schultern. »Die Gruppe ist zunächst gemeinsam von Lubumbashi nach Bukavu in Südkivu geflogen. Dann haben Gregor und ich gemeinsam einige Minen besucht, während Bordieu versucht hat, den Seegers und den Leuten vom Ministerium den Ostkongo so schmackhaft wie möglich zu machen. Aber das hat anscheinend nicht funktioniert. Der Ministeriumstyp und seine Frau waren am

Ende ganz schön durch den Wind. Hatten vermutlich auf Rotweinshoppen und Safarispielen spekuliert.«

Er schaute zu Eva, als versuche er in ihrem Gesicht zu lesen, was hier los war. Doch Eva konnte ihm unmöglich helfen. Was war, wenn er wirklich an den Morden beteiligt war? Sie schaute in seine grauen Augen, sein von den Jahren in Afrika gezeichnetes Gesicht, das sie wenige Stunden zuvor mit Küssen bedeckt hatte. Er durfte einfach nichts mit den Morden zu tun haben!

»Erzählen Sie von der Zeit, die Sie mit Gregor Spielmann allein unterwegs waren«, forderte Morelli Krieger auf.

»Wir haben die Minen abgeklappert, und er hat Probebohrungen durchgeführt. Wir sind dann mit Dutzenden von Bodenproben zurückgekommen. Er hat sich gut geschlagen. Die meisten Europäer brauchen erst mal eine Weile, bis sie sich daran gewöhnen, alle fünfzig Meter von zugedröhnten Teenagern mit Maschinengewehren kontrolliert zu werden. Aber warum interessieren Sie sich für ihn? Hat er etwas mit dem Mord an Abasi zu tun?« Krieger schien jetzt doch von einer gewissen Unruhe erfasst zu werden.

»Hören Sie keine Nachrichten?«, antwortete Morelli.

Krieger schaute einen Moment zur Seite. Dann wieder zu dem Kommissar. »Ich hatte eine lange Nacht«, erklärte Krieger, und Eva spürte, wie sie errötete. Unweigerlich blickte sie zu dem Bett, das noch genauso zerwühlt war wie vor ein paar Stunden, als sie es verlassen hatte.

»Warst du nicht gestern bei ihm?«, wandte sich Morelli plötzlich an Eva.

Panik stieg in ihr auf. »Was, ich?« Konnte Morelli hellsehen?

»Du hast ihn doch gestern nach den Kindern gefragt, habt ihr nicht über Spielmann gesprochen?«

»Nein. Nein. Wir … ich hatte nicht mit einer Verbindung gerechnet; ich dachte nicht, dass das eine Rolle spielt«, erklärte Eva erleichtert. Ihr Herz wummerte.

»Was ist jetzt mit Spielmann?«, wollte Krieger ungeduldig wissen.

»Ihm hat ebenfalls jemand die Kehle durchgeschnitten. Genau

wie dem Kind, das Sie nach Deutschland gebracht haben«, sagte Morelli, nicht ohne eine gewisse Provokation in der Stimme.

»Spielmann ist tot?«, fragte Krieger ungläubig.

Morelli nickte. »Ist auf Ihrer Reise irgendetwas passiert, das einen Hinweis darauf geben könnte, warum Herr Spielmann ermordet wurde?«

Krieger schüttelte mit dem Kopf, anscheinend musste er noch mit den Neuigkeiten kämpfen. »Nichts.« Er überlegte. »Es ist alles planmäßig verlaufen. Nach zwei Wochen sind alle gemeinsam wieder abgereist.«

Er sagt die Wahrheit. Er wusste nichts von dem Mord. Er ist unschuldig! Eva hätte am liebsten ihren Kollegen aus dem Raum gezerrt. Sie waren fertig mit der Befragung und konnten gehen.

»Wo waren Sie vorgestern Nacht?«, fragte Morelli.

»Zu Hause. In meinem Bett.«

»Kann das jemand bezeugen?«

»Nein, ich war allein.«

»Und wo waren Sie am Abend davor?«

»Sie meinen den Abend, als Abasi ermordet wurde? Da war ich auch zu Hause. Allein. Ohne Zeugen. Bis Anna mich dann angerufen hat. Aber wenn ich mich recht erinnere, gibt es die Aussage einer Augenzeugin, die einen Schwarzen identifiziert hat, der nicht die geringste Ähnlichkeit mit mir hat.«

Morelli warf Eva einen vorwurfsvollen Blick zu. Krieger hatte ja selber bei dieser Identifizierung gedolmetscht, fiel es Eva wieder ein.

»Und auf die Frage, die Sie eigentlich interessiert, lautet die Antwort: Nein, ich hab die beiden nicht umgebracht.« Krieger schaute zu Eva, aber sie wich seinem Blick aus.

»Da müssen wir wohl mit Ihrem Wort vorliebnehmen, da sie ja niemanden haben, der das bezeugen kann«, konterte Morelli.

»Das stimmt. Aber das ist Ihr Problem«, stellte Krieger trocken fest.

Eva atmete erleichtert auf, als Morelli die Befragung beendete. Während sie zur Tür gingen, erkannte sie erschrocken, dass ihr Schal noch unter dem Küchentisch lag. Sie musste ihn gestern

Nacht hier vergessen haben. Sie ignorierte ihn und hoffte nur, dass Morelli ihn nicht sehen würde.

Die Tür schloss sich hinter ihnen. Die beiden Polizisten liefen durch das Treppenhaus. Morelli vorneweg. Eva hatte Mühe, mit ihm Schritt zu halten.

Sie zermarterte sich den Kopf. War der Kuss, die Annäherung von ihr ausgegangen oder von Krieger? Hatte er sich mit der Absicht an sie herangemacht, um etwas über den Stand der Ermittlungen herauszufinden? Aber sie hatten gar nicht über den Fall geredet, das ergab doch keinen Sinn. Sie brauchte eine Antwort. Und zwar sofort. Auf der Straße vor der Gewerbeeinheit angekommen, griff Eva sich betont überrascht an den Hals. »Mein Schal. Ich muss ihn oben vergessen haben«, sagte sie und drehte wieder um. Morelli schaute seiner Kollegin misstrauisch hinterher, als sie wieder in der Toreinfahrt verschwand.

»Warum hast du gestern …, ich meine, warum haben wir …« Eva hatte Schwierigkeiten, die richtigen Worte zu finden, als Tomke Krieger ihr erneut die Tür öffnete. Sie war nah an ihn herangetreten, um leise reden zu können. Jetzt bereute sie das; trotz allem machte seine Nähe sie nervös.

»Du hast ein schlechtes Gewissen, weil du deinen Mann mit mir betrogen hast. Und deswegen bin ich jetzt ein Mörder?!«

Er wirkte … enttäuscht, entschied Eva. Sie schaute schnell zur Seite, um zu sehen, ob irgendjemand sie gehört hatte. »Lass mich rein«, forderte sie ihn auf und drängte sich an ihm vorbei in den Loft.

Er schloss die Tür hinter ihr. »Ich weiß, dass das ein Fehler war, gestern Abend«, sagte er. »Ich hoffe nur, dass du deswegen keine falschen Schlüsse ziehst.«

»Welche Schlüsse sollte ich denn daraus ziehen?«, erwiderte Eva.

»Dass ich irgendetwas mit Abasis Tod zu tun habe. Und dass du deswegen den wahren Mörder laufen lässt.« Er stand jetzt direkt vor ihr und schaute zu ihr herunter. Sein Geruch vernebelte Evas Verstand, sie trat einen Schritt zurück.

»Das musst du schon mir überlassen«, sagte Eva.

»War's das?«, fragte er, und Eva überlegte einen Moment, ob er damit ihn und sie oder ihren offiziellen Polizeibesuch meinte. Sie entschied sich für die zweite Variante.

»Wir melden uns«, antwortete sie, ergriff ihren Schal und floh.

Außer Atem stieg Eva in den Golf ihres Kollegen.

»Ist da was zwischen euch?«, fragte Morelli. Er fuhr los, schaute aber trotz seines zackigen Fahrstils immer wieder zu Eva herüber.

»Was soll zwischen uns sein?« Eva bemühte sich, möglichst locker zu klingen, war sich aber nicht sicher, ob ihr das gelungen war.

»Keine Ahnung, sag du es mir.«

Sie bogen auf eine Hauptverkehrsstraße ab, Morelli fädelte sich in den dichten Verkehr ein, und Eva war froh, dass ein ausscherender Lastwagen ihren Kollegen dazu zwang, sich auf die Straße zu konzentrieren. »Ich hab keine Ahnung, wovon du redest.«

Wieder warf ihr Morelli einen forschenden Blick zu. »Dann hab ich mir das wohl eingebildet«, meinte er, jetzt im langsamen Fluss des Verkehrs mitschwimmend. Aber ihr war klar, dass er ihr nicht glaubte.

* * *

Immer wieder schaute Morelli sie während der nächsten Teamsitzung prüfend an. Das Neonlicht schien plötzlich heller als sonst. Eva fühlte sich wie unter einem Mikroskop, kein Schatten, in den sie flüchten konnte. Sie versuchte, ihren Kollegen zu ignorieren, und tat so, als würde sie sich auf die Zusammenfassung dessen konzentrieren, was Dreier in den *Stronck*-Akten gefunden hatte. In Wahrheit wanderten ihre Gedanken immer wieder zu Krieger. Sie hatte ihn als mitfühlenden Mann kennengelernt, der seine gesamte Energie dafür verwendete, anderen zu helfen. Es gab nicht den geringsten Beweis dafür, dass sie sich getäuscht hatte. Nur weil er beide Opfer kannte, hieß das nicht, dass er ein Motiv hatte, um ihnen etwas anzutun.

»Wir haben hier eine Mail, in der Hagen Seeger an seine Kollegen schreibt, dass dem Projekt nichts mehr im Wege steht. Das war, nachdem sie zehn Tage im Kongo waren. Vier Tage später, bei ihrer Rückkehr, wird das Projekt Coltan aus Kivu von Dr. Jürgen Schmieder vom Bundesministerium für Wirtschaft offiziell wegen Sicherheitsbedenken beerdigt. Von Seeger gibt es nur noch eine Mail, die den Vorstandsmitgliedern weitere Erklärungen in einem persönlichen Gespräch verspricht. Das war's, mehr gibt es nicht von seiner Seite dazu. Aber zwei Monate später wurde er trotzdem befördert. Es ist sogar der Posten des Head of Ressources für ihn im Gespräch«, führte Dreier weiter aus. »Die Kollegen in Berlin haben inzwischen mit allen Teilnehmern der Reise gesprochen. Angeblich ist dort nichts Ungewöhnliches vorgefallen. Die einhellige Antwort lautet: Sicherheitsbedenken sind dafür verantwortlich, dass das Coltanwerk nicht gebaut wurde und *Stronck* stattdessen in ein Werk in Malaysia investiert hat. Ohne die Unterstützung des Bundeswirtschaftsministeriums«, fasste Dreier zusammen.

Morelli schüttelte den Kopf. »Aber irgendeinen Grund muss es für die beiden Toten geben. Und dieser Grund hängt mit Projekt *Kivu* zusammen.«

Mit dem Tomke Krieger wirklich nur am Rande zu tun hatte. Er war nur ein Statist, zufällig dabei. Aber unschuldig. Je länger Eva darüber nachdachte, umso sicherer wurde sie, dass sie sich nicht in dem Mann getäuscht hatte. Ein Vibrieren riss sie aus ihren Gedanken. Sie schaute auf ihr Smartphone und öffnete eine Mail. Der Inhalt der Nachricht verschlug ihr den Atem. »Das gibt es nicht!«, stieß sie hervor. Sofort hatte sie die ungeteilte Aufmerksamkeit ihrer Kollegen. »Das ist eine E-Mail von der deutschen Botschaft in Kinshasa. Sie haben bei der UNO eine Anfrage nach den Unterlagen der Kinder gestellt und sie mittlerweile bekommen. Es gibt Abasi nicht. Oder besser gesagt: nicht mehr. Er ist bereits vor einem Jahr gestorben.«

Morelli fand als Erster seine Sprache wieder.

»Aber wer ist dann der Tote?«

In der anschließenden Aufregung ging es unter, dass Dreiers Sekretärin die Tür öffnete und ihrem Chef ein Din-A4-Blatt reichte, auf dem ein Wort farbig markiert war. Dreier starrte darauf und räusperte sich. »Wer immer der tote Junge wirklich ist, ich hab hier die Ergebnisse seines analen Abstrichs. Er litt unter einer Chlamydieninfektion. Das heißt, er wurde vergewaltigt«, las Dreier die Erläuterung des Pathologen vor. »Pädophilenring«, »Kinderhandel«, die Verdächtigungen ihrer Kollegen klangen wie aus weiter Ferne und drangen kaum zu Eva durch.

Das durfte nicht wahr sein.

Das konnte nicht wahr sein.

Was war, wenn das wahr war?

* * *

Anna Seeger schaute auf die ausgeblühten Blumen vor ihrem Küchenfenster. Reste des Flatterbands wehten im hinteren Teil des Gartens. Sie brachte es einfach nicht über sich, zu der Stelle zu gehen, an der Abasi gestorben war.

Rahima zuliebe hatte sie Maisfladenbrot gebacken, in der Hoffnung, dass das Mädchen etwas essen würde, wenn es ihr halbwegs vertraut war. Als der Timer surrte, griff sie nach ihren Küchenhandschuhen und holte das heiße Blech aus dem Backofen. Sie hatte inzwischen fast sämtliche Gerichte aus ihrem Afrikakochbuch durch, aber jedes Mal war es dasselbe. Rahima rührte das Essen nicht an. So auch heute. Sie starrte auf das Fladenbrot, als hätte Anna ihr ein Stück Holz auf den Teller gelegt. Außer ein paar Bananen hatte sie noch nichts zu sich genommen, seit sie hier war. Schweigend saßen sie sich gegenüber. Anna wusste einfach nicht mehr, was sie noch sagen sollte. Rahimas leerer Blick lastete schwer auf ihr. Sie war froh, als das Telefon klingelte und sie einen Grund hatte, aufzustehen.

»Hallo Tomke, gerne. Du kannst jederzeit vorbeikommen. Wir sind hier«, sagte sie in den Hörer. »Ja, heute Nachmittag passt uns ausgezeichnet.« Sie legte auf und schaute zu Rahima. Sie hatte die Hoffnung, dass es dem Mädchen guttun würde, wenigstens regelmäßig ihre Muttersprache zu hören. Auch wenn sie auf Krieger ebenso wenig reagierte wie auf alle anderen auch. Eine Psychologin war am Morgen da gewesen, aber außer der Diagnose, dass Rahima traumatisiert war, hatte das zu keinen Ergebnissen geführt. Und das wusste Anna auch selbst.

»Dormir?« *Schlafen?*, fragte Rahima mit ihrer dünnen Stimme. Das einzige Wort, das sie regelmäßig benutzte, wenn sie allein sein wollte. Anna nickte.

»Bien sûr.« *Natürlich.*

Rahima stand auf und ließ ihre Adoptivmutter allein. Anna räumte die Küche auf, warf die Reste des Maisfladenbrots in den Mülleimer und setzte sich wieder an den Küchentisch. Wenige Sekunden später stand sie jedoch wieder auf. Sie hielt diese Ruhe einfach nicht aus. Wie von einer unsichtbaren Macht getrieben, tigerte sie durch ihr viel zu großes Haus. Das Hochzeitsgeschenk ihrer Eltern, maßlos übertrieben. Die Größe des Hauses hatte sie in den vergangenen Jahren jeden Tag aufs Neue daran erinnert, dass sie es nicht geschafft hatte, es mit Leben zu füllen. Sie brauchte Luft. Frische Luft. Sie ging zur Terrassentür und öffnete sie. Atmete tief ein. Da hörte sie ein Geräusch hinter sich. Ganz leise, dumpf, aus der Richtung des Eingangs. Sie durchquerte das geräumige Wohnzimmer – und plötzlich hörte sie es ganz deutlich. Ein Klappern, aus der Gästetoilette. Noch wenige Schritte, dann hatte sie den Raum erreicht. Sie lauschte an der Tür und war sich nicht sicher, ob sie dort drinnen eine Bewegung wahrnahm. Also nahm sie all ihren Mut zusammen und öffnete die Tür mit einem Ruck. Leer. Aber das Fenster stand sperrangelweit offen. Sofort wurde sie von einer lähmenden Angst überwältigt. Warum war das Fenster offen? Weder sie noch Hagen benutzten die Gästetoilette. War jemand im Haus? Hatte es jemand auf Rahima abgesehen? Ihr erster Blick galt der Alarmanlage. Sie war ausgestellt, wie immer, wenn sie tagsüber zu Hause waren. Anna aktivierte sie. Sollte sie die beiden Polizisten rufen, die in dem Streifenwagen vor ihrem Haus Wache hielten? Wegen eines geöffneten Badezimmerfensters? Jetzt bereute sie es, dass sie die Männer nicht in ihr Haus gelassen, sondern darauf bestanden hatte, dass sie die Villa von der Straße aus überwachten. Sie versuchte, ihre Nerven zu beruhigen, und griff sich einen massiven silbernen Kerzenständer, ein weiteres viel zu teures Hochzeitsgeschenk von einer Tante, der auf einer Kommode am Eingang stand. Mit Kerzenständer und Handy in der Hand begann sie, das Haus zu durchsuchen. Das Erdgeschoss schien leer zu sein. Alle anderen Fenster waren fest verschlossen. Langsam stieg sie in die erste Etage.

* * *

Sie waren den ganzen Tag durch den Wald gelaufen. Abasi hatte ihre Hand kein einziges Mal losgelassen, seitdem die beiden Mayi-Mayi sie geweckt hatten. Ängstlich folgten sie den Befehlen der beiden, die kaum älter waren als sie selbst. Einmal war Abasi gestolpert und hingefallen, und einer der Rebellen hatte mit dem Lauf seiner Kalaschnikow auf ihn eingeschlagen, um ihn zum Aufstehen zu bewegen. Jetzt merkte Rahima, dass Abasi schwächer wurde. Wenn sie in den Wald gingen, um Kassava-Blätter zu sammeln, rannte Abasi schneller als alle anderen Kinder; er war wie ein junger Hund, der ständig von einem zum anderen lief und einfach nicht stillstehen konnte. Doch jetzt war seine Kraft am Ende. Sie hatten seit gestern Morgen nichts mehr gegessen oder getrunken, und Abasi war erschöpft. Als sich die Sonne dem Horizont näherte, merkte sie, dass er immer wieder stolperte. Sie hielt seine Hand fester, aus Angst, was die Milizen mit ihm machen würden, wenn er noch einmal hinfiel. Sie konnte ihren kleinen Bruder nicht auch noch verlieren. Ihre Füße bluteten, und Abasi hatte sich eine üble Schramme im Gesicht zugezogen, als ein Zweig zurückschlug, den der Rebell, der vor ihnen herging, nach vorne gebogen hatte. Gerade als Rahima dachte, keinen Schritt mehr gehen zu können, sah sie Rauch, der zwischen den Bäumen aufstieg. Offensichtlich erleichtert, atmeten die beiden Mayi-Mayi auf. Sie waren an ihrem Ziel angekommen. Wenige Minuten später sah sie ein provisorisch aufgeschlagenes Lager, in dem ungefähr zwanzig Männer und Teenager beim Abendessen saßen. Ihre beiden Geiselnehmer wurden grölend von den betrunkenen Rebellen begrüßt. Einer sprang auf und begutachtete den Fang der beiden. Er riss Rahimas Nachthemd auf, ließ dann aber nach einem Blick auf ihre flache Mädchenbrust von ihr ab. Abasi und Rahima wurden an einen Baum gebunden, während sich ihre Entführer zu den anderen gesellten. Weinend vergrub Abasi seinen Kopf an Rahimas Schulter. Mit ihren gefesselten Händen versuchte sie, ihn zu umarmen. Doch dann fiel ihr Blick auf etwas, das ihr Herz stocken ließ. Der Anführer der Rebellen, der von den anderen Bad Dog genannt wurde, trug eine ganze Reihe von Ketten und Amuletten um seinen Hals. Und eine davon war die Kette ihrer Mutter. Die Kette, die ihr Vater nach einem Marktbesuch in Walikale mitgebracht hatte. Regelmäßig hatte er Maniokwurzeln und Palmöl auf sein altes Fahrrad geschnallt und war in den drei Tagesreisen entfernten Ort gelaufen, um die Güter zu verkaufen. Er war dann eine Woche weg gewesen und mit wunderschönen bunten Stoffen wiedergekommen, aus denen ihre Mutter sich und den anderen Frauen Kleider genäht hatte. Beim letzten Mal hatte er ihrer Mutter diese Kette mitgebracht. Sie hatte die Kette seitdem immer getragen. Für nichts in der Welt hätte sie sie weggegeben. Rahima sah dem Mann in die Augen. Sah sein breites Grinsen, seine haarige Brust, die Beine, die er breit gespreizt hatte, während er mit seinen Zähnen das Fleisch von einem gebratenen Hühnerbein abbiss. Ihr wurde übel. Sie würgte. Aber in ihrem Magen war nichts, was sie hätte erbrechen können.

* * *

Annas Herz schlug schmerzhaft in ihrer Brust. Sie war in die erste Etage geschlichen und bemühte sich, keine Geräusche zu machen, während sie das Haus durchsuchte. In diesem verfluchten Haus gab es viel zu viele Ecken, hinter denen jemand lauern konnte. Sie blieb stehen, um zu lauschen. Doch sie hörte nichts. Vorsichtig öffnete sie die Tür zum Kinderzimmer. Das Bett war leer. Ihr Herz blieb stehen. Jemand war gekommen, um das Mädchen zu holen! In dem Moment hörte sie ein Geräusch neben der Tür. Sie schoss herum. Sämtliche Stofftiere und Puppen, die sie für ihre beiden Adoptivkinder gekauft hatten, waren mit dem Gesicht zur

Wand aufgereiht. Dann nahm sie eine Bewegung wahr: Jemand kauerte am Boden! Ihr Gehirn brauchte eine Weile, um zu realisieren, dass es sich bei der Gestalt um Rahima handelte, die sie fragend ansah. Anna umarmte Rahima stürmisch. »Hast du mich erschreckt!«, erklärte sie Rahima, die reichlich überrascht von diesem plötzlichen Liebesbeweis war. Aber zu Annas Verwunderung ließ Rahima die Umarmung zu. Mehr noch. Sie legte ihre Stirn an die Brust ihrer Adoptivmutter. Und mit einem Mal wusste Anna, das Rahima wirklich ihre Tochter war. Sie hatte sich ihre Kinder immer ganz anders vorgestellt. Aber wenn sie jetzt über Rahimas schmalen Rücken strich und in ihr kleines Gesicht sah, dann sah sie in die Augen ihrer Tochter. Anna hätte vor Glück weinen können.

* * *

Eva bekam keine Luft. Dreier telefonierte, um Unterstützung für Kriegers Festnahme zu organisieren, Morelli sprach mit der Staatsanwältin, und ihr war unerträglich heiß. »Ich muss auf die Toilette«, stieß sie mit Mühe hervor und verließ den Besprechungsraum. Niemandem fiel auf, dass sie jetzt schon zum zweiten Mal innerhalb von zehn Minuten diesen Gang antrat. Sie wankte über den nicht enden wollenden Flur, ging jedoch an den Toiletten vorbei und stieg in den Paternoster des Polizeipräsidiums. Sie brauchte frische Luft. Dringend. Die Etagen ratterten an ihr vorbei. Sie trat einen Moment zu früh aus ihrer Kabine hinaus und stolperte, weil der Boden nicht dort war, wo sie ihn erwartet hatte, sondern zehn Zentimeter darunter. Um ein Haar wäre sie kopfüber auf dem Mosaik in der Empfangshalle des Polizeipräsidiums gelandet, auf dem ein Adler mit Schwert und Blitzen in der Hand von der Überschrift *Gott mit uns* gekrönt wurde.

Eva ging in den Innenhof, wo Einsatzfahrzeuge auf den nächsten Notruf warteten. Ein Schwall feuchter Herbstluft wehte ihr entgegen. Begierig sog sie sie ein. »Konzentrier dich«, befahl sie sich und drückte ihre Stirn gegen die kühle Steinmauer. Sie musste alles, was sie wusste, alle Begegnungen mit Krieger noch einmal durchgehen. Mit ihrem neuen Wissen abgleichen. Aber ihr Kopf weigerte sich zu denken. Immer wieder schossen ihr Bilder von der letzten Nacht durch den Kopf, von Krieger über ihr, seinem Schweiß auf ihrer Haut, ihrem gemeinsamen Orgasmus. Doch dann drängte sich von einem entlegenen Winkel ihres Gehirns ein Bild dazwischen: Rahima, wie sie zunächst auf das Phantombild und dann zu Krieger schaute, bevor sie auf Evas Frage, ob er der Mörder sei, mit einem Nicken antwortete. Es traf sie wie ein Schlag. Hatte das Mädchen ihnen etwa von Anfang an gesagt, dass Krieger der Mörder ihres Bruders war? Und sie hatte die Kleine nur missverstanden? Krieger stand die ganze Zeit in der Kommunikation zwischen Rahima und ihr, er hatte das Mädchen nach der Tat täglich gesehen. Eva war davon ausgegangen, dass er in seiner Funktion als Adoptionsvermittler aus Sorge um seinen Schützling handelte. Aber vielleicht wollte er nur dem Mädchen bewusst machen, dass sie nirgends vor ihm sicher war. Ihre Beine gaben nach, sie musste sich setzen. Zitternd lehnte sie an der kalten Steinwand. Es gab für das alles eine Erklärung. Es gab sicher eine Erklärung. Sie kannte sie einfach nur noch nicht, meldete sich eine immer leiser werdende Stimme in ihr. Sie hätte ihr nur zu gerne geglaubt.

»Du hast einen Verdächtigen die Identifizierung des Phantombilds vornehmen lassen?!«

Eva hörte ihren Chef zum ersten Mal brüllen. Es kam ihr vor, als kämen die Wände des Besprechungsraums auf sie zu. »Zu dem Zeitpunkt wusste ich nicht, dass er verdächtig ist.«

»Jeder ist verdächtig, der aus dem Umfeld des Opfers stammt. Du hattest doch eine offizielle Übersetzerin, warum hat sie dir nicht bei der Identifizierung geholfen?«

»Sie wollte nicht«, brachte Eva schwach hervor.

»Sie wollte nicht?!«

»Sie fand, dass das Mädchen zu stark traumatisiert wäre, um es zu befragen.«

»Dann hättest du jemand anderen rufen müssen. Wir haben die letzten zwei Tage damit verschwendet, einem schwarzen Mann nachzujagen, der vermutlich überhaupt nichts mit dem Mord zu tun hat.«

»Das wissen wir nicht«, verteidigte Morelli Eva, die dazu nicht mehr in der Lage war. »Selbst wenn Krieger mit Kindern handelt, kann es trotzdem einen afrikanischen Killer gegeben haben.«

Ein Klopfen an der Tür unterbrach die Diskussion. »Die Verstärkung ist bereit«, erklärte Dreiers Sekretärin.

* * *

Tomke Krieger saß auf dem Absatz der Feuerleiter, die vor dem Fenster des Ateliers angebracht war, und rauchte. Aus einem Büro in der ersten Etage schallten Fetzen einer erbitterten Diskussion zu ihm hinauf; es ging darum, ob der Rahmen um die Graphiken zwei oder drei Millimeter breit sein musste. Doch die wortreichen Argumente schwirrten an ihm vorbei. Er dachte an die beiden Geschwister, wie sie eingeschüchtert neben ihm im Flugzeug saßen, das sie nach Deutschland gebracht hatte. Mit großen Augen hatten sie ihn angeschaut, voller Angst vor der Zukunft, die sie in diesem fremden Land erwartete. Er hatte gedacht, dass er sie auf diese Art retten könnte, aber es war ihm nicht gelungen. Müde sank sein Kopf gegen das angenehm kühle Geländer der Plattform. Er hatte seit Sonntag keine Nacht geschlafen. Er schloss die Augen. Und da waren sie wieder. Die Augen. Die großen Kinderaugen. Augen, aus denen das Leben entwich. Er versuchte, ihnen zu entkommen. Zuckte im Halbschlaf, gefährlich nahe am Rand der Feuertreppe. Aus halb geöffneten Augen sah er eine Bewegung in dem Spiegel, der zum Schutz der Fußgänger an der Ausfahrt des Hofs angebracht worden war. Eva und ihr Kollege liefen gefolgt von mehreren uniformierten Männern auf den Innenhof. Mit einem Mal war er hellwach.

Die Tür zum Hof hatte offen gestanden. Mit klopfendem Herzen folgte Eva Morelli die Treppe hinauf. Das wievielte Mal war das jetzt, dass sie diese Treppe in den letzten 24 Stunden hochstieg? Oben angelangt, hämmerte Morelli gegen die Lofttür.

»Polizei! Aufmachen!«, brüllte er.

Aber von innen kam keine Reaktion. Dafür öffnete sich eine Etage tiefer eine Tür. Ein schwarz gekleideter Grafiker mit wild hochgegelten Haaren warf einen überraschten Blick auf die Polizei im Treppenhaus und schloss die Tür sofort wieder. Morelli gab zwei besonders kräftigen Kollegen, die mit einem Rammbock auf der Treppe warteten, ein Zeichen. Zwei Sekunden später flog die Tür aus ihren Angeln. Morelli griff seine Waffe und trat als Erstes in den Raum.

»KriPo Düsseldorf! Kommen Sie mit erhobenen Händen heraus«, rief er. Aber nichts rührte sich.

Lass ihn nicht da sein, bitte, lass ihn nicht da sein, betete Eva innerlich.

Das Team bewegte sich eingespielt durch den Raum.

»Leer«, »leer«, riefen sie nach jedem kontrollierten Raumabschnitt.

Morelli kam als Erster an dem Kubus an, der das Badezimmer beherbergte. Er gab einem Kollegen ein Zeichen, die Tür aufzureißen, und sprang mit seiner Waffe im Anschlag in das Badezimmer. Aus dem Augenwinkel sah er den Lauf einer Waffe aufblitzen und fuhr herum.

»Fallen lassen«, rief er, gleichzeitig löste sich ein Schuss.

Eva erstarrte.

Die Scherben des Spiegels fielen klirrend zu Boden. Das Bad war leer. Morelli seufzte. Er ahnte, was für Sprüche er von seinen Kollegen in den nächsten Monaten zu hören bekommen würde.

Er griff zu seinem Funkgerät.

»Fahndung rausgeben«, gab er an die Zentrale durch.

War sie tatsächlich froh, dass der Tatverdächtige in zwei Mordfällen entkommen war?!

Krieger war gerade noch rechtzeitig auf das Geländer der Feuertreppe gestiegen und hatte sich an der Regenrinne aufs Flachdach hochgezogen, bevor die Polizisten den Loft stürmten.

Jetzt sah er, wie die Beamten wieder abfuhren. Zwei Männer bezogen in einem Hauseingang Position und wurden eine halbe Stunde später von Beamten in Zivil abgelöst. Krieger blieb auf den Kieselsteinen des Dachs liegen, bis es dämmerte. Es hatte angefangen zu regnen, aber er spürte die Kälte nicht, die in seine Arme und Beine kroch. Kurz bevor es endgültig dunkel wurde, fuhr ein Streifenwagen in den Hof, und eine Dame, die im Erdgeschoss des Vorderhauses wohnte, kam auf die Beamten zu. Krieger sah, wie sie auf die beiden Beamten in Zivil deutete, und konnte sein Glück nicht fassen. Offensichtlich hatte die alte Dame die Polizei gerufen, weil sich zwei fremde Männer in den Hauseingängen des Hofs herumtrieben. Krieger nutzte die wenigen Sekunden, die seine Bewacher abgelenkt waren, und ließ sich zurück auf die Feuertreppe und durch das Fenster in seinen Loft gleiten. Auf allen vieren kroch er über den Boden, um vom Hof aus nicht gesehen zu werden. Im Dunkeln suchte er seinen Pass und seine Bargeldreserven zusammen. Dann griff er zum Telefon und bestellte eine Pizza in die Werbeagentur im Stock unter sich. Dann hieß es warten. Durch einen kleinen Rasierspiegel beobachtete er den Eingang zum Hof. Noch bevor der Pizzabote klingeln konnte, betätigte Krieger den Türöffner.

»Zweite Etage«, erklärte er durch die Sprechanlage.

Eine viertel Stunde später verließ er um zweihundert Euro ärmer, aber dafür in der Uniform des Pizzaboten den Hinterhof.

* * *

Dreier hatte sich nach dem Verschwinden des Haupttatverdächtigen dazu entschlossen, sich ganz auf die Spur des Kinderhandels zu konzentrieren. Die Unterlagen über das Bergbauprojekt im Kongo hatte er an die Fachleute der Wirtschaftskriminalität weitergegeben, die sie auf Unregelmäßigkeiten überprüfen sollten.

Die Suche nach der wahren Identität des kleinen Jungen war

bis jetzt erfolglos geblieben. Sie hatten die Fingerabdrücke und ein Foto an Interpol weitergeleitet, aber rechneten nicht wirklich mit Resultaten. Die Wahrscheinlichkeit, dass ein Kind aus dem Kongo in irgendeinem Computer gespeichert war, ging gegen null. Morelli sollte sich Bordieu vornehmen, um alle Papiere, die er in die Hände bekam, zu überprüfen. Und Eva fuhr noch einmal nach Kaiserswerth, um Rahima zu befragen. Das Kind, das alles wusste, aber nichts sagte.

Sie hatte zwei Bilder vorbereitet, das Phantombild, das inzwischen in ein fast fotorealistisches Porträt verwandelt worden war, und Tomke Kriegers Passfoto. Sie hatte die beiden Bilder sorgfältig in Klarsichthüllen gesteckt und Anna Seeger angerufen und gebeten, niemanden zu Rahima zu lassen, bis sie da war.

Die Kollegen im Streifenwagen vor Seegers Tor nickten Eva müde zu, nachdem sie sich eine halbe Stunde durch den dichten Feierabendverkehr gekämpft hatte und endlich an der Villa angekommen war. Anna Seeger kam ihr entgegen, als Eva die Auffahrt hochging.

»Gibt es neue Entwicklungen?«, fragte sie ohne eine Begrüßung. Eva konnte sehen, dass die Frau in ihrem dünnen Pulli fror.

»Lassen Sie uns reingehen«, wich sie der Antwort aus.

Der Kamin im Wohnzimmer der Seegers brannte, aber er konnte die Kälte im Haus nicht vollständig vertreiben. Eva suchte die richtigen Worte.

»Es gibt neue Entwicklungen. Wir haben einen zweiten Tatverdächtigen. Und wir würden Rahima gerne sein Foto zeigen.«

»Kommt Ihre Übersetzerin, oder soll ich Tomke anrufen?«, fragte Anna Seeger hilfsbereit.

»Nein, ich hab die Dolmetscherin bestellt«, erklärte Eva. Sie zog die beiden Klarsichthüllen hervor. »Außerdem muss ich Sie bitten, jeden Versuch der Kontaktaufnahme seitens Tomke Krieger sofort zu melden.«

Anna Seeger schüttelte entsetzt den Kopf, als sie begriff, dass Krieger inzwischen zum Kreis der Verdächtigen zählte. »Das kann unmöglich Ihr Ernst sein. Warum sollte Tomke Abasi ermorden?« Ihre Verwirrung war echt, und Evas Bauchgefühl sagte ihr, dass Anna Seeger tatsächlich nichts von Unregelmäßigkeiten bei der Adoption, geschweige denn von dem Missbrauch ihres Adoptivsohns wusste. Aber trotzdem. Je weniger Anna Seeger wusste, desto besser.

»Frau Seeger, ich muss Sie leider bitten, während der Befragung draußen zu bleiben«, sagte Eva. Eine weitere Beeinflussung der einzigen Augenzeugin konnte sie sich nicht leisten.

Die Dolmetscherin war noch nicht eingetroffen, Eva hatte sich aber trotzdem entschieden, schon einmal Kontakt mit Rahima aufzunehmen. Um ihr die Angst vor der Vernehmung zu nehmen. Rahima saß auf ihrem Bett und starrte sie stumm an.

»Bonjour Rahima«, begrüßte Eva das Mädchen.

»Bonjour«, antwortete Rahima schüchtern. Sie wirkte viel lebendiger als bei ihrem letzten Besuch.

»Je suis Eva. Et tu t'appelle?«, fragte sie vorsichtig. *Ich bin Eva, und wie heißt du?*

»Rahima«, antwortete die Kleine zaghaft.

»Rahima?«

»Oui«, bestätigte sie mit einem Nicken.

»Et ton frère?« *Und dein Bruder?*

»Abasi?«

Eva war mit ihrem Französisch am Ende. Suchend sah sie sich um. Ihr Blick blieb schließlich an einem Block und einer Schachtel Buntstifte hängen. Sie zog den Block hervor und bemerkte zu ihrem Erstaunen, dass auf der ersten Seite bereits ein Bild war. Rahima hatte nicht viel Übung, aber trotzdem konnte man eine Familie erkennen. Mutter, Vater, drei Kinder und viele andere Menschen an ihrer Seite. In der Mitte des Bildes hielten ein kleines Mädchen und ein kleiner Junge einander an der Hand. Rahimas Familie.

»Rahima et Abasi?« fragte Eva, als sie auf die Kinder zeigte. Rahima nickte.

Was war noch mal das französische Wort für »tot«? Aber bevor Eva weiterfragen konnte, zog Rahima das Bild weg und legte es unter ihr Bett. Offensichtlich wollte sie ihre Privatsphäre schützen. Eva konnte es ihr nicht verübeln.

Es klopfte an die Tür. Die Dolmetscherin.

Eva legte jedes Wort auf die Goldwaage, als sie Habeebah Moke Kalemba bat, Rahima noch einmal zu befragen. Doch zum Glück schien die Frau heute ohne Weiteres zur Zusammenarbeit bereit zu sein. Freundlich lächelnd zog sie einen der kleinen Stühle heran und setzte sich zu Rahima, die auf ihrem Bett hockte. Aber das Mädchen schüttelte auf all ihre Fragen nur den Kopf. Sie wollte oder konnte nichts zu ihrer Vergangenheit sagen, weder dazu, ob Abasi wirklich ihr Bruder war, noch ob sie tatsächlich Rahima hieß. Sie hatte sich wieder in ihr Schneckenhaus zurückgezogen. Eine Angst vor dem, was sie als Nächstes fragen musste, breitete sich in Evas Bauch aus.

Sie seufzte. Es hatte keinen Sinn, das Unvermeidbare weiter hinauszuzögern. »Bitten Sie sie, mir zu zeigen, wer ihren Bruder umgebracht hat«, bat Eva die Dolmetscherin. Die Kommissarin hielt die beiden Bilder vor sich. Und Rahima betrachtete sie, ohne irgendeine Gefühlsregung zu zeigen. Eva hielt die Luft an.

»Ambao waliuawa ndugu yako?«, fragte Habeebah Moke Kalemba. *Wer hat deinen Bruder ermordet?* Und als Rahima nicht reagierte, direkt noch einmal. Rahima zögerte. Eva hörte ihr eigenes Herz unnatürlich laut hämmern. Ihre Hände zitterten; sie hatte Mühe, die Bilder ruhig zu halten. Plötzlich zeigte Rahima auf Krieger.

»Yeye ndiye mwenye kulaumiwa.« *Er ist schuld.*

* * *

Fauconnier schaute auf seine Uhr. Wie er diesen dämlichen Neger hasste! Bad Dog. Wie konnte man sich selbst nur Bad Dog nennen lassen. Besonders dämlicher Hund würde es besser treffen, überlegte er, während er darauf achtete, dass die Kellnerin eine neue

Flasche Whiskey für seine Bestellung öffnete. Er bestand immer darauf, dass die Flaschen, aus denen er trank, neu geöffnet wurden. Sonst konnte man nämlich sicher sein, dass alles, bloß nicht das, was auf dem Etikett stand, in der Flasche war.

Bad Dog hatte den Puff als Treffpunkt vorgeschlagen; er lebte quasi hier, wenn er sich in Goma aufhielt. Und Fauconnier hatte zugestimmt. Die Mauern des Bordells wiesen große Löcher auf, die von den letzten Gefechten mit den M23 stammten und durch die der Lärm der Mopeds und die lauten Gespräche der Passanten hereindrangen. Ehemals rote Sofas standen in einer Ecke, aber Fauconnier hätte sich um nichts auf der Welt darauf niedergelassen. Ungeziefer lief über die Theke, aber das schien niemanden hier zu stören. Trotzdem – in den Restaurants, in die er normalerweise ging, wollte er lieber nicht mit Bad Dog gesehen werden.

Fauconnier schaute zu seinem Leibwächter, dem beim Anblick der spärlich bekleideten Nutten fast die Augen aus dem Kopf fielen. Wenn jetzt eine Einheit der M23 reinmarschieren und alles niedermähen würde, bekäme der Typ es vermutlich nicht einmal mit. Wie aufs Stichwort wurde die Tür des schäbigen Etablissements aufgestoßen, und Bad Dog polterte mit mehreren finster blickenden Leibwächtern herein. Auch wenn er kein Mayi-Mayi mehr war, so umgab er sich weiterhin Tag und Nacht mit seiner persönlichen Privatarmee.

Bad Dog schob sich seine Kalaschnikow auf den Rücken und streckte Fauconnier seine fleischige Pranke hin. Fauconnier hätte nach dem feuchten Händedruck am liebsten sofort eins seiner Desinfektionstücher herausgeholt. Doch es war nicht ratsam, Bad Dogs Ehre zu kränken. Die Prostituierten stürzten sich auf die neu eingetroffenen Männer, aber Bad Dog schob sie unsanft zur Seite. Fauconnier wusste, dass Bad Dog bei nichts über zwölf einen hochbekam. Und die Kinder, die hier arbeiteten, waren anscheinend gerade alle belegt. Zum Glück. Fauconnier wollte diese Bruchbude nämlich möglichst schnell wieder verlassen.

»Nous devons repousser la prochaine livraison«, kam Fauconnier direkt zur Sache. *Wir müssen die nächste Lieferung verschieben.*

* * *

Eva stand im Garten der Seeger'schen Villa. Sie war ein Stück den Weg hinuntergelaufen, der über den Teich zum Tatort führte. Weg vom hell erleuchteten Haus, um in der Dunkelheit Zuflucht zu suchen. Immer noch raschelte das Flatterband in der Luft, obwohl es an einer Seite bereits abgerissen war und auf dem Boden lag. Das Gras hatte sich wieder aufgerichtet. Das Blut war vom Regen abgewaschen worden. Zumindest im Dunkeln ließ sich der Tatort nicht mehr von seiner Umgebung unterscheiden. Eva atmete tief durch und spürte, wie die kühle Luft in ihre Lungen strömte. Aber bevor der gewünschte Effekt eintrat, klingelte ihr Telefon.

»Ich hab mit dem Jugendamt gesprochen«, sagte Dreier. »Die brauchen mehr Beweise, dass das Wohl des Kindes gefährdet ist, bevor sie Rahima da herausholen. Wir sollen einen Urintest machen. Auf Chlamydien.«

Eva kostete es Überwindung, zurück in das Haus der Seegers zu gehen. Als ihr Rückweg sie zum wiederholten Mal über die kleine Zierbrücke über den Teich führte, fiel ihr Blick auf etwas, das im Wasser trieb. Sie konnte es nicht richtig erkennen, aber die gleichmäßige Wasseroberfläche, die das Licht aus dem Wohnzimmer reflektierte, wurde an einer Stelle unterbrochen. Sie bog vom Weg ab und lief über den Rasen zum Rand des Teichs. Mit dem Licht ihres Handydisplays suchte sie die Stelle ab. Und tatsächlich, irgendetwas Dunkles wurde von ihrem Lichtkegel erfasst. Etwas trieb im Wasser. Aber sie konnte immer noch nicht erkennen, um was es sich handelte. Sie schob die Bambusstäbe zu Seite, die am Rande des Teichs wuchsen, beugte sich vor und leuchtete mit ihrem Handy. Nur ein Stück Gestrüpp, erkannte sie enttäuscht. Aber nein, es schien an etwas festzuhängen. Eva beugte sich weiter vor und sah, dass ein Lederband an dem kleinen Bündel befestigt war. Das Band hatte sich an einem der Bambusstäbe verfangen. Kurzerhand brach Eva den Bambusstab ab, um den Gegenstand aus dem Wasser zu fischen. Es war eine Art Kette. Ein Amulett! In der Mitte des Lederbandes war ein kleines Päckchen aus Pflanzenhalmen und Blättern befestigt. Was hatte Krieger über die magischen Amulette der Mayi-Mayi gesagt? Dass sie den Träger unverwundbar machten? War das hier eins dieser Amulette? Oder hatten Rahima und Abasi es selbst gebastelt? Um sich zu schützen? Vor was? Sie fasste das Lederarmband vorsichtig an einem Ende und trug es in die Küche. Sie hielt es über die Spüle, um die edlen Bodenfliesen nicht vollzutropfen. In einer Schublade fand sie einen kleinen Müllbeutel. Vorsichtig legte sie das Amulett in die Tüte. Jetzt im hellen Licht bestand kein Zweifel mehr. Jemand hatte ein großes Blatt einer Pflanze zusammengefaltet und mit stabilen Grashalmen umwickelt. Und einen Teil einer Kletterpflanze als Kette benutzt.

Eva ging zurück ins Kinderzimmer. Anna Seeger hatte ihre Abwesenheit genutzt, um hineinzuschlüpfen und offensichtlich inzwischen von Rahimas Identifizierung erfahren. Fassungslos saß sie mitten im Raum auf dem Boden, schüttelte immer wieder den Kopf. Rahima beobachtete sie aus leeren Augen. Eva bat Anna Seeger hinaus auf die Galerie.

»Ich weiß, das muss alles furchtbar für Sie sein. Und es tut mir wirklich leid, dass ich Sie nicht in Ruhe lassen kann. Aber wir brauchen eine Urinprobe von Rahima.«

»Wieso?«, wollte Anna Seeger wissen.

»Um sie auf Chlamydien zu untersuchen«, antwortete Eva leise.

Sie sah das Entsetzen in den Augen der Ärztin, die sofort begriff, was das implizierte. »Das ist eine reine Vorsichtsmaßnahme«, log sie, um den Schock abzufedern.

Aber das half nichts. Anna Seeger waren die Tränen in die Augen geschossen. »Nein, das darf nicht …«. Sie fing an zu weinen. »Entschuldigen Sie mich.« Dann verschwand sie in ihrem Schlafzimmer, und Eva hörte lautes Schluchzen hinter der verschlossenen Tür.

Mehr um Anna Seeger ein wenig Zeit zu geben, als in dem Glauben daran, dass die Dolmetscherin ihr wirklich helfen konnte, ging Eva zurück ins Kinderzimmer und zog die Mülltüte hervor. »Haben Sie eine Ahnung, um was für ein Amulett es sich hier handelt?«, fragte sie die Frau.

Habeebah erhob sich von ihrem Platz neben Rahima und kam auf Eva zu. Sie betrachtete das Gebilde aufmerksam. »Es gibt alle möglichen Amulette. Für oder gegen was die gut sind, bestimmt eigentlich nur der Medizinmann, der sie anfertigt.«

»Glauben Sie, dass das ein echtes Amulett ist? Ist es nicht möglich, dass die Kinder es nachgebaut haben?«, wollte Eva wissen.

»Doch, das ist möglich. Sie sind mit solchen Dingen aufgewachsen. Sie wissen ganz genau, wie sie aussehen.«

»Können Sie sie fragen?«, bat Eva sie, halb wieder mit einer Weigerung rechnend.

»Ich kann es versuchen.« Die Dolmetscherin nahm die Plastiktüte und ging zu Rahima, die immer noch wie in Trance schien. Habeebah setzte an, um ihre Frage zu stellen. Da blickte Rahima auf den Inhalt der Tüte – und fing an zu schreien.

Eva musste schließlich mit dem Amulett rausgehen. Rahima war nicht zu beruhigen gewesen, solange es sich im Zimmer befand. Auf der Galerie stieß sie mit Anna zusammen, die – von den Schreien ihrer Adoptivtochter alarmiert – aus ihrem Schlafzimmer rannte. »Können Sie sie nicht endlich in Ruhe lassen?!«, herrschte sie Eva an, ehe sie im Kinderzimmer verschwand, aus dem die Schreie langsam verstummten, bis nur noch ein leises Schluchzen übrigblieb. Ob es von Rahima oder Anna Seeger stammte, konnte Eva von der Galerie aus nicht genau sagen. Aber sie musste alle ihre Kraft aufwenden, um nicht aus tiefstem Herzen mitzuweinen.

* * *

Die Urinprobe war negativ ausgefallen. Die Kinderpsychologin hatte in Zusammenarbeit mit dem Jugendamt beschlossen, dass weitere gynäkologische Untersuchungen zum jetzigen Zeitpunkt die Gefahr in sich bargen, das Kind völlig zu traumatisieren. Und auch wenn sie diese Information eigentlich dringend gebraucht hätten, um die Theorie eines Pädophilenrings zu bestätigen, war Eva froh, dass der Kleinen diese weitere Tortur erspart blieb. Völlig erledigt kam Eva eine Viertelstunde zu spät zur letzten Teamsitzung des Tages. Das helle Licht im Besprechungsraum brannte in ihren Augen. Irgendjemand hatte die ganze Kanne Kaffee direkt auf den Tisch gestellt, und Eva goss sich eine Tasse ein. Er schmeckte grauenvoll bitter, aber zumindest war er noch heiß. Alkohol wäre ihr lieber gewesen. Morelli stieß sie an. »Du siehst nicht gut aus.«

»Alles okay.« Eva riss sich zusammen.

»Die Staatsanwaltschaft im Kongo ist durch das offizielle Hilfegesuch jetzt doch endlich tätig geworden. Zumindest haben sie offensichtlich zum ersten Mal ihren Computer nach Krieger durchsucht. Er hat da unten eine Klage aus Frankreich am Hals. Hat jahrelang Hilfsgelder für den Schutz von Affen eingetrieben, die es gar nicht mehr gab«, erklärte Dreier.

»Krieger kennt sich in diesem ganzen Wohltätigkeitsbusiness verdammt gut aus. Für ihn muss es ein Leichtes gewesen sein, das Geld in die eigene Tasche zu stecken. Wer soll schon kontrollieren, ob das Geld dort ankommt, wo es sollte, wenn selbst die UN die Gegend meidet?«, überlegte Morelli.

»Aber anscheinend waren ihm die Spenden nicht genug, und er hat Kinderhandel in sein Repertoire aufgenommen«, fügte Dreier hinzu.

»Dann ist irgendetwas schiefgelaufen, und er musste den Jungen umbringen, damit der nicht gegen ihn aussagen kann«, schloss Morelli. »Und Spielmann war entweder Mittäter, oder er hat irgendetwas gesehen und musste deswegen aus dem Weg geschafft werden.«

»Möglich.«

Eva konnte nicht sagen, wieso, aber die Spekulationen der Kollegen fühlten sich einfach völlig falsch an.

»Da gibt es noch etwas anderes«, warf sie ein. Sie holte das Amulett aus ihrer Tasche.

Dreier schaute das feuchte Pflanzenbündel skeptisch an. »Was soll das sein?«

»Ein Amulett, wie es die Mayi-Mayi benutzen. Ich habe es im Teich der Seegers gefunden.«

»Nachdem die Spusi den Garten drei Tage lang unter die Lupe genommen hat …« Morelli versuchte gar nicht erst, sein Misstrauen zu verbergen. »Alles deutet darauf hin, dass Krieger Teil eines Kinderschänderrings ist, und du kommst mit Mayi-Mayi-Rebellen, die meuchelmordend durch Düsseldorf schleichen? Kann es sein, dass du einfach nicht willst, dass Krieger ein Mörder ist?«

Ja, das stimmte. Da hatte Morelli recht. Aber Eva war es egal, dass er sie durchschaut hatte. »Ich sag ja nicht, dass er unschuldig ist. Ich sag nur, dass dieses Amulett am Tatort war. Dass es vielleicht noch andere Beteiligte gibt, die wir bis jetzt nicht auf dem Plan haben.«

»Rahima hat ihre Zeugenaussage korrigiert«, erinnerte sie Dreier.

»Aber solange wir nicht genau wissen, was dort in dem Garten vorgefallen ist, sollten wir keine Spur außer Acht lassen.«

»Eva hat recht«, stimmte Morelli ihr zu. Und sie war froh, dass er sein Misstrauen ihr gegenüber nicht auf ihre Arbeit übertrug.

Dreier atmete tief durch. »Bring den Beutel in die Spusi. Sie sollen das Amulett auf DNA-Spuren untersuchen.« Dann blickte er in seine Unterlagen. »Wir müssen rausfinden, ob Krieger noch mehr Kinder *vermittelt* hat. Eins ist sicher. Er hat das nicht allein durchgezogen. Er muss Helfer hier in Deutschland haben. Leute, die ihm bei der Vermittlung geholfen haben. Oder zumindest …«, er stockte, »*Kunden*. Wir setzen bei den Chlamydien an. Die sind hoch ansteckend. Morgen nehmen wir von jedem Mann, der in Kontakt mit den Kindern stand, eine Urinprobe. Außerdem durchsuchen wir ihre Häuser nach allem, was auf Kinderpornographie hinweist. Staatsanwältin Rehse redet gerade mit dem Richter.«

»Unser einziges Problem ist nur, dass wir den Hauptverdächtigen nicht mehr um eine Probe bitten können«, warf Morelli zynisch ein.

Eva starrte ihn an. Nein. Tomke Krieger würde ihnen keine Probe geben. Aber sie hatte mit ihm geschlafen. Sie hatten ein Kondom benutzt. Vermutlich hatte er noch nicht den Müll heruntergebracht. Aber wie konnte sie ihr Wissen in die Ermittlungen einbringen, ohne die ganze Wahrheit zu sagen?

»Sicher, dass bei dir alles okay ist?«, wurde sie von Morelli aus ihren Gedanken gerissen.

Eva nickte. »Ja. Danke.« Rein gar nichts war auch überhaupt nur annähernd okay.

Donnerstag

Eva kam gegen ein Uhr nach Hause und schleppte sich erschöpft die Stufen zu ihrer Wohnung hoch. In wenigen Stunden musste sie schon wieder aufstehen, um Punkt sechs sollten die Wohnungsdurchsuchungen beginnen. Sie schloss ihre Wohnungstür auf. Sie wollte duschen. Oder besser noch heiß baden. Aber zu ihrer Überraschung stellte sie fest, dass noch Licht brannte. Sie hatte gehofft, dass Lars schon schlief. Als sie ihre Jacke auszog, trat er mit zwei Gläsern Wein auf sie zu.

»Du bist noch wach.«

»Ich hatte das Gefühl, dass ich dich seit Tagen nicht mehr gesehen habe.«

»Wir haben gerade wirklich viel zu tun«, verteidigte sie sich.

»Hey, das war kein Vorwurf.« Lars nahm sie in den Arm und drückte ihr einen Kuss auf die Stirn. Dann zog er sie mit ins Wohnzimmer, wo eine liebevoll hergerichtete Käseplatte auf dem großen Holztisch stand, an dem sie so viele Abende bei selbstgekochten Essen und Dutzenden Flaschen Wein von Lars' Lieblingsweinhändler verbracht hatten. Eva musste schlucken. Das schienen Szenen aus einem anderen Leben zu sein. Wieso nur hatte sie sich nicht damit zufrieden geben können? Warum hatte sie sich in dieses Abenteuer Mordkommission gestürzt, das zwei Nummern zu groß für sie war?

»Das ist lieb von dir«, sagte sie mit dünner Stimme.

Lars umarmte sie erneut. »Können wir morgen ausschlafen?«

»Maximal bis vier.«

»Reich Urlaub ein. Lass uns eine Woche segeln gehen, wenn dein Fall vorbei ist. Nur du und ich.«

Eva nickte. Eine Woche Ruhe war genau das, was sie jetzt brauchte. Allerdings war sie sich nicht sicher, ob sie eine Woche mit Lars und der Lüge, die ihr auf der Seele brannte, auf engem Raum ertragen würde. »Das geht im Moment nicht …«, entgegnete sie schwach.

»Ich weiß. Deswegen hab ich auch gesagt, wenn der Fall vorbei ist«, erinnerte Lars sie. »Du brauchst was zu essen. Ich hab Baguette aus der Biobäckerei gekauft und einen Salat gemacht. Du kannst ihn morgen mit auf die Arbeit nehmen, dann kriegst du zur Abwechslung wenigstens mal was Gesundes.«

Eva spürte, wie ihr die Tränen kamen, und konnte sie nur mit Mühe zurückhalten. Was hatte sie bloß getan?

Lars sah ihren niedergeschlagenen Ausdruck und drückte sie fester an sich, küsste sie auf den Kopf. »Du musst keinen Salat essen, wenn du nicht willst«, versuchte er einen sanften Scherz.

Während Lars friedlich neben ihr schlief, wälzte Eva sich von einer Seite auf die andere. Bilder von dem kleinen toten Jungen auf seiner Blechliege und Spielmann in seinem Bett, unterbrochen von Rahima, wie sie beim Anblick des Amuletts schrie, und immer wieder Tomke Krieger, seinen Händen, seinen Lippen, schossen Eva durch den Kopf. Hätte sie den zweiten Mord verhindern können, wenn sie eine Identifizierung durch eine offizielle Übersetzerin hätte vornehmen lassen? Vollkommen gerädert, quälte sie sich am frühen Morgen aus dem Bett. Auf dem Weg in die Küche fiel Max sie an und rammte seine Krallen und seine spitzen Zähne in ihre Waden, aber sie schüttelte ihn einfach ab. Sie öffnete den Kühlschrank, schloss ihn aber sofort wieder. Sie würde keinen Bissen runterkriegen. Ein Kaffee musste heute Morgen reichen.

Es war noch dunkel, als sie vor dem Präsidium ankam.

»Ich komme heute mit dir«, begrüßte sie Dreier.

Im Grunde genommen, war ihr das eigentlich ganz recht. Sie fühlte sich heute Morgen nicht dazu in der Lage, große Kämpfe auszustehen. Sie saß auf dem Beifahrersitz, während Dreier sie durch das frühmorgendliche Düsseldorf fuhr. Um fünf vor sechs trafen sie sich mit vier uniformierten Beamten und einem Kollegen der Sitte vor dem Tor der Seegers.

»Achtet auf Auffälligkeiten im Grundriss. Insbesondere in den Kellern. Alles, wo man ein geheimes Zimmer einbauen könnte. Kann auch ein Versteck in einem Kleiderschrank sein, nicht mehr als ein Quadratmeter, jedenfalls ein Raum, in den man ein Kind reinkriegt«, erklärte der Kollege von der Sitte.

»Ihr meint doch nicht wirklich, dass die Seegers Kinder in ihrem Keller gefangen halten?«

» Sie wären nicht die Ersten. Und ich will mir nicht vorwerfen lassen, sie nicht gefunden zu haben…«, erwiderte der Kollege. In Eva stieg Übelkeit auf. Ein Raum, in den man ein Kind reinkriegt, hallte es in ihrem Kopf nach, als Dreier Punkt sechs die Klingel der Villa betätigte.

Anna Seeger sah aus, als hätte sie ebenso wenig geschlafen wie Eva. Sie reagierte völlig fassungslos, sobald ihr klar wurde, dass ihr Haus auf Hinweise auf einen Kinderschänderring durchsucht wurde.

»Sie glauben doch nicht, dass mein Mann so etwas tun würde?«, brachte sie schwach hervor. Dabei sah sie so aus, als habe sie selbst sich die Nacht mit dieser Frage um die Ohren geschlagen.

»Das ist vollkommen lächerlich, Sie machen einen großen Fehler«, protestierte Hagen Seeger, weit weniger defensiv als seine Frau, als er im Morgenmantel und mit verstrubbelten Haaren hinter ihr erschien. Er hatte offensichtlich keine Probleme zu schlafen.

Anna Seeger starrte ihren Mann lange an, dann verschwand sie im Kinderzimmer. Eva überlegte, ihr nachzugehen, entschied sich dann jedoch, sie in Ruhe zu lassen.

»Ich werde meinen Anwalt verständigen«, sagte Seeger und griff zum Handy.

»Tun Sie das. Und vergessen Sie die beiden Anwälte von Ihrem Arbeitgeber nicht. Ich hoffe, Ihr Bad ist groß genug, damit wir alle hineinpassen, wenn Sie uns eine Urinprobe geben«, erklärte Dreier trocken.

Aber ein Anwalt war heute Morgen offenbar genug für Hagen

Seeger. Dr. Junklewitz, der eine halbe Stunde später auf der Matte stand, sah auch morgens in der Früh frisch und tatkräftig aus; er riet Seeger dringend davon ab, freiwillig eine Urinprobe zu geben.

»Das ist Ihr gutes Recht«, kommentierte Dreier, der Seeger in seinem Wohnzimmer gegenüberstand. »Ich hoffe nur für Sie, dass das nicht an die Presse gelangt. *Stronck-Manager verweigert die Zusammenarbeit im Kampf gegen Kinderficker*, das wäre bestimmt nicht gut für Ihre Aktienkurse. Und leider sickern immer wieder Informationen durch. So sehr wir uns auch bemühen, das geheim zu halten …«

»Das sind ganz billige Drohungen. Ich werde Sie persönlich dafür zur Verantwortung ziehen, falls irgendwelche Details, die meinen Klienten betreffen, an die Öffentlichkeit dringen.«

»Dafür werden Sie bezahlt. Und ich werde dafür bezahlt, siebenjährige Jungs vor Perversen zu beschützen, die sie erst vergewaltigen und ihnen danach die Kehle durchschneiden.« Dreiers Miene ließ keinen Zweifel daran, dass er für dieses Ziel die eine oder andere Grenze überschreiten würde.

Doch das schien Seegers Anwalt wenig zu beeindrucken. »Lassen Sie sich nicht einschüchtern. Sie müssen keine Probe abgeben, solange die Ihnen keinen richterlichen Beschluss vorweisen«, riet er seinem Mandanten.

»Entschuldigt mich einen Moment.« Ohne dass ihr Chef sie weiter beachtete, schleppte sich Eva in die Eingangshalle, zur Treppe, die nach oben führte. Vorsichtig klopfte sie an die Tür des Kinderzimmers. Anna Seeger saß am Fußende von Rahimas Bett. Das Mädchen schlief. Friedlich in ein rosa Nachthemd mit blonder Prinzessin drauf gehüllt. Völlig absurd die Vorstellung, dass die Kleine noch vor wenigen Monaten in der Gewalt der Mayi-Mayi gewesen sein sollte.

»Wir brauchen Ihre Hilfe«, erklärte Eva leise.

Eva wusste nicht, was Anna Seeger ihrem Mann gesagt hatte. Aber als er fünf Minuten später hinter ihr aus seinem Arbeitszimmer trat, hatte er seine Meinung geändert. »Sie kriegen Ihre Urinprobe«, sagte Anna Seeger und nickte Eva zu.

»Gut gemacht«, hörte sie Dreier hinter sich leise sagen.

* * *

Bordieu konnte seine Nervosität nur schwer unter Kontrolle halten. In seinem Büro und bei ihm zu Hause hatte es nur so von Beamten gewimmelt. Sie hatten ihn auch heute wieder nach seiner Beteiligung an den Adoptionen gefragt. Immer wieder hatte dieser Italiener ihn mit neuen Fragen gelöchert. Er hatte sich auf sein Recht, zu schweigen, auf seine diplomatische Immunität berufen und die Urinprobe verweigert. Obwohl er noch nicht einmal wusste, warum sie seinen Urin wollten. Aber es war ihm klar, dass er damit nicht lange durchkommen würde. Er war nur ein Honorarkonsul, Kinshasa würde nicht lange zögern, wenn Deutschland Druck machte. Ziellos lief er durch die Räume seines Büros und begutachtete das Chaos, das die Männer in seinen Unterlagen angerichtet hatten. Viel war nicht übrig geblieben, sie hatten alles mitgenommen, was auch nur im Entferntesten mit dem Kivu zu tun hatte. Und das Coltanwerk war nun mal bis jetzt sein einziges nennenswertes Projekt gewesen. Sein Telefon klingelte. Er erkannte die Nummer und drückte den Anruf weg. Kurz darauf kam eine SMS von derselben Nummer mit einer eindeutigen Nachricht: *»Morgen«*. Die Russen. Das hatte ihm gerade noch gefehlt. Bordieu wusste, dass er keine Wahl hatte. Er griff zum Telefon und drückte die Kurzwahltaste, die ihn mit dem Satellitentelefon im Kongo verband. Er hielt den Atem an, als ihm ein Knacksen in der Leitung signalisierte, dass der Anruf angenommen wurde.

Fünf Minuten später saß er schweißgebadet auf seinem Ledersessel. Sein Hemd klebte unangenehm an der Rückenlehne. Fauconnier hatte ihm einen Vorschuss auf die nächste Lieferung gewährt. Morgen würde er ihm das Geld bringen lassen. Aber Bordieu wusste, dass damit sein Problem nicht gelöst war.

* * *

Seegers Probe war negativ. Unwahrscheinlich, dass er in den letzten Monaten Geschlechtsverkehr mit dem kleinen Jungen gehabt hatte. Chlamydien ließen sich zwar leicht behandeln, blieben aber insbesondere bei Männern meistens unentdeckt. Bordieu dagegen hatte sich durch seine Weigerung, eine Probe abzugeben, erst recht verdächtig gemacht, etwas mit einem Pädophilenring zu tun zu haben. Morelli und Eva hatten bei einer ersten Durchsicht seiner Akten keine Unregelmäßigkeiten gefunden, aber es war auch nicht unbedingt anzunehmen gewesen, dass er über potenzielle kriminelle Machenschaften offiziell Buch führte. Staatsanwältin Rehse zögerte noch, ihn mittels gerichtlicher Anordnung zu einer Urinprobe zu zwingen – Akten in einem Konsulat beschlagnahmen zu lassen, war schon eine heikle Sache. Aber den Konsul eines anderen Landes offen der Pädophilie zu verdächtigen? Sie wollte nicht den Kopf hinhalten, falls die Testergebnisse negativ waren.

Dreier wies Eva und Morelli an, deutschlandweit alle Adoptionen aus dem Kongo der letzten Jahre zu untersuchen. Bei wem waren die Kinder gelandet, gab es irgendeine Verbindung zur pädophilen Szene? Und waren Bordieu und Krieger noch an anderen Adoptionen beteiligt gewesen?

»Was ist da dein Stand der Dinge?«, fragte Morelli seine Kollegin, als sie aus der Besprechung kamen und zurück in ihr Büro gingen. Eva brauchte einen Moment, um zu begreifen, was Morelli damit meinte. Natürlich, es war ihre Aufgabe gewesen, sich um die Adoptionen zu kümmern. Doch bisher hatte ihr dafür die Zeit gefehlt.

»Ich hatte Krieger dazu befragt, aber ansonsten bin ich da nicht so richtig weitergekommen«, erwiderte sie.

Eva sah, wie sich Morelli zusammenriss. »Deine einzige Quelle ist also bis jetzt unser Hauptverdächtiger? Ich ruf beim Landesjugendamt an. Die müssten uns sagen können, wie viele Kinder in den letzten Jahren aus dem Kongo adoptiert wurden. Und wohin«, sagte Morelli und griff zum Telefon.

Es war ein äußerst kurzes Gespräch. »Die zwei sind die Einzigen. Der Kongo gehört nicht dem Haager Adoptionsabkommen an. Adoptionsanträge für Kinder aus dem Kongo werden normalerweise nicht genehmigt. Das starke Engagement der Botschaft und der Ruf der Steiners haben dazu geführt, dass sie eine Ausnahme gemacht haben.«

Morelli schaut sie triumphierend an, aber Eva überzeugte das nicht.

»Irgendwie klingt das alles zu aufwendig. Ich mein, gibt es nicht leichtere Methoden, an Kinder zu kommen, wenn man das möchte? Gerade aus Afrika. Die einzigen Kinder, die je aus dem Kongo adoptiert wurden – wieso sollte man es sich so schwer machen …« Eva konnte sich immer noch nicht mit der Hypothese des Pädophilenrings anfreunden.

»Wir haben einen Jungen, der missbraucht und unter falsche Identität hierhergebracht wurde. Und den man brutal zum Schweigen gebracht hat. Welches andere Motiv fällt dir für so einen Mord ein?«

Darauf hatte Eva keine Antwort.

Freitag

Lars hatte Nachtdienst. Eva strich ruhelos durch ihre Wohnung. Gefolgt von den irritierten Blicken der Katze. Sie versuchte, einen klaren Gedanken zu fassen. Vergeblich. Die beiden Toten, ihr Betrug, die Gefahr, entdeckt zu werden. Ein Gedanke jagte den nächsten. Die Stunden verstrichen. Die Kälte der Nacht ließ die Temperatur in der Wohnung sinken, aber Eva brachte die Energie nicht auf, die Heizung anzustellen. Sie kippte sich den Rest einer Kanne Kamillentee in ihre Tasse und ließ sich auf das Sofa sinken. Draußen wurde es langsam schon wieder hell. Sie hatte keine Sekunde geschlafen. Sie wusste nicht, was die letzten Tage für sie bedeuten sollten. Sie wusste nicht, welche Auswirkungen ihr Fehltritt noch haben würde. Sowohl beruflich, als auch privat. Aber sie wusste eins: Sie konnte nicht länger Teil der Untersuchung sein. Sie stellte sich unter die Dusche, um darüber nachzudenken, wie sie Dreier diese Neuigkeit beibringen sollte.

Als sie am Morgen ins Präsidium kam, hatte sie sich eine Strategie zurechtgelegt. Nervös lief sie vor Dreiers Tür auf und ab und ging in Gedanken noch einmal durch, was sie ihrem Chef sagen wollte. Sie würde ihm erzählen, dass ihr der Fall des Jungen einfach zu nahe ging und dass sie nicht für die Mordkommission geschaffen sei, und ihn bitten, sie zu ersetzen. Sie ging davon aus, dass Dreier nicht traurig sein würde, sie durch jemand anderen austauschen zu können. Natürlich würde ihr das jede Möglichkeit nehmen, in Zukunft noch einmal in diesem Bereich zu arbeiten – damit war zugleich ihr berufliches Schicksal in der Verwaltung besiegelt. Aber was spielte das noch für eine Rolle? Sie hatte sich von Anfang an etwas vorgemacht, wenn sie gedacht hatte, eine wirkliche Polizistin zu sein.

Eva sammelte ihren gesamten Mut, atmete tief ein und klopfte an die Tür ihres Chefs. Nachdem er »*Ja*« gerufen hatte, betrat sie den Raum. Sie sah, dass sich Dreier gerade in einer Besprechung mit Staatsanwältin Rehse befand.

»Was gibt es?«, fragte er. Offensichtlich stand Dreier unter Druck.

»Äh … das hat Zeit«, antwortete Eva. »Ich komm später noch mal wieder.« Sie war nicht darauf vorbereitet, ihre schäbige kleine Scharade vor zwei Zuschauern vorzuführen. Sie schloss die Tür und hörte noch, wie Dreier direkt wieder in die Diskussion einstieg.

»Sie müssen doch zugeben, dass es verdammt auffällig ist, dass außer den beiden nie Kinder aus dem Kongo adoptiert worden sind.«

»Aber das reicht einfach nicht, um ihn gegen seinen Willen hierherzubringen. Er hat nichts Illegales getan«, antwortete Rehse.

»Nichts, für das wir bis jetzt Beweise hätten«, korrigierte Dreier sie.

Eva ging zurück in ihr Büro, in dem Morelli bereits auf sie wartete.

»Du siehst schlecht aus.« Er schob seiner Kollegin einen Umschlag mit den Tatortfotos und der Liste der Spurensicherung zu, während er selbst in einem Stapel Kontounterlagen blätterte. »Wir sollen Spielmann auf eine Verbindung zu Kinderschändern abklopfen. Guck alles genau durch. Entweder, er war selbst beteiligt, oder er ist den Kinderfickern gefährlich geworden und musste deswegen sterben.«

Eva blätterte die Fotos unkonzentriert durch. Was glaubte Dreier, was sie hier finden würden? Wenn Spielmann eine Sammlung Kinderpornos unterm Bett gehabt hätte, dann wäre ihnen das vermutlich auch schon vorher aufgefallen. Im Geiste war sie bei dem Gespräch, das sie gleich mit Dreier führen würde. Da blieb ihr Blick plötzlich auf einem Bild vom Schlafzimmer des

Toten hängen. Doch es ging ihr nicht um die Leiche mit der klaffenden Halswunde, deren Blut große Teile des Bettes rot gefärbt hatte. Sie schaute auf das Beistelltischchen neben dem Bett, das mit Büchern, Flaschen und allem möglichen Kleinkram übersät war. Mittendrin stand eine kleine, geschmackvoll designte Tragetasche aus Papier.

»Die Tüte kenn ich. Bauwens & Burman – Lars und ich haben unsere Eheringe da gekauft«, sagte Eva und blickte ihren Kollegen an.

»Wie schön für euch«, antwortete Morelli trocken.

Eva ignorierte seinen Ton. »Die sind schweineteuer. Das ist bestimmt nicht der Laden, in dem ein Typ wie Spielmann normalerweise seine Geburtstagsgeschenke für seine Freundin kauft.«

Morelli war sofort bei der Sache. »Lass uns in der Spusi nachsehen, ob eine Rechnung dabei war.«

Das Archiv der Spurensicherung befand sich neben den Zellen der Untersuchungshaft im Keller des Präsidiums. Hamann zog mit einem sicheren Griff die richtige Kiste aus seinen Regalen, in denen alle Gegenstände des unmittelbaren Tatortes verstaut worden waren.

»Schlafzimmer Spielmann, hier müsste sie drin sein.«

Eva zog die Papiertüte des Juweliers mit der exklusiven Schmuckschatulle darin aus dem Karton. Sie öffnete die Schatulle, und ein goldener, mit einem Diamanten besetzter Ring kam zum Vorschein.

Morelli pfiff anerkennend durch die Zähne. »Der war teuer.«

»3.499,- Euro, um genau zu sein. Er hat bar gezahlt«, erklärte Eva nach einem Blick auf die Rechnung. »Das gibt's nicht. Wo hatte der plötzlich so viel Geld her?«

»Er hat Schweigegeld bekommen«, schlussfolgerte Morelli.

»Und dann hat man ihn zur Vorsicht doch noch aus dem Weg geschafft«, überlegte Eva.

»Königsallee 14!«, rief Morelli auf einmal.

Eva schaute ihn verständnislos an.

»Kö 14 – die Adresse von Bauwens & Burman.«

»Ja klar, hab ich doch gesagt, die sind auf der Kö.«

»Kö 14 ist auch die Adresse des kongolesischen Konsulats!«

Wenn sie noch einen Beweis dafür gebraucht hätten, dass ihre Theorie stimmte, hatten sie ihn gerade bekommen.

»Ich kann den Schmuckladen übernehmen«, erklärte Eva. Solange Dreier noch in seinem Gespräch mit der Staatsanwältin war, konnte sie sich wenigstens nützlich machen.

Morelli nickte. »Ich komm mit.«

* * *

Die Kö war noch leer, die Geschäfte hatten gerade erst geöffnet, und nur wenige Einkaufssüchtige hatten heute Morgen ihren Weg in die Stadt gefunden.

Bauwens & Burman war ganz in Weiß gehalten. Einzelne halbhohe Podeste präsentierten ausgewählte Schmuckstücke moderner Designer. Aus Erfahrung wusste Eva, dass sich in den Schubladen hinter der Verkaufstheke noch sehr viel mehr Schmuck befand. Schnell verdrängte sie den Gedanken an ihren letzten Besuch in diesem Geschäft, rieb aber automatisch über ihren Ehering. Susanna Schreiber, die stark geschminkte Verkäuferin des Juweliergeschäfts, konnte sich nach der Vorlage seines Passfotos tatsächlich an Spielmann erinnern. Er sei am Montag da gewesen, direkt als erster Kunde des Tages. Und er war ihr aufgefallen, weil er überhaupt nicht wie ihre übliche Kundschaft aussah, fügte sie noch hinzu.

»Ich weiß noch, dass ich ihn keinen Moment aus den Augen gelassen habe, weil ich einfach so ein Gefühl hatte, dass er nicht in unser Geschäft gehört. Da hab ich wohl richtig gelegen.«

Eva schaute sie überrascht an. »Was meinen Sie damit?«

»Na, sonst würden Sie ja jetzt kaum nach ihm fragen, wenn der nicht Dreck am Stecken hätte.« Offensichtlich freute sich die Frau, beweisen zu können, wie intelligent sie war. »Was hat er sich denn zu Schulden kommen lassen?«

»Er hat sich die Kehle durchschneiden lassen«, erklärte Morelli trocken, was auf die Verkäuferin wirkte, als hätte man ihr ein Glas Prosecco auf Eis ins Gesicht gekippt.

»Es tut mir so leid. Wenn ich das gewusst hätte, dann hätte ich nicht so über ihn geredet …«

»Kein Problem! Ihn schert es bestimmt nicht mehr«, entgegnete Morelli kühl.

»Kann ich Ihnen irgendwie weiterhelfen?«, fragte die Frau, sichtlich bemüht, ihre vorangegangenen Aussagen wiedergutzumachen.

»Das können Sie. Zeigen Sie uns die Aufnahmen ihrer Überwachungskamera.«

Die beiden Kommissare schauten sich im Hinterzimmer des Geschäfts das Überwachungsvideo an, auf dem deutlich zu sehen war, dass Spielmann zwanzig Minuten vor seinem Einkauf durch die Tür zum Konsulat ging; später ging er dann schnurstracks aus dem Konsulat direkt ins Schmuckgeschäft.

Sie waren auf die Straße gegangen, um Dreier über die Neuigkeiten zu informieren. Äußerst erfreut, erteilte ihr Chef ihnen die Erlaubnis, Bordieu zu einer Befragung auf das Präsidium zu holen.

»Danke Chef. Aber das Lob gebührt Eva. Sie hat die Spur mit dem Ring gefunden«, sagte Morelli in sein Handy.

»Danke«, meinte Eva, als Morelli aufgelegt hatte.

»Ehre, wem Ehre gebührt«, antwortete Morelli. Er zögerte. »Ich hab nichts gegen dich. Wirklich nicht. Aber du verschweigst mir irgendetwas – und das kann ich bei einem Partner nicht gebrauchen.«

Eva wich seinem prüfenden Blick aus. Selbst, wenn sie es gewollt hätte, sie konnte ihm einfach nicht die Wahrheit sagen.

Als Morelli merkte, dass sie nicht antworten würde, nickte er. »Dann mal los.« Und drückte, wie nur wenige Tage zuvor, auf die goldene Klingel des Konsulats.

Als Eva und Morelli vor der Tür des Konsulats ankamen, trafen sie jedoch nur die äußerst attraktive Sekretärin an.

»Wissen Sie, wo Bordieu sich aufhält, Frau Mpasi?«, wollte Morelli wissen.

Jioni Amsini Mpasi schüttelte den Kopf. »Er hat mir seine Pläne nicht mitgeteilt.«

Morelli hielt ihr sein Handy mit dem Passbild von Spielmann hin. »Kennen Sie diesen Mann?«

Die Sekretärin musterte das Bild, schüttelte dann aber den Kopf. »Ich kann das unmöglich sagen. Weiße sehen für mich alle gleich aus.«

Die beiden Polizisten schauten sich an. Machte die Frau sich über sie lustig?

»Er war Montagmorgen bei Ihnen im Konsulat, vielleicht hilft Ihnen das weiter?«, fragte Morelli nicht ohne eine Spur Sarkasmus in der Stimme.

Jetzt dämmerte es Jioni. Sie wollte gerade frische Milch kaufen gehen, da hatte ein Mann sehr aufgeregt geklingelt und verlangt, mit Bordieu zu sprechen. Sie hatte ihn abwimmeln wollen, weil er keinen Termin hatte. Der Besucher war wirklich außer sich. Er war der erste Mann gewesen, der ihr in diesem Büro nicht auf den Hintern gestarrt hatte. Sie hatte gemerkt, dass ihr Chef überhaupt nicht erfreut gewesen war, den Mann zu sehen; trotzdem hatte er ihn in sein Büro gebeten. Sie hatte den beiden Männern noch zwei Tassen Kaffee gebracht, dann war sie einkaufen gegangen. Jioni nickte.

»Kann sein, dass er am Montagmorgen hier war. Aber ich bin direkt gegangen, nachdem er gekommen ist. Keine Ahnung, über was sie geredet haben.«

Morelli nickte. Sie hatten bereits auf dem Überwachungsvideo des Juweliers gesehen, wie die Sekretärin aus dem Gebäude gekommen war, fünf Minuten nachdem Spielmann im Konsulat Sturm geklingelt hatte.

»Kennen Sie diesen Mann?«

Morelli blätterte auf seinem Handy zwei Fotos weiter und zeigte Jioni jetzt ein Bild von Tomke Krieger.

Jioni schüttelte den Kopf. »Wie gesagt, die sehen für mich alle gleich aus.«

Die Beamten verließen das Konsulat und Jioni blieb allein zurück. Sie machte sich wieder daran, Ordnung in das Chaos zu bringen, das die Polizisten am Tag zuvor angerichtet hatten. Es stimmte. Weiße Männer sahen alle gleich aus. Allerdings hatte sie das Phantombild, das beim Weiterblättern der Bilder auf dem Smartphone des Kommissars erschienen war, im Bruchteil einer Sekunde erkannt. Der Kongolese war vor drei Monaten im Konsulat aufgetaucht, kurz nachdem Bordieu sie gebeten hatte, fünftausend Euro in bar zu besorgen. Sie hatte ihn danach nicht wiedergesehen. Doch sie vergaß niemals ein Gesicht – vorausgesetzt, es war schwarz.

* * *

Bordieu wartete ungeduldig. Fauconnier hatte ihm das Geld für zwölf Uhr versprochen. Jetzt war es schon halb zwei. Immer wieder schaute er aus dem Fenster. Aber es war nicht die Sicht auf den Rhein, die ihm sein luxuriöses Altbauapartment im vornehmen Stadtteil Oberkassel bot, die ihn interessierte. Bordieu hatte die Wohnung vor zwei Jahren möbliert gemietet, als er zum Honorarkonsul für die Demokratische Republik Kongo ernannt worden war. Da jedoch der Großteil seines Honorars aus Provisionen für Geschäfte bestand, die er zwischen deutschen Investoren und dem kongolesischen Staat abschließen sollte und die dann leider ausblieben, hatte sich die Wohnung als viel zu teuer erwiesen.

Als es endlich an der Tür klingelte, stieß er ein erleichtertes Seufzen aus. »Das wurde aber auch Zeit«, sagte er, als er die schwere Wohnungstür öffnete. Dann erstarrte er mitten in der Bewegung und versuchte, die Tür wieder zuzudrücken. Aber zu spät, Vladi hatte seinen Fuß auf die Schwelle gestellt und presste sich mit seinen hundertzwanzig Kilogramm Kampfgewicht dagegen. Bordieu wurde in seinen Flur und auf das antike Parkett geschleudert. Nur um Sekunden später wieder von Jegor hochgerissen zu werden.

»Du haben Geld?«, fragte ihn Jegor.

»Es müsste jeden Moment gebracht werden«, stammelte Bordieu.

»Ich dir nicht glauben.«

* * *

Morelli und Eva fuhren schweigend durch die Stadt. Jeder in seine Gedanken versunken.

»Willst du mir nicht endlich sagen, was los ist?«, fragte Morelli, als er an einer roten Ampel hielt.

Eva spürte, wie sie rot wurde. »Was meinst du?«

»Ich weiß es nicht, aber ich hab drei Schwestern«, erklärte er, als sei damit alles gesagt. Er schaute sie prüfend an.

Eva zwang sich, seinem Blick Stand zu halten. Und irgendetwas an seinen freundlichen braunen Augen weckte den Wunsch in ihr, sich ihm anzuvertrauen. Alles rauszulassen, was sie seit zwei Tagen innerlich in den Wahnsinn trieb. Sie spürte, wie ihr Tränen in die Augen schossen, da hupte es hinter ihr. Grün. Morelli fuhr an. Wieder einmal hatte der Düsseldorfer Straßenverkehr ihr Geheimnis bewahrt.

* * *

Jegor schleifte Bordieu hinter sich her, dabei gingen ein filigraner Beistelltisch aus dem 19. Jahrhundert und eine ebenso alte Vase zu Bruch. Jegor schaute sich im Wohnzimmer um. Feinste Antiquitäten und teure Teppiche schmückten den Raum. Ein wunderschönes Rheinpanorama erstreckte sich vor den großen Fenstern. Vladi betrachtete die Bilder und Plastiken, die Bordieu mitgemietet hatte. Er schüttelte den Kopf. Die würden sich nicht zu Geld machen lassen.

»Ihr bekommt das Geld.«

»Jetzt.«

»Heute. Ich hab kein Geld hier.«

Jegor schmiss Bordieu auf seinen gemieteten Perserteppich. Er stellte ihm einen Fuß auf die Brust, riss Bordieus Hand hoch und brach ihm den kleinen Finger. Bordieu schrie auf vor Schmerz.

»Das Geld kommt jeden Augenblick.«

»Wir uns nicht mehr lassen von dir verarschen.« Jegor gab Vladi ein Zeichen, und der fing an, die Wohnung nach Wertgegenständen zu durchsuchen.

»Wo du haben Geld? Schmuck?«

»Ich hab nichts. Aber ich kann es besorgen.«

»Aber erst einmal du zahlst Zinsen.« Jegor entwand ihm seine verletzte Hand, und Bordieu wimmerte vor Schmerz auf. Mit einem Knacksen brach der Russe den nächsten Finger. Bordieu biss sich in den Arm, um nicht zu schreien. Der Schmerz nahm ihm den Atem. Da klingelte es an der Tür.

»Das Geld, da kommt es«, keuchte er.

Jegor und Vladi sahen sich an. Jegor nickte.

»Mach die Tür auf.«

Er riss Bordieu an der Hand mit den gebrochenen Fingern hoch.

* * *

»Der Konsul ist dein Verdienst, du kannst das Gespräch führen«, bot Morelli Eva an, während sie die Stufen zu Bordieus Wohnung hochgingen. Florale Reliefs zierten die Fliesen der Wände, deren Muster in den Mosaiken der Treppenhausabsätze wieder aufgegriffen wurden.

»Nein, du kennst ihn besser.«

Sie bogen um den nächsten Treppenabsatz, und Eva blickte in Bordieus entsetztes Gesicht.

»Wir kennen uns ja bereits, das ist meine Kollegin Langenberg«, stellte Morelli sie vor, als sie den letzten Treppenabsatz erreicht hatten. Bordieu sah aus, als überlegte er für einen Moment, die Tür einfach wieder zu schließen. Eva fiel auf, dass der Mann sehr blass war und seine linke Hand in der rechten hielt, als wäre sie etwas Zerbrechliches.

»Können wir reinkommen?«

Bordieu schüttelte den Kopf. »Wenden Sie sich an meinen Anwalt. Ich habe Ihnen nichts zu sagen.«

Von drinnen hörte Eva ein Geräusch. »Haben Sie Besuch?«

»Auf Wiedersehen.«

Da klingelte es an Bordieus Tür. Er wurde noch eine Spur bleicher.

»Oh, erwarten Sie noch jemanden?«

Bordieu machte keine Anstalten, den Türöffner zu betätigen. Wie erstarrt blieb er stehen. Es klingelte erneut.

»Wenn Sie mich nun entschuldigen.« Er zog sich in die Wohnung zurück und verschloss die Tür von innen.

»Was jetzt?«, flüsterte Eva ihrem Kollegen zu.

Aber bevor Morelli antworten konnte, hörten sie von drinnen einen unterdrückten Schmerzensschrei. Sie schauten sich an. Morelli klingelte, aber in der Wohnung blieb es still.

»Findest du nicht auch, es klingt so, als ob da jemand gestolpert ist und dringend unsere Hilfe braucht?«, fragte er Eva.

»Definitiv.« Eva nickte, und Morelli zog sein Funkgerät.

»Einen Schlüsseldienst nach Oberkassel. Rheinallee 3.«

Auf einmal wurde die Tür aufgerissen, und eine Faust traf ihn mitten ins Gesicht. Morelli klappte zusammen und prallte gegen Eva, die nur hilflos mit ansehen konnte, wie zwei Hünen, der eine glatzköpfig und der andere mit einem dünnen, aber langen Zopf die Treppe hinunterstürmten. Morelli ließ sich auf die Knie fallen und griff nach seiner Waffe.

»Polizei, stehen bleiben!«, rief er.

Mit zittrigen Fingern versuchte auch Eva, ihre Waffe aus der Halterung zu lösen. Der Glatzkopf war tatsächlich stehen geblieben, griff unter seine Jacke, zog eine Pistole hervor und feuerte zwei Kugeln auf die Polizisten ab. Eva sprang zur Seite und riss Morelli, der sich gerade aufrappelte, im letzten Moment mit sich zu Boden. Ihre Brille flog im hohen Bogen die Treppe hinunter. Dann schlugen auch schon zwei Kugeln dort ein, wo Morelli noch eine Sekunde vorher gekniet hatte.

»Komm schon«, schrie der Kumpel des Hünen, aber der legte erneut an. Ein weiterer Schuss löste sich, diesmal aus Evas Pistole; sie hatte ihre Waffe endlich freibekommen. Die Kugel schlug über dem Angreifer in der Wand des Treppenhauses ein, Putz rieselte auf ihn herunter. Eva stieß ihren Kollegen weiter in den Eingang zu Bordieus Wohnung, in Sicherheit. Der Angreifer schien es sich anders zu überlegen und verschwand mit einem Sprung die Treppe hinunter endgültig aus ihrem Sichtfeld.

»Sollen wir hinterher?«, fragte sie, völlig unter Adrenalin, nachdem sie Morelli aufgeholfen hatte.

Er hielt sich nur die Hand vor seine blutende Nase und schüttelte den Kopf. »Nein, ruf Verstärkung.«

»Hier Kommissarin Langenberg. Null neunundzwanzig, null sechsundfünfzig, Rheinallee 3«, sprach Eva in ihr Handy. Voller Tatendrang, voller Energie.

Als die Streifenwagen endlich eintrafen, waren die beiden Männer längst über alle Berge. Morelli wurde von einem Rettungsassistenten notversorgt. Das Blut, das immer noch aus seiner Nase schoss, hatte eine Lache auf dem Absatz hinterlassen. Bordieu in seinen teuren Wildlederschuhen versuchte, ihm so gut wie möglich auszuweichen, als zwei Kollegen der Schutzpolizei ihn abführten.

Der Notarzt, der wenige Minuten später eintraf, bestand darauf, Morelli mit ins Krankenhaus zu nehmen. Eva konnte es immer noch nicht glauben, dass sie gerade mitten in eine Schießerei geraten war. Durchströmt von einer bis dahin nicht gekannten Kraft, stand sie vor der Haustür des Altbaus. Das Laub der Bäume erschien ihr grüner, als sie es in Erinnerung hatte. Die Vögel zwitscherten lauter. Sie konnte den Rhein riechen, der hinter den Wiesen auf der anderen Seite der Straße floss. Der Rettungswagen mit Morelli und dem Notarzt fuhr davon. Die Streifenpolizisten mit Bordieu auf dem Rücksitz ebenfalls. Eva schaute den Fahrzeugen noch lange nach, auch als sie schon längst nicht mehr zu sehen waren. Zum ersten Mal seit Jahren hatte sie das Gefühl, wirklich zu leben.

Den Schwarzen, der nur wenige Meter die Straße hinunter tief hinter das Steuer seines belgischen Lieferwagens gerutscht war, bemerkte sie nicht.

* * *

Bordieu saß bleich und zusammengesunken mit drei geschienten Fingern im Vernehmungszimmer neben seinem Anwalt Dr. Dr. Wilfried Hohengarten, einem Mittfünfziger mit enormem Wohlstandsbauch. Der Anwalt ließ Eva und Dreier seine ganze Verachtung spüren. »Sie machen sich gerade lächerlich. Mein Mandant hat zum einen ein Alibi für beide Tatzeiten und zum anderen nicht das geringste Motiv, diese schrecklichen Morde zu begehen.« Abfällig schaute er sie über die Gläser seiner Lesebrille hinweg an.

Eva wurde wütend. Ihr Kollege lag im Krankenhaus. Um ein Haar wäre er von einer Kugel getroffen worden. Und dieser Kerl wollte allen Ernstes behaupten, er hätte nichts mit der Sache zu tun? »Wir gehen auch nicht davon aus, dass ihr Mandant sich selber die Finger schmutzig machen würde. Geschweige denn über eine drei Meter hohe Mauer klettern könnte«, erklärte Eva mit einem deutlichen Blick auf Bordieus rundliche Figur. »Aber wir sind der Meinung, dass er sehr wohl als Auftraggeber infrage kommt. Er hat dem ersten Todesopfer falsche Papiere ausgestellt und er stand in Kontakt mit dem zweiten Opfer, und zwar noch kurz vor dessen Tod.«

»Sie können meinen Mandanten nicht dafür zur Verantwortung ziehen, dass er falsche Angaben aus dem Kongo bekommen hat.«

»Das wird Ihnen niemand mehr glauben, wenn wir beweisen, dass er seine Position dafür ausgenutzt hat, Kinder zu missbrauchen oder sie entsprechenden Kreisen zuzuführen.«

Bordieu schaute überrascht auf, dann flüsterte er seinem Anwalt etwas ins Ohr.

»Wir würden die Befragung gerne für einen kurzen Moment unterbrechen«, erklärte sein Anwalt.

Dreier und Eva gingen hinaus und gossen sich abgestandenen Kaffee aus den Kannen des Aufenthaltsraums in ihre Tassen. Die Milch war alle, aber das Koffein tat auch so seine Wirkung.

»Du schlägst dich gut«, raunte Dreier ihr zu, als sie zum Vernehmungsraum zurückgingen.

»Danke«, antwortete sie. Sein Kompliment bedeutete ihr wirklich etwas. Sie kamen an ihrem Ziel an und tranken schweigend ihren Kaffee.

Nach fünf Minuten steckte der Anwalt seinen Kopf aus dem Vernehmungsraum. »Sie können wieder hereinkommen.«

»Mein Mandant hat nichts mit den Vorwürfen zu tun, die Sie gegen ihn erheben. Wir müssen Sie warnen, wenn irgendetwas davon an die Öffentlichkeit gelangen sollte, werden wir das Land Nordrhein-Westfalen auf Schadensersatz verklagen.«

Eva ignorierte die Drohung. »Wie erklärt Ihr Mandant bitte sehr, dass wir bei dem Versuch, ihn zu befragen, brutal angegriffen wurden?«

»Mein Mandant ist gerade selbst Opfer eines gefährlichen Raubüberfalls geworden und wird dafür jetzt auch noch von Ihnen wie ein Verbrecher behandelt.«

Eva musste im Angesicht von so viel Dreistigkeit verblüfft auflachen. »Wieso arbeitet er dann nicht mit uns zusammen, wenn er nicht an den beiden kaltblütigen Morden beteiligt ist?«

»Wir drehen uns hier im Kreis. Wenn sie keine konkreten Beweise gegen meinen Mandanten haben, dann würden wir jetzt gerne gehen«, entgegnete Dr. Dr. Hohengarten und begann, seinen Aktenordner zu packen.

»Der Fall wird, sobald ein Termin frei ist, dem Haftrichter vorgeführt«, mischte sich Dreier ein. »Vielleicht können Sie Ihrem Mandanten erklären, dass das an einem Wochenende unter Umständen eine Weile dauern kann und dass es sich für ihn nur positiv auswirken würde, wenn er freiwillig sein Schweigen bricht.«

Dr. Dr. Hohengarten ließ sich zurück auf seinen Stuhl fallen. »Sie wollen ihn hierbehalten?«, konstatierte er erstaunt.

Bordieu blickte panisch von seinem Anwalt zu den Kommissaren und zurück. »Das können Sie nicht machen«, erklärte er in einem überraschend hohen Tonfall.

»Wir können eine Menge tun, wenn unsere Kollegen angegriffen werden«, sagte Dreier düster, und die beiden Kommissare verließen den Raum.

* * *

Trotz der vehementen Drohungen von Dr. Dr. Hohengarten hatte Dreier eine Urinprobe von Bordieu nehmen lassen. Ein positives Ergebnis würde ihnen genügend an die Hand geben, um Bordieu in Untersuchungshaft zu nehmen. Und Bordieu dazu bringen, endlich auszupacken, hoffte Eva. Keine Frage, er war ihr Schlüssel zur Wahrheit. Ihre einzige Chance, jemals zu erfahren, was Kriegers Rolle in den beiden Mordfällen war. Voller Ungeduld wartete Eva in ihrem Schreibtischstuhl auf das Laborergebnis. Nervös rollte sie vor und zurück. Das Telefon klingelte. Dreier. Und sie konnte ihre Enttäuschung nicht verbergen, als ihr Chef den Befund durchgab: negativ. Sie knallte den Hörer hin. Auf jeden Schritt vorwärts folgten in diesem verdammten Fall zwei zurück.

Sie war voller Tatendrang, aber es gab nichts, was sie hätte tun können. Ruhelos tigerte sie durch das enge Büro, als ihr Telefon erneut klingelte.

»Die Sitte. Sie haben gestern Abend zugeschlagen. In der Rethelstraße«, erklärte ihr Chef. »Sie haben einen Typen in U-Haft. Im Keller. Kevin Weiß. Ein kleiner Zuhälter. Er sagt, dass er jemanden kennt, der den kongolesischen Konsul mit kleinen Jungs versorgt hat. Er wird uns den Namen seines Bekannten verraten, wenn wir ihm Strafmilderung zusichern.«

»Das, das ist fantastisch«, stammelte Eva.

»Ich muss noch mit der Staatsanwältin sprechen. Wir sehen uns im Vernehmungsraum«, sagte Dreier und legte auf.

* * *

Eine halbe Stunde später saßen Eva und Dreier einem pickligen, blassen jungen Typen mit hängenden Schultern am Verhandlungstisch gegenüber.

»Kevin Weiß, Straßenname Crazy Kevin«, las Dreier aus seiner Akte vor.

»Krieg ich jetzt den Deal, oder was«, unterbrach ihn der Zuhälter in unverkennbar rheinischem Tonfall.

»Sie haben mindestens fünf sehr junge ukrainische Frauen zur Prostitution gezwungen«, hielt ihm Dreier vor.

Crazy Kevin kaute ungerührt auf seinem Kaugummi und schaute die beiden Beamten abfällig an.

»Wir werden die Anklage auf Menschenhandel zum Zweck der sexuellen Ausbeutung auf Beihilfe reduzieren, wenn Sie mit uns zusammenarbeiten und uns verraten, wer Ihre Hintermänner sind«, erklärte er sachlich.

»Ne, das haben wir so nicht abgemacht«, entgegnete Kevin locker. »Ich sag Ihnen, wer dem Konsul die Jungs gebracht hat, mehr nicht.«

Eva bemerkte, dass Dreier sich nur mühsam beherrschen konnte. »Hör mal zu, du Wichser. Du bist hier nicht in der Position, Ansprüche zu stellen. Entweder du arbeitest mit uns zusammen, und zwar nach unseren Regeln, oder wir stecken dich für die nächsten zehn Jahre zurück in die Zelle und erzählen deinen Kumpels, dass du ausgepackt hast.«

Kevin Weiß kaute weiter auf seinem Kaugummi. »Ist das der Wisch?«, fragte er mit einem Blick auf die Papiere, die vor Dreier lagen. Der schob ihm die Papiere hin. Kevin nahm sie, zerriss sie und warf sie zurück auf den Tisch. »Ich helf euch bei dem Kinderficker, mehr nicht. Und das auch nur, wenn ihr schön *Bitte* sagt.«

»Verfluchtes Gesocks«, zischte Dreier mit zusammengebissenen Zähnen, als sie aus dem Vernehmungszimmer traten.

Eva konnte ihm nur recht geben.

»Und was jetzt?«, wollte sie wissen.

»Der kleine Scheißer sitzt am längeren Hebel. Wir haben keine andere Wahl: Er kriegt seine Papiere.«

Zehn Minuten später hatte Kevin ein Dokument unterschrieben, das ihm Strafmilderung für seine Zusammenarbeit mit der Polizei zusicherte, wobei er seine Hintermänner mit keiner Silbe erwähnen musste.

»Also, wer hat Bordieu mit kleinen Jungs versorgt?«, wollte Dreier wissen.

Eva starte gebannt auf Kevins Lippen. Bitte nicht Tomke Krieger …, schoss es ihr durch den Kopf.

»Illya Juran«, antwortete Crazy Kevin, und Eva musste sich zusammenreißen, um nicht erleichtert auszuatmen.

»Wissen Sie, wo er sich aufhält?«

»Das ist Ihr Problem«, erklärte Weiß.

Dreier dampfte regelrecht vor unterdrückter Wut, als ihr Zeuge zufrieden grinsend abgeführt wurde.

»Hol mir diesen Juran«, befahl Dreier. »Lass dir von der Sitte helfen. Wir haben noch achtundzwanzig Stunden, um den Kerl aufzutreiben und eine brauchbare Aussage aus ihm herauszupressen. Dann müssen wir Bordieu laufen lassen.«

Das ließ Eva sich nicht zweimal sagen.

* * *

Eva wollte nicht auf den Aufzug warten, sondern nahm die Treppe hinauf in die dritte Etage und klopfte an die erstbeste Tür des Kriminalkommissariats für Sexualdelikte. Kai Nachtigal, Hauptkommissar, verriet das Namensschild.

»Ja«, polterte es von drinnen, und immer noch außer Atem öffnete Eva die Tür. Ein Schwall kalten Rauchs schlug ihr entgegen, trotz des Rauchverbots im gesamten Präsidium. Die Wände des Büros waren mit Pin-up-Bildern aus dem Playboy dekoriert – was eigentlich ebenfalls gegen die Vorschriften verstieß, aber offensichtlich regte sich bei der Sitte niemand über ein frauenfeindliches Arbeitsklima auf. Nachtigal war ein grobschlächtiger Glatzkopf, den Eva nicht im Dunkeln hätte treffen wollen, hätte sie nicht gewusst, dass er auf ihrer Seite stand. Lässig hatte er seine Füße auf einem Bürocontainer abgelegt. Eva kannte Nachtigal vom Sehen, er war ihr in der Kantine aufgefallen, wenn er mit seinen Kumpels lautstark über dreckige Witze lachte. Überhaupt hatte sie den Eindruck, dass die Sitte aus einem Haufen Alphatiere bestand.

»Was ist jetzt schon wieder, hab ich meinen Urlaub nicht früh genug eingereicht?«, fragte Nachtigal genervt. Offensichtlich konnte er ich auch noch an sie erinnern.

»Ich bin nicht mehr in der Verwaltung. Ich bin bei der KK11.«

Nachtigal schien ein Lachen zu unterdrücken. »Jetzt zwingen sie euch Büromäuse schon wegen der Frauenquote in die Mordkommission?«

Eva hatte keine Zeit für sinnloses Geplänkel. »Was kannst du mir über einen gewissen Illya Juran sagen?«

»Den kenn ich«, erklärte Nachtigal lässig. »Wir haben ihn festgenommen, vor zwei Monaten.«

»Das heißt, wir haben ihn bereits hinter Gittern?«, hakte Eva nach. Sie frohlockte. Endlich einmal war etwas in diesem verdammten Fall einfach.

»Nein. Wir haben ihn abgeschoben. In die Ukraine. Letzten Freitag.«

Eva fiel die Kinnlade herunter. Das durfte nicht wahr sein. »In die Ukraine«, wiederholte sie tonlos. »Ist das ein Scherz?«

»Er ist eine kleine Nummer und hatte kein gültiges Visum. Der Staat wollte Kosten sparen, und deswegen haben wir ihn in die Ukraine zurückgeschickt.«

Eva schüttelte fassungslos den Kopf.

Nachtigal wurde jetzt doch langsam neugierig. »Was wollt ihr denn von ihm?«

Aber Eva hatte keine Zeit, ihm die Zusammenhänge zu erklären.

Zurück in ihrem Büro klemmte sie sich sofort ans Telefon. Es dauerte eine Weile, bis sie endlich jemanden in Kiew am Telefon hatte. Illya Juran saß tatsächlich noch im Gefängnis. Allerdings bestand keine Möglichkeit, mit ihm zu sprechen. Das Gefängnis arbeitete lediglich mit der Wochenendbesetzung, und auch die deutsche Botschaft war hoffnungslos unterbesetzt. Die diensthabende Sekretärin erklärte, dass sie sich am Montag wieder melden sollte, und legte dann einfach auf. Das konnte doch nicht ihr Ernst sein. So viel Zeit hatten sie einfach nicht. Eva rief erneut an, aber dieses Mal sprang nur noch der AB an. »Verdammte Scheiße«, fluchte sie. Montag würde zu spät sein. Spätestens am Samstagabend mussten sie Bordieu laufen lassen, wenn sie bis dahin nicht genug gegen ihn zusammenhatten, um Anklage zu erheben.

Sie berichtete Dreier von ihren Erkenntnissen. »Ich seh zu, was ich machen kann. Schnappen Sie sich in der Zeit jeden Kollegen, den sie hier finden können, und machen Sie den anderen Zuhältern in der U-Haft Druck. Irgendwer muss doch noch etwas über Juran und seine Geschäfte wissen. Und über den Konsul.«

»Wird gemacht.«

Eva rauschte ab, und Dreier griff zum Telefon.

Aber egal, wen sie fragte, niemand in der KK11 hatte ein Interesse daran, sich das Wochenende zu verderben. Eva warf die Tür ihres letzten Kollegen, der etwas von zu viele Überstunden und Rückenschmerzen gemurmelt hatte, wütend hinter sich zu. Irgendjemand musste ihnen doch helfen!

Diesmal klopfte sie nicht, sondern marschierte einfach in Nachtigals Büro. »Ich brauche Leute, die mir bei euren Zuhältern helfen.«

»Tja, Süße, dann komm doch am Montag wieder. Ich hab 'ne Verabredung mit meinem Feierabendbier, die kann ich unmöglich absagen.«

Aber so schnell gab sich Eva nicht geschlagen. »Wie es aussieht, habt ihr einen Kinderhändler laufen lassen. Ich weiß ja nicht, wie du das siehst, aber ich finde, du solltest jetzt deine Kumpels zusammentrommeln und mit mir nach unten kommen, um deinen Fehler wiedergutzumachen. Es sei denn, du willst, dass sich rumspricht, dass die *Büromäuse* deinen Karren aus dem Dreck ziehen.«

Provozierend hielt sie Nachtigals Blick stand.

Nachtigal seufzte. »Geh schon mal vor, ich schau nach, wen ich auftreiben kann.«

Fünf Minuten später stand Nachtigal mit drei Kollegen vor den Zellen der U-Haft. Sie vernahmen die Insassen wie am Fließband. Zwei Zuhälter konnten sich daran erinnern, Bordieu schon einmal gesehen zu haben, hatten ihn aber für einen stinknormalen Freier gehalten. Ein weiterer Zuhälter brachte Bordieu mit den Handlangern des russischen Mafioso Kalinowski in Verbindung. Keiner der Befragten hatte den Konsul je zusammen mit einem Kind gesehen oder konnte ihn irgendwelchen pädophilen Kreisen zuordnen. Und ebenso hatte anscheinend niemand je etwas davon gehört, dass Juran mit Kindern handelte.

Kurz nach elf saß das Team im Besprechungsraum und tauschte die mageren Erkenntnisse aus.

»Dieser Kalinowski, mit dem Bordieu in Verbindung stehen soll, was ist das für einer?«, wollte Eva wissen.

»Große Nummer im Rotlicht. Hat aber bis jetzt nichts mit Kindern zu tun gehabt«, erklärte Nachtigal.

»Hängt der mit Juran zusammen?«

»Nicht, dass wir wüssten. Was aber nicht bedeutet, dass er nicht doch in diesem Fall mit ihm zusammenarbeitet. Vielleicht ziehen sie zusammen was Neues auf«, spekulierte er weiter.

»Irgendwie schmeckt mir das nicht«, warf einer von Nachtigals Leuten ein, dessen Namen Eva schon wieder vergessen hatte. »Die Russen sind beim Menschenhandel die führende Kraft in Düsseldorf, aber ihre Frauen kommen alle aus dem Osten. Dass sie sich plötzlich auf afrikanische Kinder spezialisiert haben, passt nicht ins Bild. Das Ganze ist doch viel zu aufwendig und bringt viel zu wenig Rendite.«

»Rendite!? Hier geht es um Kinder«, entfuhr es Eva, und sie erntete vier mitleidige Sittenblicke. Bei denen zu arbeiten veränderte einen vermutlich für immer.

»Wenn Bordieu mit Kalinowski zu tun hat, waren es dann

seine Leute, die auf Morelli geschossen haben?«, fragte sie schließlich.

»Guter Gedanke. Kümmert euch morgen früh als Erstes darum«, wies Dreier die Beamten an und packte seine Sachen zusammen.

Eva widerstrebte es, jetzt Feierabend zu machen. Am liebsten hätte sie einfach immer weiter gearbeitet. Aber es war sicher sinnvoller, morgen früh mit frischem Kopf weiterzumachen, wenn es eine größere Chance gab, jemanden in Kiew ans Telefon zu bekommen.

Sie wollte gerade als eine der Letzten den Raum verlassen, da hielt Dreier sie auf.

»Du wolltest mit mir sprechen?«

Eva schaute ihn einen Moment fragend an.

»Heute Morgen«, half ihr Dreier auf die Sprünge.

»Ach das …« Eva hielt inne und überlegte für einen kurzen Moment. War das wirklich erst heute Morgen gewesen? »Das hat sich erledigt.«

* * *

Hundemüde kam Eva um kurz vor zwölf nach Hause. Noch bevor sie die zweite Etage erreicht hatte, riss Lars die Wohnungstür auf. »Wo warst du? Warum bist du nicht ans Telefon gegangen?«

»Du hast mich angerufen?« Sie zog ihr Handy hervor. Neunzehn unbeantwortete Anrufe, verkündete das Display. Sie musste es aus Versehen auf leise gestellt haben.

»Verdammt noch mal, ich hab mir Sorgen gemacht. Du rufst an und sagst, dass auf euch geschossen wurde, und dann bist du stundenlang nicht mehr zu erreichen«, fuhr Lars wütend fort.

»Tut mir leid, ich hab das ganz vergessen. Wir haben dieses ganze Gesocks im Keller verhört«, versuchte Eva, ihm die Sache zu erklären.

»In welchem Keller?«

»Dem vom Präsidium«, antwortete sie, aber ihr wurde klar, dass sie Lars damit nicht wirklich weitergeholfen hatte. »Wir haben ein paar Menschenhändler in U-Haft. Und Zuhälter. Von der Razzia in der Rethelstraße. Wir haben endlich eine heiße Spur.«

Sie waren im Wohnzimmer angelangt, wo Eva sich auf das Sofa fallen ließ.

»Das interessiert mich nicht. Ich will wissen, wer auf dich geschossen hat«, rief Lars und lief vor ihr auf und ab.

»Das wissen wir nicht. Aber eigentlich hat er auf Morelli gezielt.«

»Ich schreib dich krank.«

»Was?!«

»Ich will nicht, dass du weiter an dem Fall mitarbeitest. Das ist nichts für dich.«

»Das hab ich ja wohl selbst zu entscheiden«, protestierte Eva, völlig verblüfft von diesen patriarchalischen Anwandlungen ihres Ehemanns. Max hatte sich vorsichtshalber unter einen Stuhl verzogen und schaute ihnen jetzt aus sicherer Entfernung beim Streiten zu.

»Seitdem du an diesem Fall arbeitest, erkenn ich dich gar nicht wieder.«

Eva hatte auf einmal einfach keine Kraft mehr, sich zu streiten. »Das stimmt«, gab sie zu. »Aber vielleicht ist das auch gut so.« Dann stand sie auf, schleppte sich ins Schlafzimmer, ließ sich vollständig bekleidet aufs Bett fallen und schlief auf der Stelle ein.

* * *

Tomke Krieger war mit dem Zug zunächst nach Brüssel gefahren und von dort über die Türkei nach Kinshasa geflogen. Ein Mitarbeiter eines Zinkbergwerkes hatte ihn in seinem privaten Helikopter mit nach Goma genommen. Die Worte »Flüchtlingshilfe« und »Kriegswaisen« öffneten so gut wie jede Tür. Er war vollkommen geschafft von der langen Reise und hatte beschlossen, erst am nächsten Tag weiterzufahren. Für die Nacht war er im Fremdenzimmer einer katholischen Mission untergekommen. Pater Jean war knapp achtzig, versuchte aber weiter in einem baufälligen Gebäude, das Hunderte Einschusslöcher aufwies, und einer kleinen katholischen Kirche, deren Dach inzwischen aus einer Plastikplane bestand, die humanitäre Arbeit seines Ordens aufrechtzuerhalten. Krieger hatte schon oft in der Mission übernachtet, wenn er in der Gegend unterwegs war. Er bewunderte den Pater, der als junger Mann, kurz vor der Unabhängigkeit aus Belgien in den Kongo gekommen und geblieben war. Er hatte eine Krankenstation aufgebaut, aber seit dem letzten Überfall der M23 hatte die Mission keine Medikamente mehr, und so war Beten im Moment alles, was Pater Jean und seine afrikanischen Mitarbeiter für die hilfesuchenden Flüchtlinge tun konnten. Seine Messen waren regelmäßig bis auf den letzten Platz gefüllt.

»Sie sehen nicht gut aus«, erklärte Pater Jean, beim gemeinsamen Abendessen, das aus Maniokbrot und Bananen bestand.

»Ein Junge ist gestorben«, entgegnete Krieger.

»Ich werde ihn in meine Gebete einschließen«, sagte Pater Jean, und Krieger merkte, wie ihm die Tränen kamen. Er hatte nicht geweint, als er von Abasis Tod gehört hatte. Er hatte gelernt, sich damit abzufinden, dass die Welt eben nicht heil und gerecht, sondern unfair und grausam war. Aber jetzt, nach einer Woche Schlafentzug, marschierte dieser Greis, der hier in Afrika tagtäglich die Hölle auf Erden sah und immer noch mit gütigen Augen behaupten konnte, dass beten half, mitten durch seine Schutzmauern.

Pater Jean legte ihm eine Hand auf den Arm. »Halten Sie die Dämonen nicht fest. Dann werden sie weiter ziehen.«

Als Krieger jedoch auf der harten Pritsche der Mission lag und die Augen schloss, waren die Dämonen wieder da. Wie in jeder Nacht der vergangenen Woche. Die großen Kinderaugen, die ihn hilfesuchend anstarrten. Augen, aus denen das Leben entwich. Krieger wälzte sich bis tief in der Nacht herum. Dann gab er auf und setzte sich auf einen alten, zerfledderten Schaukelstuhl, um auf den Morgen zu warten.

Samstag

Am nächsten Morgen verbannte die Sonne Afrikas mit ihren ersten Strahlen die Dämonen der Nacht. Mithilfe des belgischen Paters hatte Krieger einen jungen Gomaer gefunden, der bereit war, ihn für dreißig Dollar auf seinem Motorrad nach Masisi zu fahren. Sie fuhren bei Sonnenaufgang los – die Wahrscheinlichkeit von den Rebellen angehalten zu werden, war am geringsten, solange sie noch ihren Rausch vom Vortag ausschliefen. Normalerweise genoss Krieger die Fahrt entlang des malerischen Seeufers. Aber heute hatte er keinen Blick für die Schönheiten der Natur. Sie ließen die dicht besiedelte Stadt schnell hinter sich und passierten eine Reihe von Baustellen am Ufer, auf denen solide Einfamilienhäuser errichtet wurden, wie man sie von deutschen Neubaugebieten kannte. Ein Beweis dafür, dass zumindest ein Teil der Gewinne aus den Minen trotz aller Kämpfe im Land blieb.

Die ersten Kilometer kamen sie zügig auf den breiten Wegen voran. Es gab zwar auch hier keine richtigen Straßen, aber wenigstens war die rote Erde gründlich planiert worden, sodass Fahrzeuge sie problemlos befahren konnten. Zumindest wenn sie ein gewisses Geschick im Ausweichen von Schlaglöchern besaßen. Links und rechts zogen saftige Wiesen an ihnen vorüber. Dutzende Händler waren auf ihrem Weg zum Markt in Goma. Ihre Fahrräder und klapprigen Holzkarren quollen vor Kanistern voller Palmöl, Säcken mit Maniok, Hirse, Brennholz, Bier und Essenspaketen der UN über. Die Frauen, die in bunte Tücher gekleidet waren, balancierten ihre Waren in riesigen Plastikschüsseln auf ihren Köpfen. Begleitet von Kindern, die ihre kleinen Geschwister auf dem Arm trugen. Vor dem Panorama der majestätischen

Virunga-Vulkane sah die Szene fast idyllisch aus – wären da nicht immer wieder zerschossene Autowracks, verbrannte Häuser und Ruinen am Straßenrand gewesen, die von den letzten Kämpfen zwischen M23 und dem Militär zeugten.

Als sie vom Ufer abbogen, endete die Buckelpiste abrupt und ging in einen unebenen Waldpfad über. Die Maschine hatte merklich mit der Steigung des Weges zu kämpfen, und nach einem Kilometer hatten sie den ersten Platten.

»Pas de problème, pas de problème«, meinte Kriegers Fahrer und machte sich daran, das Rad fachmännisch zu flicken. *Kein Problem.* Fünf Kilometer weiter platzte der andere Reifen. Krieger schaute ungeduldig auf die Uhr. Es war bereits kurz nach elf. Die Sonne hatte bald ihren Zenit erreicht, es wurde stündlich ein paar Grad wärmer. Keinen Kilometer weiter gerieten sie an eine Wegsperrung. Mit notdürftig zusammengesteckten Ästen hatten Mitglieder der kongolesischen Armee eine Barrikade errichtet und verlangten, ihre Papiere zu sehen. Krieger drückte dem Mann mit der zerlöcherten Uniform und der verspiegelten Sonnenbrille seine Papiere sowie zwanzig Dollar in die Hand und durfte passieren. Im Schneckentempo fuhren sie durch den Wald. Mehrfach geriet die Maschine auf dem unebenen Waldweg ins Schlingern. Aber es gelang dem Fahrer immer wieder, die Kontrolle über das Motorrad zurückzuerlangen. Wie durch ein Wunder kamen sie ohne weitere Probleme durch, bis sie zehn Kilometer vor Masisi auf eine weitere Kontrolle stießen. Sein Fahrer weigerte sich, die Fahrt fortzusetzen. Er wollte mehr Geld, schließlich würde er auf dem Rückweg auch noch einmal Zölle zahlen müssen. Krieger seufzte. Er hatte noch fünfzig Dollar übrig. Das würde nicht für insgesamt drei weitere *sucres* reichen, wie die Kongolesen diese Bestechungsgelder nannten. Krieger stieg von der Maschine ab. Wohl oder über würde er den Rest des Weges zu Fuß zurücklegen müssen.

* * *

Eva Langenberg saß um sieben Uhr morgens an Nachtigals Schreibtisch und klickte sich durch die Lichtbildkartei, die er ihr zusammengestellt hatte. Bereits beim fünften Bild sah sie in das Gesicht des Mannes, der gestern auf sie geschossen hatte.

»Da, stopp. Das ist er.«

Nachtigal nickte. »Jegor Karpin. Passt. Der gehört zu Kalinowski.«

Nach ein paar schnellen Mausklicken hatte Nachtigal auch ein Bild des zweiten Mannes hervorgezaubert: Vladimir Fedotow.

»Die beiden sind seit Jahren für die russische Mafia tätig. Übernehmen für Kalinowski alle möglichen Schlägerjobs.«

»Das heißt, wir haben eine Verbindung zwischen Bordieu und der russischen Mafia!«

Nachtigal zügelte Evas Enthusiasmus. »Nicht so schnell; noch wissen wir nicht, welcher Art die Verbindung ist. Vielleicht ist Bordieu einfach nur zu häufig in den Puff gegangen und konnte seine Rechnungen nicht bezahlen.«

Eva schaute auf Fedotows Adresse, die noch auf dem Bildschirm prangte. »Dann fragen wir die Herrschaften doch einfach.«

Nachtigal betrachtete sie skeptisch. Es war klar, dass er lieber einen anderen Kollegen für diesen Job mitgenommen hätte.

Aber schließlich gab er sich einen Ruck. »Gut, wir übernehmen Fedotow und schicken die Kollegen zu Karpin«, erklärte er und griff nach seiner Lederjacke.

Fedotow wohnte in Friedrichsstadt, nur wenige Blöcke von der Adresse des toten Geologen entfernt. Sie standen vor einem heruntergekommenen Altbau mit vielen Klingelschildern. Auch wenn Fedotow nicht der Mann war, der auf sie geschossen hatte, behielt Eva lieber eine Hand auf ihrer Waffe, als sie bei ihm klingelte. Nichts geschah. Sie klingelte noch einmal. Nichts.

»Lass mich mal.« Nachtigal drückte auf den Knopf und ließ einfach nicht mehr los. Ein schriller Ton erklang in der zweiten Etage. Der Türöffner wurde zwar nicht betätigt, aber eine verschlafene Nachbarin öffnete das Fenster.

»Hör auf zu Klingeln, du Arsch. Er ist nicht da.«

»Davon würden wir uns gern selbst überzeugen.« Nachtigal hielt seinen Dienstausweis hoch.

Die genervte Nachbarin schloss das Fenster, und kurze Zeit später summte der Türöffner. Sie stiegen in die zweite Etage hinauf, aber weder auf weiteres Klingeln noch auf vehementes Klopfen erfolgte irgendeine Reaktion – außer dass sich inzwischen die halbe Nachbarschaft im Treppenhaus versammelt hatte.

»Wir brauchen einen Durchsuchungsbefehl, um da reinzugehen«, sagte Eva.

»Zumindest, wenn so viele Leute zuschauen«, gab Nachtigal ihr leise recht.

Inzwischen war auch eine rundliche Dame aus der ersten Etage zu den Zuschauern gestoßen.

»Der Vladi ist verreist. Der hat hier gestern einen Koffer rausgeschleppt, der mindestens für drei Wochen reicht.«

Nachtigals Handy meldete sich. Er hörte zu.

»Bei Karpin dasselbe. Die beiden sind untergetaucht«, wandte er sich an Eva.

»Und was jetzt?«, fragte sie enttäuscht.

»Jetzt fragen wir ihren Boss, ob die beiden denn rechtzeitig ihren Urlaubsantrag eingereicht haben«, meinte Nachtigal grinsend.

Eva konnte ein Lächeln nicht unterdrücken. Sie mochte Nachtigal.

Kalinowski wohnte in Alt Meererbusch. Nachtigal parkte auf der Straße, und sie stiegen aus. Mehrere protzige Sportwagen standen in der Auffahrt der Zwanzig-Zimmer-Villa. Der Swimmingpool im Garten wäre in anderen Stadtteilen als Freibad durchgegangen. Hier hatte jemand richtig viel Geld. Und er scheute sich nicht, das auch zu zeigen.

»Da werden sich die Nachbarn gefreut haben, als Kalinowski hier eingezogen ist«, bemerkte Eva, als sie auf dem angrenzenden Grundstück ein älteres Ehepaar sah, das gerade in einen Bentley stieg.

»Angebot und Nachfrage. Wer kann sich heutzutage sonst noch so etwas leisten?«, sagte Nachtigal sachlich, mit Blick auf Kalinowskis Reich.

Einer von Kalinowskis Leibwächtern, der es körperlich locker mit Nachtigal hätte aufnehmen können, öffnete ihnen die Tür. Nachtigal hielt ihm seinen Ausweis hin. »Wir wollen zu deinem Chef.«

»Er schläft noch.«

»Dann weck ihn. Sonst tun wir das«, erwiderte Nachtigal. Sein Ton ließ keinen Zweifel daran, dass er nichts lieber tun würde.

Der Leibwächter seufzte und führte die beiden Beamten ins Haus. Eva schaute sich um. Die Villa war vollgestopft mit Antiquitäten aus den verschiedensten Jahrhunderten; ihr Besitzer schien jede Menge Geld, aber überhaupt keinen Geschmack zu haben. Der Leibwächter brachte sie in eine Art Salon, in dem drei rosafarben bezogene Stoffsofas mit goldenen Bommeln vor einem Karmin aufgestellt waren. Ein viel zu süßes Parfum schwebte in der Luft.

Die beiden Beamten ließen sich auf den geschmacklosen Sofas nieder. Evas Blick schweifte über den Raum. Wer hätte gedacht, dass ein millionenschwerer Mafioso denselben Geschmack hatte wie ihre Großmutter? Üppige Vorhänge, hässliche Vasen, sogar ein goldgerahmtes Bild von einem röhrenden Hirsch hing über dem Kamin.

Zwanzig Minuten später stand Kalinowski vor ihnen. Eine Schlaffalte, quer über seiner rechten Wange, bewies, dass sein Leibwächter nicht gelogen hatte. Sein rundlicher Körper wurde von einem schwarzen Seidenmorgenmantel verdeckt. Darunter war er nackt. »Lasst ihr Bullen einen nie in Ruhe?«, begrüßte er die Polizisten. Dann gähnte er ausführlich, ohne sich die Hand vor den Mund zu halten.

»Wir haben gehört, dass ihr neue Märkte erschlossen habt«, begann Nachtigal die Befragung.

Kalinowski schaute ihn unschuldig an. »Ich arbeite ausschließlich mit Immobilien, das solltet ihr eigentlich wissen.«

Er ließ sich auf eins seiner Sofas fallen.

Nachtigal hatte Eva auf der Hinfahrt aufgeklärt. Auch wenn jeder wusste, dass Kalinowski der Kopf der russischen Mafia im Rheinland war, hatte man ihm bis jetzt nichts nachweisen können. Offiziell verdiente er sein Geld mit Immobilien, inoffiziell mit allem, was Profit abwarf: Prostitution, Drogen, Schutzgeld.

»Das kannst du deiner Mutter erzählen, wenn du sie das nächste Mal in einem deiner Puffs besuchst«, versuchte Nachtigal, den Mann zu provozieren. Aber vergeblich. Kalinowski strich sich nur müde sein dünnes Haar aus der Stirn.

»Ich muss dir nicht erzählen, was man im Gefängnis mit Kinderfickern macht«, setzte Nachtigal nach.

Kalinowski lachte dreckig. »Wie kommt ihr denn auf so einen Blödsinn?«

»Frag deine Lieblingsschläger, Jegor und Vladimir.«

Kalinowski schüttelte bedauernd den Kopf. »Von denen hab ich schon ewig nichts mehr gehört.«

Nachtigal verdrehte die Augen. »Du willst mir nicht erzählen, dass die hier irgendetwas ohne dein Wissen abziehen.«

»Ich hab Dutzende Angestellte; keine Ahnung, was die machen, wenn sie gerade nicht für mich arbeiten.«

»Natürlich«, antwortete Nachtigal trocken.

Allen im Raum war klar, dass Kalinowski log. Aber ebenso war ihnen auch klar, dass er zumindest für den Moment damit durchkommen würde.

»In welchem Verhältnis stehen Sie zu Dr. Frederik Bordieu?«, schaltet sich Eva in das Gespräch ein.

Kalinowski musterte sie, als würde er sie jetzt erst wahrnehmen. »Deine Sekretärin?«, fragte er abfällig. »Konntest du nicht was mit größeren Titten kriegen?«

»Beantworte einfach ihre Frage«, wies Nachtigal ihn an. »Es sei denn, du möchtest, dass wir dich mit aufs Revier nehmen.«

Eva konnte deutlich sehen, wie Kalinowski seine Möglichkeiten durchging. Auch wenn er so tat, als interessiere ihn das alles gar nicht, so wusste er doch unter Garantie, dass sie Bordieu seit gestern Mittag in Untersuchungshaft hatten. Allerdings konnte er nicht wissen, dass Bordieu ihnen bis jetzt keinen Ton gesagt hatte.

»Ich stehe in überhaupt keinem Verhältnis zu ihm. Aber es kann natürlich sein, dass einer meiner Mitarbeiter Kontakte zu dem Konsul hat«, erklärte Kalinowski.

»Und welcher Art sind diese Kontakte?«, hakte Eva nach.

»Wie gesagt, ich kann nicht alles wissen, was meine Leute außerhalb ihrer Arbeitszeit machen«, erklärte der Russe.

In dem Moment kam eine stark geschminkte, sichtbar von der Nacht mitgenommene Blondine, mit nichts außer schwarzer Reizwäsche bekleidet zu ihnen in den Salon. Die Quelle des süßlichen Parfums. Sie brachte Kalinowski einen Kaffee, setzte sich provokativ auf seinen Schoß und warf Nachtigal eindeutige Blicke zu.

»Wo wir gerade bei dem Thema sind«, kommentierte Eva den Auftritt der Blondine. »Sie haben die Frage meines Kollegen nicht beantwortet. Haben Sie in letzter Zeit Ihr Repertoire erweitert?«

»Ich hab keine Ahnung, von was für einem Repertoire Sie reden.«

»Na von Ihren Prostituierten«, erklärte Eva mit einem Nicken zu der Frau, die gerade ihren BH zurechtzupfte.

Nachtigal stieß ein lautes Lachen aus.

»Was meint die Schlampe?«, schaltete sich die Blondine in das Gespräch ein.

Fünf Minuten später standen die beiden Polizisten auf der Straße.

»Seine Ehefrau als Nutte zu bezeichnen, würde sich außer dir niemand in Düsseldorf trauen«, sagte Nachtigal, immer noch grinsend.

Aber Eva konnte überhaupt nicht darüber lachen. »Ich hab's versaut«, ärgerte sie sich darüber, dass sie rausgeschmissen worden waren. Nachtigal schlug ihr freundschaftlich auf die Schulter. »Das war es wert. Mach dir keine Sorgen. Mehr hätten wir aus ihm sowieso nicht herausbekommen. Wir haben jetzt zumindest die Bestätigung, dass er Kontakte zu Bordieu hat. Und was alles andere anbelangt, lügt er, sobald er den Mund aufmacht.«

Eva schaute auf ihre Uhr. Noch sechzehn Stunden, bis sie Bordieu laufen lassen mussten.

* * *

Rahima und Abasi hatten in den letzten Wochen für die Rebellen Holz gesammelt, Essen gekocht und sogar die Waffen gereinigt. Die Männer hatten keine Angst, ihnen ihre Gewehre zu geben, denn sie trugen Amulette aus Leder um den Hals, in die sie eine Paste aus Wasser, Mais und Sorghumkörnern füllten; sie würden die Kugeln in Wasser verwandeln. Mayi-Mayi, so hieß dieses Wasser, erklärte ihnen Safisha, ein Mädchen, das schon seit einigen Monaten von den Rebellen gefangen gehalten wurde. Sie war ein wenig älter als Rahima und wurde nachts von Bad Dog, dem Mann, der die Kette ihrer Mutter trug, in sein Zelt geholt. Nach einer Woche befahl ihnen Bad Dog, das Camp abzubauen, um weiterzuziehen. Sie trugen Zelte, Töpfe, Waffen und Nahrungsmittel durch den Dschungel, bis Bad Dog entschied, dass sie eine gute Stelle gefunden hatten. Am nächsten Morgen standen alle Rebellen noch vor Tagesanbruch auf und rieben sich mit der Mayi-Mayi-Paste ein, die der Medizinmann für sie herstellte. Jeder der Kämpfer bekam eine Ration brownbrown, ein weißes Pulver, das der Medizinmann mit Schießpulver mischte; es sollte dafür sorgen, dass sie für viele Tage wach blieben. Sie hängten sich ihre Waffen und Amulette um und brachen frühmorgens in den Wald auf. Am Abend kamen die Männer zurück, laut lachend, mit fremdem Blut an ihren Kleidern und in ihren Haaren und mit Maluco in den Augen. Sie hatten Essen mitgebracht, Affen, Getreide und Alkohol. Und drei neue Jungen.

Spät in der Nacht, nachdem sie lange gefeiert hatten, ließ Bad Dog die drei Brüder zu sich bringen. Der erste war kaum größer als Abasi, die anderen beiden waren ein wenig älter als Rahima. Einer der Rebellen hielt den kleinen Jungen fest. Bad Dog drückte seinem ältesten Bruder ein Gewehr in die Hand und befahl ihm, den Kleinen zu erschießen. Der Junge ließ das Gewehr fallen, fing an zu weinen und zu bitten, aber Bad Dog lachte nur. Safisha hatte Rahima und Abasi mit sich an den Herd gezogen; hier war die Chance am größten, nicht zufällig einem der Männer in den Weg zu geraten. Dann hör-

ten sie einen Knall. Bad Dog hatte den ältesten Bruder in den Kopf geschossen. Und befahl jetzt Baakir, dem mittleren Bruder, seinen kleinen Bruder zu erschießen. Der Kleine stand jetzt allein im Kreis der Rebellen, die seinen Bruder anfeuerten und laut lachten. Hilfesuchend schaute er seinen großen Bruder an. Dann hielt Bad Dog diesem sein Gewehr an den Kopf. Die Waffe zitterte in Baakirs Hand. Bad Dog zählte bis drei, und ein Knall ertönte. Baakir hatte abgedrückt. Er stieß einen Schrei aus, der Rahima durch Mark und Bein ging. Weinend brach er über seinem toten kleinen Bruder zusammen.

* * *

Die Zeit verstrich. Und Eva blieb nichts anderes übrig, als auf Nachrichten aus Kiew zu warten. Ungeduldig blätterte sie zum x-ten Mal in den vergangenen Stunden durch ihren Kongo-Ordner. Nachdem Dreier mit dem Ministerium telefoniert hatte, war jetzt wenigstens der Botschafter in Kiew mit an Bord. Eva hatte schon dreimal mit ihm gesprochen, allerdings teilte er ihr jedes Mal mit, dass er noch nichts erreicht hatte und immer noch darauf wartete, mit einem Verantwortlichen im Gefängnis reden zu können. Eva war noch einmal ihre gesamten Notizen durchgegangen. Aber alles, was sie bis jetzt hatten, war Crazy Kevins Behauptung, dass Bordieu Kontakt zu Pädophilen hatte. Und einen flüchtigen Hauptverdächtigen ... Sie starrte eine Weile auf den Sekundenzeiger ihrer Uhr. Noch neun Stunden. Um Mitternacht mussten sie Bordieu laufen lassen. Ihre einzige Chance, zu erfahren, wer für die beiden Morde verantwortlich war. Und ebenso ihre einzige Chance, um Gewissheit darüber zu erlangen, warum Tomke Krieger geflohen war. Sie hielt es am Schreibtisch nicht länger aus.

Eva lief die Treppen hinunter in den Keller, um noch einmal selbst mit Kevin Weiß zu reden. Der saß kaugummikauend in seiner Zelle und war mit sich und der Welt sichtbar zufrieden.

»Können Sie mir irgendwelche Namen nennen, irgendjemanden, der außer Ihnen und Illya Juran von Bordieus Vorlieben gewusst haben könnte?«

»Sie sind jetzt schon der dritte Bulle, der das fragt«, erklärte Kevin Weiß genervt.

»Sie wollen etwas von uns, schon vergessen?«

»Nein, das, was ich wollte, hab ich.« Weiß zeigte auf die zusammengehefteten, von der Staatsanwältin unterschriebenen Seiten. »Was können Sie mir jetzt schon noch tun? Mich abschieben geht ja leider nicht«, erklärte er höhnisch.

Wo nahmen diese kleinen Wichser nur ihr Selbstbewusstsein her?, fragte sich Eva. Sie spürte, wie Wut in ihr aufstieg. »Herr Weiß, auch wenn wir Ihnen zugesichert haben, dass wir Ihnen in den fünf anhängigen Fällen von Menschenhandel nur Beihilfe vorwerfen werden, bin ich mir sicher, dass meine Kollegen noch eine Menge mehr finden werden, was Sie für eine lange Zeit hinter Gitter bringen wird, wenn Sie nicht nach unserer Zufriedenheit mit uns zusammenarbeiten. Sie sollten sich also besser bemühen, Ihr …«, das nächste Wort sprach sie mit Verachtung aus »… Gehirn nach einer Antwort zu durchforsten, die uns zufriedenstellt.«

Evas Worte zeigten durchaus Wirkung auf den Kriminellen. Er nahm fast so etwas wie Haltung auf der Pritsche ein, die ihm neben seiner Metalltoilette seit ein paar Tagen als Hauptmöbelstück diente.

»Ich weiß nicht mehr, ich schwöre«, war Kevins Antwort. »Illya hat keine Namen genannt.«

»Außer dem des Konsuls.«

»Genau.«

Plötzlich hatte Eva das Gefühl, dass Kevin Weiß sie anlog. Sie stand auf und ging in der engen Zelle auf und ab. »Sie erzählen mir besser die Wahrheit.«

»Das ist die Wahrheit! Ich weiß nicht mehr. Wirklich, ich schwöre.«

Eva wandte sich wütend von dem milchigen Gesicht des jungen Mannes ab, der sein ganzes Erwachsenenleben lang den starken Macker markiert und Frauen gezwungen hatte, mit Sex Geld für ihn zu verdienen. Vor ihren Augen verwandelte er sich in ein wimmerndes Weichei. Sie empfand Ekel beim Anblick seiner tumben Gesichtszüge. Evas Blick flüchtete zu dem Guckloch, aus dem sie auf den Gang sehen konnte. Und dort sah sie niemand anderen als Bordieus Anwalt, der gerade in eine Zelle gelassen wurde. Eva stockte.

Sie schnappte sich den wachhabenden Beamten. »Ist das Bordieus Zelle?« Der Mann nickte.

Eva stürmte zurück in Weiß' Zelle. »Sie haben gerade gesagt, dass wir Sie nicht auch abschieben könnten. Was meinten Sie damit?«, hakte sie nach.

Weiß merkte, dass irgendetwas nicht stimmte, konnte sich aber noch nicht erklären, was. »Na, Juran. Den haben Sie doch letzte Woche abgeschoben.«

Eva hätte am liebsten geschrien. Sie hatten sich verarschen lassen. Dieser verdammte Zuhälter hatte sie alle zum Narren gehalten. Weiß hatte einfach eins und eins zusammengezählt und den Mord an Abasi, der in der Presse breit getreten wurde, in eine für ihn logische Verbindung mit dem Namen Konsul Bordieu gebracht, der ihm frei Haus vor seine Zellentür geliefert worden war. Er hatte sie alle aufs Kreuz gelegt und sich eine schöne kleine Geschichte ausgedacht, von der er wusste, dass sie darauf anspringen würden, und von der nicht nachzuweisen war, dass sie nicht stimmte. Sie brauchten gar nicht mehr auf die Rückmeldung aus Kiew zu warten, sie konnten Bordieu ebenso gut direkt laufen lassen.

* * *

Die Begrüßung im Flüchtlingscamp war herzlich. Kaum hatte Krieger die Umzäunung des Lagers passiert, die eher ideellen Wert hatte, als dass sie wirklich einen Feind abgehalten hätte, stürzten sich die kleinen Jungs auf ihn und hängten sich an seine Beine. Krieger sah, dass in seiner Abwesenheit noch ein paar Unterkünfte mehr dazugekommen waren, die aus weißen Plastikplanen und wackeligen Konstruktionen aus dünnen Stöcken bestanden. Aber egal, wie viele Notbehausungen sie bauen würden, der Bedarf war immer größer. Er dachte an seine Anfangszeit als Entwicklungshelfer zurück. Die Not der Menschen war so groß gewesen, dass die Flüchtenden die Affen des Virunga-Nationalparks schlachteten, um etwas zu essen zu bekommen. Das Elend, das er gesehen, und die Grausamkeiten, von denen er gehört hatte, übertrafen alles, was er sich bis dahin hätte vorstellen können. Und trotzdem hatte er zu einer Lüge greifen müssen, um Spenden für die notleidenden Vertriebenen aufzutreiben – unter dem Deckmantel des Tierschutzes war schließlich Geld hereingekommen. An hungernde Afrikaner hatte man sich in Europa schon gewöhnt, mit denen konnte man kaum noch Spenden generieren. Aber für Tiere waren die Deutschen schließlich doch bereit, in ihre Taschen zu greifen.

Als Krieger in die lachenden Gesichter der Kinder blickte, waren die Mühen des Marschs durch den Dschungel vergessen, auch wenn seine Füße schmerzten und er die Strapazen der langen Reise deutlich in jedem Knochen seines Körpers spürte. Die Mädchen standen ein wenig abseits und kicherten, als Krieger ihnen zuwinkte. Kurze Zeit später war der Großteil der Mitarbeiter um ihn versammelt. Sie wunderten sich, warum er schon wieder zurück war. Er versprach, ihnen beim Abendessen alles darüber zu erzählen, wie es Rahima und Abasi in Deutschland ergangen war. Und er wusste, dass er das Blaue vom Himmel herunterlügen musste. Er konnte den Menschen einfach keine weitere schlechte Nachricht übermitteln.

Nachdem sich die Aufregung gelegt hatte und die Leute wieder zurück an die Arbeit gegangen waren, nahm Krieger Kibibi beiseite, eine ruandische Mitarbeiterin, die vor zehn Jahren selbst als Flüchtling in das Lager gekommen war und sich jetzt um alle buchhalterischen Belange kümmerte. Er bat sie, ihm alle Unterlagen zu holen, die sie über die beiden Kinder hatten. Als sie kurze Zeit später mit einem dünnen Schnellhefter mit wenigen Blättern darin zurückkehrte, bedankte er sich bei ihr, wich aber ihren Fragen aus, wofür er die Akte brauchte.

Krieger ging durch das wuselige Camp zu seiner drei mal drei

Meter großen Hütte mit Wänden aus dünnem Holz und Stroh. Er ließ sich auf sein Feldbett fallen, schlug die Akte auf und las Kibibis akribische Aufzeichnungen. Allerdings verrieten die Unterlagen ihm nichts, was er nicht schon gewusst hatte. Rahima und Abasi waren zusammen mit Safisha, einem elfjährigen Mädchen, im Zuge der Auflösung einer Mayi-Mayi-Gruppe von den Blauhelmen zu ihnen gebracht worden. Die Rebellen hatten sie gezwungen, Hilfsarbeiten für sie zu verrichten. Die drei Kinder waren die einzigen überlebenden Zivilisten dieser Einheit gewesen. Krieger konnte sich gut an Safisha erinnern. An ihren Augen sah man, dass sie mehr durchgemacht hatte, als irgendein Mensch ertragen konnte – geschweige denn eine Elfjährige. Aber als er ihr ein neues buntes Tuch überreicht hatte, aus dem sie sich ein Kleid wickeln konnte, war ein Lächeln über ihr Gesicht gehuscht, und plötzlich hatte sich ihr Ausdruck mit Leben gefüllt. Was Krieger wieder einmal klargemacht hatte, warum er hier war. Warum er diesen nicht zu gewinnenden Kampf gegen das Elend Afrikas kämpfte.

Krieger klopfte an die Tür der Hütte, die dem Camp als Büro diente, und fragte Kibibi, wo er Safisha finden konnte. Sie antwortete ihm, dass das Mädchen das Camp vor einer Woche plötzlich verlassen hatte und sie keine Idee habe, wo sie jetzt sein könnte. Auch die Frage, ob irgendjemand anderes im Camp das wissen könnte, verneinte sie. Kibibi sei ganz allein gewesen, nachdem Krieger die Geschwister mit nach Deutschland genommen habe. Niemand im Camp wollte Kontakt zu den drei Kindern haben, weil sie für die Mayi-Mayi gearbeitet hatten, die so vielen ihrer Verwandten das Leben genommen hatten. Krieger bat Kibibi trotzdem, im Lager herumzufragen. Irgendjemand musste doch wissen, wo das Mädchen geblieben war.

* * *

Fauconnier hatte sich in seinem Helikopter in den Paradise Club in Bukavu bringen lassen, in dem er seine Gäste mit Vorliebe einquartierte. Für seine Geschäftspartner aus Moskau wählte er lieber den großen Auftritt. Vor vier Monaten, als er sich mit den Deutschen getroffen hatte, war das anders gewesen. Auf Deutsche wirkte Protzerei oft unseriös und wenig vertrauenswürdig, deswegen war er damals mit dem Boot gekommen. Aber für einen Russen war es im Geschäftsleben wichtig zu sehen, dass sein Gegenüber erfolgreich war, deswegen kam Understatement heute nicht infrage.

Bereits nach einer Flasche Wodka waren er und sein Gesprächspartner sich handelseinig. Fauconnier würde den Russen helfen, ein Methangaswerk im Kivusee zu bauen. Weder ihn noch den Russen störte es, dass die Ruander auf der anderen Seite des Sees bereits den Amerikanern die Konzession erteilt hatten, das wertvolle Gas auszubeuten, das einfach so aus dem Boden des Sees blubberte. Jeder würde sich einfach so viel nehmen, wie er kriegen konnte. Und in diesem Fall würden sie den Afrikanern sogar wirklich einen Gefallen tun – wenn sich das Gas nämlich einfach weiter am Boden des Sees sammelte, dann bestand die Gefahr, dass die ganze Gegend beim nächsten Vulkanausbruch in die Luft flog. Das war der Nachteil daran, dass sich der See genau auf dem afrikanischen Grabenbruch befand, in dem die arabische und die afrikanische Kontinentalplatte voneinander wegdrifteten.

Der Russe bestellte eine weitere Flasche Wodka, aber Fauconnier winkte ab. Er wollte keinen Wodka mehr. Ebenso wenig Champagner noch irgendein anderes von den Gesöffen, die es bei solchen Geschäften immer reichlich gab. Er hatte genug. Genug zu trinken, mehr Geld, als er je ausgeben konnte, und die Nase voll, immer wieder dasselbe Spiel mit gierigen Europäern zu spielen, die ihre Chance sahen, sich am Kongo gesundzustoßen. Er war jetzt Mitte sechzig. Vielleicht war es einfach an der Zeit, in den Ruhestand zu gehen. Aber Fauconnier hatte niemanden, der seine Geschäfte für ihn hätte übernehmen können. Er war zweimal verheiratet und nicht traurig gewesen, dass beide Ehen kinderlos geblieben waren. Er mochte keine Kinder. Sie machten nur Lärm und gingen ihm auf die Nerven. Aber er konnte auch nicht einfach die Geschäfte seiner Familie zugrunde gehen lassen und darauf warten, dass sich jemand anderes den Reichtum des Kivus unter den Nagel riss. Sein Leibwächter kam zu ihnen und erklärte ihm, dass es Probleme mit den Adoptionen der beiden Kinder für die Deutschen gegeben hatte und dass ein Entwicklungshelfer aus dem Camp bei Masisi Fragen stellte. Fauconniers Magengeschwür meldete sich. Die Kinder waren ihm herzlich egal, aber dieses verfluchte Projekt mit den Deutschen hatte von Anfang an nichts als Ärger gemacht. Fauconnier ließ sich von dem inzwischen rotgesichtigen Russen zwei Küsse auf die Wangen drücken, dann kletterte er in seinen Helikopter und stieg in den Nachthimmel über dem mondbeschienenen Kivusee auf.

* * *

Trotz allem hatten sie bis kurz vor Mitternacht gewartet, bevor sie Bordieu laufen ließen. Eva stand neben Dreier, als Dr. Dr. Hohengarten mit erhobenem Haupt und einem in sich zusammengesunkenen Klienten aus dessen Zelle kam. Er drückte Dreier die Zeitungen des nächsten Tages in die Hände. *Kongolesischer Konsul Kindermörder?*, versuchte sich der Express an einer doppelten Alliteration. Mit *Blutige Spur des Doppelmords führt ins kongolesische Konsulat* blieb die Bild zur Abwechslung einmal eine Stufe dichter an der Wahrheit. »Das hat Konsequenzen«, erklärte Hohengarten kühl. Dann ließ er die beiden Beamten stehen und rauschte davon, gefolgt von seinem ungeduschten Klienten in zerknitterten Kleidern. Bordieu würde ihnen nichts mehr sagen. Sie musste einen neuen Ansatz finden.

Eva war in den Besprechungsraum umgezogen. Sie brauchte mehr Platz, um ihre Unterlagen ausbreiten zu können. Aber ganz gleich, wie sie ihre Notizen betrachtete, es wollte sich einfach kein neues Bild für sie ergeben. Dreier kam auf dem Gang vorbei und blickte verwundert in den Raum.

»Du bist noch da?«

Eva nickte.

»Mach Schluss für heute.«

»Noch fünf Minuten.«

»Heute haben wir verloren. Aber morgen ist ein neuer Tag.«

Eva ließ sich auf den Stuhl sinken, der gegenüber der Pinnwand stand. Die Blicke des kleinen Afrikaners ruhten auf ihr. Sie schaute ihm in die Augen. »Ich werde deinen Mörder finden«, versprach sie dem Kind, als Dreier gegangen war.

Sonntag

Dank Lars' Nachtdienst hatte Eva es erfolgreich geschafft, ihrem Mann nicht unter die Augen treten zu müssen. Selbst den Blick in den Spiegel vermied sie lieber. Nur eins hatte sich geändert: Max hatte die ganze Nacht auf ihrem Kopfkissen verbracht. Eine Ehre, die er in den letzten zehn Jahren nur Lars hatte zukommen lassen. Gemeinsam frühstückten sie, Max sein Dosenfutter, Eva ihr Müsli. Sie brauchte Kraft für einen weiteren langen Tag. Hungrig schüttete sie eine zweite Portion in ihr Schälchen.

Sie war die Erste im Besprechungsraum. Nach und nach trudelten ihre Kollegen von der Sitte ein. Das Spiel von gestern war das vorherrschende Thema. Fachsimpeleien über Fußball. Es machte sie ungeduldig, wertvolle Zeit mit so etwas Unwichtigem verstreichen zu lassen. Deshalb war sie froh, als Dreier endlich den Raum betrat und die Sitzung eröffnete.

»Wir haben nichts. Rein gar nichts. Wir können nur hoffen, dass die Afrikaner uns Tomke Krieger liefern. Und die Chance ist nicht gerade groß«, fasste Dreier den Status quo zusammen. »Aber vielleicht kann uns Kriegers Freundin weiterhelfen. Die Spusi hat bei seiner Hausdurchsuchung ein benutztes Kondom und eine definitiv weibliche Halskette gefunden. Und zwei paar Fingerabdrücke auf dem Kopfteil des Betts«, erklärte er grinsend.

Automatisch griff sich Eva an den Hals, auf der Suche nach der kleinen roten Korallenblüte, ihrem Glücksbringer. Sie war nicht mehr da. Und mit einem Mal fiel das ganze Lügengebäude, in dem sie es sich in den letzten Tagen so behaglich eingerichtet hatte, in sich zusammen.

Eva hatte Dreier nach der Sitzung zu einem privaten Gespräch gebeten. Und als er sie auf den Nachmittag vertrösten wollte, darauf bestanden, dass es wichtig war.

»Na gut, komm mit«, sagte Dreier und eilte ihr voraus in sein Büro.

»Um was geht es?«, fragte er, nachdem er sich hinter seinen Schreibtisch gesetzt hatte. Er ging die E-Mails durch, die sich seit gestern Abend in seinem Postfach angesammelt hatten. »Ich muss Ihnen etwas erzählen. Über Tomke Krieger.«

»Hättest du das nicht auch in der Sitzung machen können?« Dreier blickte kaum von seinem Rechner auf.

Eva nahm ihren ganzen Mut zusammen. »Es ist privat.«

»Privat?« Jetzt schaute er sie doch fragend an.

»Ja«, antwortete sie und schaute an ihm vorbei. »Ich hab mit ihm geschlafen.«

Dreier schüttelte den Kopf, als könne er diesen Satz nicht richtig verstehen. »Wie bitte?«

Eva wiederholte ihre Beichte und zwang sich, seinem ungläubigen Blick standzuhalten.

»Du hast mit ihm geschlafen? Wann? Wie ist das geschehen?«, und dann einfühlsamer: »Hat er dich vergewaltigt?«

Noch nie hatte Eva sich so geschämt. Stockend erzählte sie, wie es zu der Nacht gekommen war. Was sie getan, worüber sie geredet hatten. Sie hatte ihren Chef als sehr besonnenen Mann kennengelernt, aber damit war es jetzt vorbei.

Dreier lief rot an. »Wie konntest du das tun? Was ist bloß in dich gefahren? Das hättest du sofort erzählen müssen«, brüllte er. Er sprang auf, und für einen Moment dachte Eva, er wolle sich auf sie stürzen, aber stattdessen ging er nur aufgebracht in seinem Büro auf und ab. »Du kannst unmöglich weiter Teil der Ermittlung sein. Wenn das rauskommt, zerreißt uns die Gegenseite vor Gericht in der Luft.«

»Ich hab ihm nichts erzählt, was ihm einen Vorteil verschafft haben könnte«, versuchte Eva, sich zu rechtfertigen.

»Das spielt keine Rolle. Nimm dir ein paar Tage frei.« Dreiers Blick war wie versteinert. »Und überleg dir, ob du wirklich in der Mordkommission bleiben willst.«

Wie ein geprügelter Hund verließ Eva den Raum. Benommen trat sie auf den Flur, wo ihr Morelli mit einem Verband quer über die Nase entgegenkam. Er strahlte übers ganze Gesicht.

»Ich hab es zu Hause nicht ausgehalten«, sagte er und blieb vor Eva stehen. »Danke.«

Eva schaute ihn verwundert an. »Wofür?«

Morelli lachte freundlich. »Du hast mir das Leben gerettet. Schon vergessen? Und noch etwas. Ich muss mich bei dir entschuldigen. Ich hab dir Unrecht getan.«

Eva hätte fast lauf aufgelacht. Sie schüttelte den Kopf. »Glaub mir, das hast du nicht.«

Morelli betrachtete sie ernst über seine geschwollene Nase hinweg. »Doch, das hab ich.«

Eva ließ ihn einfach stehen und floh aus dem Präsidium.

* * *

Wie ferngesteuert fuhr Eva nach Hause. Sie stellte den Motor aus und blieb sitzen. Sie konnte jetzt einfach nicht hochgehen und Lars in die Augen schauen. Ihm alles beichten. Sie startete den Wagen und fuhr wieder los, ohne zu wissen, wohin sie überhaupt wollte. Stundenlang kurvte sie ziellos durch die leere Stadt, bis sie sich mit einem Mal in der Straße des kleinen Düsseldorfer Vorortes wiederfand, in dem sie aufgewachsen war. Dabei waren ihre Eltern, nach Lars, die letzten Menschen, denen sie erzählen wollte, was sie getan hatte. Sie hatten noch weniger Verständnis für ihren Wechsel in die Mordkommission gehabt als ihr Ehemann. Sie blieb einfach sitzen und starrte aus dem Fenster, ohne irgendetwas wahrzunehmen. Es hatte wieder angefangen zu regnen. Sie spürte nicht, wie kalt es in dem Wagen wurde. Ein Handyklingeln riss sie aus der Starre. Lars. Sie wollte nicht mit ihm am Telefon reden und drückte ihn weg. Doch es hatte keinen Zweck, weiter davonzulaufen. Um kurz vor acht kreiste sie durch ihr Viertel. Es kam ihr wie ein Geschenk Gottes vor, dass sie keinen Parkplatz fand. Solange sie nicht geparkt hatte, musste sie nicht aussteigen, nach Hause gehen und Lars' Herz brechen. Vor ihr setzte ein parkendes Auto den Blinker. Ihre Schonfrist war abgelaufen.

Sie stieg die Treppen zu ihrer Wohnung hoch und kämpfte dabei mit jeder Stufe. Sie fühlte sich, als habe jemand die Schwerkraft höher eingestellt. Als sie endlich die Wohnungstür aufschloss, kam Lars gerade mit einem Bier aus der Küche. Ein freudiges Lächeln machte sich auf seinem Gesicht breit, als er sie sah.

»Hey, so früh hab ich gar nicht mit dir gerechnet. Ich wollte mir gerade Pizza bestellen, isst du mit?«

Eva überlegte. Sollte sie bis nach dem Essen warten, ehe sie Lars das Herz herausriss?

»Ich weiß nicht …«

»Hast du schon gegessen?«

Eva schüttelte den Kopf.

»Gut, dann eine Salami extrascharf und eine Toscana«, entschied Lars und griff zum Handy.

Eva geisterte kopflos durch die Wohnung und setzte sich schließlich neben Lars, der den Tatort eingeschaltet hatte. Bilder flimmerten über den Bildschirm, sie konnte der Handlung nicht im Ansatz folgen. Die Pizza kam, aber Lars merkte nicht, dass seine Frau heute offensichtlich keinen Bissen runterbekam, sondern futterte ihren Anteil gleich mit weg.

Zu ihrer Überraschung sprang Max auf ihren Schoß und verschlief zum ersten Mal seit zehn Jahren den Tatort auf ihr und nicht auf seinem Besitzer. Lars lächelte sie an. »Na also, langsam werdet ihr miteinander warm. Ich wusste, dass das früher oder später mit euch klappen würde.«

Mechanisch putzte Eva ihre Zähne und zog sich ihren Pyjama an. Als sie nebeneinander in ihrem Ehebett lagen, wusste sie, dass der Zeitpunkt gekommen war, ihrem Mann die Wahrheit zu sagen, aber sie konnte es einfach nicht. Stattdessen gestand sie sich eine letzte Nacht in ihrem alten Leben zu.

Montag

Als Lars am nächsten Morgen aufstand, war Eva gerade eingeschlafen. Und als sie gegen neun Uhr aufwachte, war er fort. Sie war froh, noch einmal einen Aufschub zu erhalten. Natürlich wusste sie, dass früher oder später alles herauskommen würde. Und dass Lars es von ihr erfahren musste. Sie konnte es ihm nicht auf Dauer verschweigen. Aber sie konnte es ihm genauso wenig sagen. Es fühlte sich so an, als müsste sie ihm ein Messer zwischen die Rippen jagen. Dem Mann, der die letzten zehn Jahre treu an ihrer Seite gestanden hatte.

Ruhelos strich sie durch die Wohnung, die auf einmal wie ein Gefängnis auf sie wirkte. Sie konnte nicht einfach untätig abwarten, siemusste hier raus. Eva griff sich ihre Handtasche und ging hinunter zu ihrem Auto. Auch wenn sie nicht mehr Teil der Ermittlung war, konnte niemand ihr vorschreiben, wo sie ihre Freizeit verbrachte.

Zwanzig Minuten später hielt sie im strahlenden Sonnenschein vor Kalinowskis Villa in Alt Meererbusch. Der Anzahl der Autos nach zu urteilen, musste der Langschläfer noch zu Hause sein. Zwei Stunden lang passierte gar nichts. Eine ältere Dame führte ihren Hund spazieren und schaute Evas alten Passat skeptisch an. Definitiv kein Auto der Preisklasse, die man sonst in diesem Viertel sah. Kurz nach zwölf kam Kalinowskis Frau aus dem Haus, stieg in ihren rosa lackierten Mercedes SL, öffnete per Fernbedienung das Eisentor und brauste los.

Kaum eine Viertelstunde später kam sie allerdings schon wieder zurück. Das Eisentor öffnete sich erneut, und als der Wagen vor der Villa hielt, stiegen außer Frau Kalinowski auch noch zwei lebhafte Kinder aus.

»Ich will Yakari gucken«, rief das kleine Mädchen. Und ihr großer Bruder stimmte ihr sofort zu. Beide waren Kalinowski wie aus dem Gesicht geschnitten. Eva schätzte sie auf ungefähr vier und fünf.

»Nach dem Mittagessen«, versprach die Frau, die Eva vorgestern noch für eine Prostituierte gehalten hatte. Offensichtlich hatte Kalinowski selbst Kinder! Eva folgte einer plötzlichen Eingebung. Sie stieg aus, lief über die Straße und konnte gerade noch in die Auffahrt springen, bevor sich das Eisentor wieder schloss.

»Was wollen Sie denn schon wieder?«, fuhr Tatjana Kalinowski sie harsch an, als sie die Kommissarin erkannte. Dann wendete sie sich an die Kinder. »Geht ins Haus, holt euren Papa.«

»Es tut mir leid, wenn ich Sie gestern beleidigt habe«, versuchte Eva die Wogen zu glätten.

Aber scheinbar ohne großen Erfolg. »Raus hier!«, keifte Frau Kalinowski.

Eva beschloss, nicht noch mehr Zeit mit Smalltalk zu verschwenden. »Wissen Sie, womit Ihr Mann sein Geld verdient?«

»Lassen Sie mich in Ruhe. Ich habe Ihnen nichts zu sagen.«

»Haben Sie gewusst, dass er mit kleinen Jungs handelt, die er an reiche Perverse verkauft?«

Tatjana stockte für eine Sekunde der Atem. Ihre arrogante Maske fiel von ihr ab. »So etwas würde er nie tun.«

»Sind Sie sich da sicher?«

In dem Moment trat Kalinowski auch schon selbst vor die Tür, im Jogginganzug und mit hochrotem Kopf.

»Verschwinden Sie von meinem Grundstück«, schrie er und ging drohend auf Eva zu, gefolgt von zwei Leibwächtern – und seinen Kindern.

»Ab ins Haus«, befahlt Tatjana ihren Kindern, aber die beiden gehorchten nicht.

»Sie haben selbst zwei Kinder. Wie schaffen Sie es, andere Kinder Pädophilen zum Fraß vorzuwerfen?«

»Was sind Pädophile? Und warum essen sie Kinder?«, fragte Kalinowskis Tochter, während das Gesicht ihres Vaters immer dunkler wurde.

»Raus!«, brüllte er, und seine beiden Leibwächter packten Eva an den Armen. Kalinowski beugte sich zu Eva und kam bis auf wenige Zentimeter an ihr Gesicht heran. »Wagen Sie es nicht noch einmal, mir oder meinen Kindern zu nahe zu kommen. Sie würden es bereuen.«

»Achten Sie lieber darauf, dass Ihre Kinder Ihren Geschäftspartnern nicht zu nahe kommen. Das würden Sie noch viel mehr bereuen«, erwiderte Eva mit dem Mut der Verzweiflung.

»Wenn ich einen Kinderficker sehe, schneide ich ihm den Schwanz ab«, erklärte Kalinowski kalt und durchaus überzeugend. »Ich hab Bordieu Geld geliehen. Mehr nicht. Keine Ahnung, wofür er das gebraucht hat.«

»Wie viel? Wie viel haben Sie ihm geliehen?«

»Alles zusammen zweihunderttausend«, erklärte Kalinowski.

Im nächsten Moment landete Eva unsanft auf dem Bürgersteig von Düsseldorfs teuerstem Wohnviertel.

Unter den wachsamen Augen von Kalinowskis Leibwächtern ging sie zurück zu ihrem Auto und zückte ihr Handy. »Morelli, ich muss mit dir reden, ich war gerade …«, da hatte Morelli auch schon aufgelegt. Eva starrte ihr Handy an.

Bei Nachtigal ging nur die Mailbox dran. Eva wollte noch einmal Morellis Nummer wählen, doch dann überlegte sie es sich anders, rief stattdessen die Auskunft an und ließ sich seine Adresse geben.

* * *

Um zehn vor sechs verließ Eva ihre Wohnung, um ihrem Mann nicht zu begegnen. Als sie kurze Zeit später vor der Adresse in einer der heruntergekommeneren Straßen in Oberbilk stand, wunderte sie sich, dass Morelli bereits zu Hause zu sein schien. Hinter den Fenstern der zweiten Etage, die laut Klingelschild zu Morelli gehörten, war Bewegung zu sehen. Sie klingelte und nachdem sie durch das verführerisch nach Knoblauch duftende Treppenhaus gegangen war, stand sie vor einer etwa fünfzigjährigen Italienerin. Eva entschuldigte sich und erklärte, dass sie sich offensichtlich in der Adresse geirrt habe, sie sei auf der Suche nach Marius Morelli. Aber die Frau bat sie freundlich herein. Das sei ihr Sohn, sagte sie; er habe angerufen und müsste in einer halben Stunde nach Hause kommen. Sie könne gerne so lange auf ihn warten. Überrascht trat Eva in die Wohnung. Sie wusste gar nicht, dass Morelli noch zu Hause wohnte. Nachdem Signora Morelli Eva mit Getränken und Crissini versorgt hatte, erzählte sie stolz von ihrem Marius. Dass er als Bester seines Jahrgangs die Ausbildung abgeschlossen habe und nach dem Tod seines Vaters wieder zurück nach Hause gezogen war, damit seine vier kleineren Geschwister in der Wohnung bleiben konnten. Allein mit ihrer Witwenrente hätten sie in einen Sozialbau ziehen müssen, aber dank ihres ältesten Sohnes wäre ihnen das erspart geblieben. Eva schaute sich um. Die Wohnung war gemütlich eingerichtet, hätte aber dringend einen neuen Anstrich und erst recht ein paar neue Möbel gebrauchen können. Der Großteil des Wohnzimmers stammte noch aus den Siebzigern, Schrankwand und Sofagarnitur im gleichen Eichenfurnier. An der Wand über dem Sofa hingen gerahmte Fotos und Heiligenbildchen. Aus dem Nachbarzimmer hörte sie zwei Teenager streiten. Nicht gerade die Wohnung, die man sich als Berufsanfänger wünschte. Es musste hart für Morelli gewesen sein, wieder zurück nach Hause zu ziehen.

Eine Viertelstunde später hatte die Mama Pasta für die ganze Familie gekocht und trotz Evas Protest auch einen Teller für die nette Kollegin hingestellt.

»Was willst du denn hier?« Morelli war alles andere als begeistert, Eva bei sich zu Hause anzutreffen.

Eva wusste nicht, was schlimmer war, der überraschte Blick der Mutter, die begriff, dass Eva gar nicht die liebe Freundin ihres Sohnes war, die sie in ihr gesehen hatte, oder die offene Feindseligkeit, mit der ihr Kollege ihr gegenübertrat.

»Ich muss mit dir reden«, sagte sie.

»Fangt schon mal an zu essen«, wandte sich Morelli an seine Mutter, die schnell in der Küche verschwand.

Kurze Zeit später hörten sie das zufriedene Klappern von fünf Gabeln. Sie machten sich über die unglaublich lecker duftenden Spaghetti Bolognese her, die Morellis Mutter zubereitet hatte. Jetzt erst fiel Eva auf, dass sie den ganzen Tag noch nichts gegessen hatte.

»Ich darf nicht mit dir reden. Ich kann es mir nicht leisten, mit meinem Job zu spielen«, erklärte Morelli, mit einer Betonung auf dem *Ich*. Eva begriff, dass er sie für eine verwöhnte Tussi mit Luxusproblemen halten musste, die sich mal eben so aus Langeweile von einem Hauptverdächtigen in einem Mordfall hatte vögeln lassen. Sie konnte es ihm nicht verübeln.

»Ich war heute bei Kalinowski. Er hat gesagt, dass er Bordieu Geld geliehen hat. Und ich glaub nicht, dass er etwas mit Kinderprostitution oder einem Pädophilenring zu tun hat«, entgegnete Eva schnell, bevor Morelli sie abwürgen konnte.

»Was zum Teufel machst du bei Kalinowski? Bist du völlig übergeschnappt?«

»Vielleicht«, antwortete Eva ehrlich. »Aber ich hab mir gedacht, dass ihr das wissen solltet.«

Morelli seufzte.

»Ich weiß, dass ich einen großen Fehler gemacht habe. Ich werde dafür zahlen. Aber ich muss wissen, was der Stand der Dinge ist, ich dreh sonst noch völlig durch«.

»Ich kann dir nichts sagen, versteh das doch«, sagte Morelli, jetzt schon ein wenig weicher.

»Ich muss wissen, ob ich Sex mit einem Kinderschänder hatte«. Die Tränen, die Eva in die Augen stiegen, waren echt.

»Das kann ich dir nicht sagen. Ich mein, ich weiß es nicht. Niemand weiß das. Wir sind noch keinen Schritt weiter«, versuchte ihr Kollege, sie zu beruhigen. »Wir wissen ja noch nicht einmal, ob die Pädophilenspur überhaupt stimmt. Wir haben ein Fax aus dem Kongo bekommen. Von der UN. Sie erklären, dass ihnen bei der Bestimmung der Toten durchaus Fehler unterlaufen sein könnten. Das Heimatdorf der Kinder wurde als ausgelöscht eingetragen, aber es ist denkbar, dass die beiden bei dem Überfall fliehen konnten, dass Abasi also nicht gestorben ist. Zumindest nicht damals«, korrigierte sich Morelli. »Rahimas Fingerabdrücke stimmen mit denen der UN überein. Die vom Toten nicht, aber wer weiß, wie gründlich die UN damals bei den Sechsjährigen gearbeitet hat. Schließlich ging es darum, die Bevölkerung für die Wahl zu registrieren, da haben Kinder keine große Rolle gespielt. Es war also wahrscheinlich wirklich falscher Alarm. Dreier hat inzwischen noch mal mit dem Pathologen gesprochen, die Vergewaltigung des Jungen kann mehrere Monate zurückliegen und sogar noch vor seiner Zeit im Camp stattgefunden haben. Wer weiß, was der Kleine schon alles bei den Mayi-Mayi durchmachen musste.«

»Was ist mit dem Amulett?«

»Nichts, das Wasser hat alles Genmaterial zerstört, das vielleicht einmal daran war. Es muss schon ein paar Tage im Teich gelegen haben. Ein zusammengefaltetes Bananenblatt, umwickelt mit Gras.«

»Dann kommt es aus dem Kongo!«

»Das ist nicht gesagt. Anna Seeger hat eine Bananenstaude auf ihrer Terrasse. Eigentlich sind wir zurück auf Null. Dreier lässt zwar noch den Konsul überwachen, aber nur noch bis morgen früh, länger hat er's bei der Staatsanwältin nicht durchgekriegt. Die ist ganz schön angepisst«, meinte Morelli, und legte eine Pause ein. »Was sagt dein Mann dazu?«

»Wozu?«

»Na zu Krieger, zu deinem Ausschluss aus den Ermittlungen.«

»Er weiß es noch nicht«, sagte Eva leise.

»O Gott Mädchen, in was hast du dich da bloß reingeritten!« Auf einmal musste er grinsen, unterdrückte es aber sofort. »Entschuldige das Wortspiel!«

Jetzt erst begriff Eva, was Morelli gesagt hatte, und musste müde lächeln. »Das hab ich wohl verdient.«

»Allerdings. Und jetzt lass uns essen.«

Dankbar schaute Eva ihren jungen Kollegen an. Noch nie hatte sie sich so sehr über eine Einladung zum Essen gefreut.

* * *

Kibibi klopfte vorsichtig an Kriegers Tür.

»On l'a trouvé«, sagte Kibibi ernst. *Wir haben sie gefunden.* »Safisha«, fügte sie hinzu, als sie sah, dass Krieger nicht sofort begriff, von wem sie sprach. »Elle travaille dans la mine.« *Sie arbeitet in der Mine.*

»Merci«, bedankte sich Krieger. Die Coltanmine. Sie lag sechzig Kilometer entfernt, abgeschnitten von der Welt, mitten im Nichts. Selbst Mitglieder der Regierung trauten sich inzwischen nicht mehr dorthin. Die Straße, die zur Mine führte, war eine der gefährlichsten in ganz Afrika. Vor vier Monaten war Krieger mit Gregor Spielmann und einem Mitarbeiter von Bergisch-Gladbach Hoch-Tief unter dem Schutz von Fauconniers Männern dorthin geflogen, um eine Probe zu nehmen, aber damals wurde die Mine noch von der kongolesischen Regierung betrieben. Spielmann war entsetzt gewesen über die Zustände, die dort herrschten. Die Kongolesen hatten einfach Löcher in den Boden gegraben, ohne jede Befestigung, ohne die geringste Sicherheitsvorkehrung und holten Brocken des roten Kalksteins aus der Erde, die sie in Pfützen wuschen in der Hoffnung, möglichst viele schwarze Coltankügelchen darin zu finden. Ein Großteil der Minenarbeiter war minderjährig, viele waren von Arbeitsunfällen und schlechter medizinischer Versorgung gezeichnet. An ihrem Besuchstag hatten die Aufseher die Kinder gut behandelt, aber Krieger hatte Geschichten von brutalen Exekutionen gehört, wenn ein Arbeiter beim Stehlen erwischt wurde oder vor Erschöpfung nicht mehr weitergraben konnte. Er hatte die Idee, dort ein professionelles Bergwerk aufzubauen, von Anfang an für Wahnsinn gehalten und sich nicht gewundert, als es schließlich abgesagt wurde.

Kurz nach ihrem Besuch war die Mine in die Hände der FDLR gefallen. Eine der vielen Rebellengruppen, die ohne Rücksicht auf

Verluste um die Rohstoffe der Kivuregion kämpften. Er wollte sich gar nicht vorstellen, was das für die Arbeiter bedeutete. Allein dorthin zu gehen, um mit Safisha zu reden, war reiner Selbstmord.

Den ganzen Abend grübelte er nach, wie er mehr über Rahima und Abasi herausfinden konnte. Doch ihm fiel einfach keine Lösung ein. Um vier Uhr morgens war er endlich in einen unruhigen Schlaf gefallen. Er wälzte sich unter seinem Laken hin und her. Und versuchte, den Augen zu entkommen. Den Augen, die ihn seit Jahren verfolgten.

2006

Tomke Krieger hatte versucht, das Gefühl, ein Feigling zu sein, zu bekämpfen; immer wieder redete er sich ein, dass niemand etwas davon gehabt hätte, wenn er ebenfalls im Camp geblieben wäre und sich hätte erschießen lassen. Außerdem hatte seine Flucht etwas Gutes: Mit einem weißen Mann an ihrer Seite würden Obadeles Kinder eine viel größere Chance haben, gerettet zu werden. Aber als sie schließlich an einer Station der Blauhelme in Butembo, westlich des Virunga-Nationalparks ankamen, weigerten sich die Soldaten, ihnen Zuflucht zu gewähren. Er selbst und die anderen Weißen konnten als Angehörige einer gemeinnützigen westlichen Organisation Einlass finden. Aber weder gehörte es zu dem Mandat der Blauhelme, noch hatten sie die Kapazitäten, den Abertausenden flüchtenden Afrikanern zu helfen. Der Wissenschaftler und die Entwicklungshelferin zögerten nicht lange und verzogen sich leise hinter die schützenden Gitter des UN-Stützpunktes. Krieger war auf so eine Entscheidung nicht vorbereitet gewesen. Er hatte Obadele versprochen, sich um seine Familie zu kümmern. Sie jetzt vor den Mauern der UN zurück zu lassen konnte nicht richtig sein.

Obadeles Frau Vasha bat ihn, sie zurück in den Wald zu fahren, damit sie sich dort verstecken könnten. Aber Krieger wusste nicht, dass es für die Kongolesen zur ganz alltäglichen Überlebensstrategie gehörte, im Wald Zuflucht zu suchen. Er überzeugte die Frau, mit ihm und den Kindern in einer Kirche gegenüber dem Stützpunkt der Blauhelme zu übernachten, in der auch schon viele andere Flüchtlinge kampierten. Er glaubte zwar nicht an Gott, hoffte aber zumindest, dort den Umständen entsprechend maximalen Schutz zu finden.

Zwei Nächte später fielen die Rebellen über die staubigen roten Straßen ein. Schüsse hallten durch die Dunkelheit. Noch klangen sie entfernt, aber sie kamen immer näher. In der Kirche herrschte eine gespenstige Ruhe, bis jemand an der dicken Holztür rüttelte und etwas auf Suaheli rief. Dann brach Chaos aus. Die Menschen ergriffen ihr weniges Hab und Gut und stoben davon. Eine alte Frau brach weinend vor dem Altar zusammen. Sie hatte nicht mehr die Kraft, ein weiteres Mal zu fliehen. Vasha nahm ihre zwei kleinsten Kinder auf den Arm und trieb die anderen aus der Kirche. Jetzt klangen die Schüsse schon viel näher. Krieger hatte Geschichten davon gehört, dass die Rebellen teilweise tagelang hinter Flüchtlingen hergelaufen waren. Wie sollten sie ihnen da mit sieben kleinen Kindern entkommen? Er griff zwei der Kinder, Tapiwa und Dinari, bei der Hand und zog sie weg von der Mutter, den Rebellen entgegen zum Stützpunkt der Blauhelme. Jetzt mussten sie sie schließlich reinlassen. Vasha war stehen geblieben, als sie merkte, dass Krieger und zwei ihrer Kinder fehlten. Sie rief aus Leibeskräften nach ihnen, die beiden Kinder schauten sich zu ihr um. Krieger brüllte ihr zu, umzudrehen und zu ihm zu kommen. Aber Vasha schüttelte nur den Kopf, machte trotzdem ein paar Schritte auf ihre Kinder zu. Krieger, Tapira und Dinari hatte das Tor der Blauhelme fast erreicht, als die Kinder sich losrissen und zu ihrer Mutter liefen. Plötzlich waren erste Rebellen zwischen ihnen. Mit drogengeweiteten Augen und bis an die Zähne bewaffnet. Eins der Kinder rief Kriegers Namen, da wurde er am Kragen gepackt und nach hinten gerissen. Zwei Blauhelmsoldaten, die auf ihrer Patrouille von dem Angriff überrascht worden waren und jetzt den Rückzug antraten, zogen ihn mit sich. Er versuchte, sich loszureißen. In dem Moment hatten die restlichen Rebellen den Marktplatz erreicht. Krieger ging in Deckung und sah Tapiwa und Dinari, die sich hinter einem Auto versteckt hatten und ihm hilfesuchend in die Augen starrten.

»Come on, move, move«, brüllten ihm die Blauhelmsoldaten zu. Krieger war wie gelähmt. In wenigen Sekunden würde sich das Tor zum UN-Stützpunkt wieder schließen. Er schaute zu den

Kindern. Sie liefen los, wollten Schutz bei ihm suchen und konzentrierten sich ganz auf den weißen Mann, der in den letzten Tagen so wichtig für sie geworden war. Sie hatten keinen Blick für die Schützen. Zuerst wurde der kleine Junge getroffen, dann seine große Schwester. Sie stürzten zu Boden. Mit einem Schrei, der das Maschinengewehrfeuer übertönte, stürzte ihre Mutter mit einem Baby auf dem Arm auf ihre beiden toten Kinder zu. Bevor sie sie erreichen konnte, fiel sie getroffen zu Boden. Maschinengewehrsalven streckten ihre Kinder nieder, die sich weinend auf die sterbende Mutter warfen. Diesmal wehrte Krieger sich nicht, als ihn die Soldaten packten und in ihren Stützpunkt zerrten.

Als er am nächsten Morgen zurückkehrte, lag die gesamte Familie tot auf dem Kirchplatz. Nur wenige Meter von den Toren des Blauhelmstützpunktes entfernt.

Krieger hatte Obadele nicht mehr gegenübertreten müssen, um ihm die Nachricht vom Tod seiner Familie zu überbringen. Von einer deutschen Mitarbeiterin der Zoologischen Gesellschaft Frankfurt erfuhr er, dass alle Wildhüter ihrer Station in den Kämpfen von den Rebellen der CNDP ermordet worden waren.

Krieger begrub die Mutter mit ihren Kindern mit eigenen Händen auf dem Friedhof der Kirche. Alle zusammen in einem großen Grab. Anschließend hatte die UN alle Ausländer ausgeflogen. Doch für Krieger war klar, dass er zurückkehren würde.

Schweißgebadet wachte Tomke Krieger auf. Er wusste, er hatte keine Wahl. Die beiden Kinder, die er nach Deutschland gebracht hatte, hatten ihm vertraut. Hatten ihr Schicksal in seine Hände gelegt. Er war für sie verantwortlich, genau wie er damals für Tapira und Dinari verantwortlich gewesen war. Er schuldete es ihnen, herauszufinden, warum Abasi sterben musste. Und ob Rahima in Gefahr war. Er musste in die Mine.

Dienstag

Eva ging zusammen mit Lars aus dem Haus.

»Wann kommst du heute Abend heim?«, fragte er.

»Keine Ahnung. Kann spät werden«, antwortete Eva und war überrascht, wie leicht es ihr fiel zu lügen. Sie glaubte fast selber daran, dass sie in Dreiers Auftrag zu Bordieu fuhr, um seine Überwachung zu übernehmen. Sie würde ihrem Mann die Wahrheit erzählen. Aber nicht jetzt. Später.

Sie hatten Evas Auto erreicht. »Pass auf dich auf.« Lars sah sie ernst an.

»Tu ich«, antwortete sie leichthin.

Er seufzte. »Ich wünschte, jemand anderes würde sich um diesen Schlitzer kümmern, und nicht meine Frau.«

»Irgendjemand muss es tun«, sagte Eva und öffnete ihre Wagentür. Sie sehnte den Abschied herbei.

Lars blieb stehen. »Du musst hier niemandem etwas beweisen.«

Eva hatte ihre Tasche bereits auf den Beifahrersitz geworfen und war in den Wagen gestiegen. Sie schaute ihn fragend an.

»Wegen neulich Abend«, sagte Lars. »Ich weiß, dass du mehr kannst, als Akten sortieren.« Er schien nach den richtigen Worten zu suchen und fuhr sich durch sein Haar. Eine Falte bildete sich zwischen seinen Augenbrauen, wie immer, wenn ihm irgendetwas nicht passte. »Und überhaupt, was ist so schlimm daran, organisatorisches Talent zu haben. Ich will einfach nicht, dass du dich da in etwas verrennst, was du eigentlich gar nicht willst. Mein Angebot steht. Ich schreib dich sofort krank.«

Eva atmete tief ein. Und wieder aus. »Das ist nicht nötig.« Sie würden reden müssen. Über sehr vieles.

Die kurze Fahrt durch den morgendlichen Berufsverkehr kostete Eva viel Zeit, aber trotzdem kam sie bei dem schicken Altbau in Oberkassel an, bevor der zivile Wagen ihrer Kollegen um neun Uhr seinen Posten verließ. Sie stellte sich zwei Plätze hinter den Kollegen in eine Lücke mit Premiumsicht auf das Haus des Konsuls … und wartete.

* * *

Tomke Krieger hatte sich im Morgengrauen im Geländewagen auf den Weg gemacht. Der Pfad durch den dichten Urwald war mit der Zeit immer breiter geworden. Nach zwei Stunden ließ er den Wald hinter sich und konnte zum ersten Mal einen Blick auf den Himmel werfen. Dicke graue Wolken türmten sich über ihm, die nur darauf warteten, sich zu öffnen und über die grüne Landschaft zu ergießen. Jetzt erhoben sich nur noch einzelne Bäume aus dem dichten Buschwerk. Dafür gab es häufiger Kontrollen der kongolesischen Armee, die tüchtig die Hand aufhielt, wenn es darum ging, ihren Teil am Gewinn der Minen durch Wegezölle einzustreichen. Er hatte bereits drei Kontrollen mithilfe des entsprechenden *sucres* passiert und fuhr langsam über die löchrige rote Straße durch eine saftig grüne Hügellandschaft, als hinter einer Kurve bereits der nächste Kontrollposten auftauchte. Abrupt trat er auf die Bremsen. Diese Straßensperre gehörte nicht zur kongolesischen Armee. Die Männer waren zwar ebenso schwer bewaffnet, trugen aber die bei der Forces Démocratiques de Libération du Rwanda beliebte Tarnkleidung. Ein gelangweilter Teenager, mit Joint im Mund und Kalaschnikow unter dem Arm, kam mit bloßem, kettenbehangenem Oberkörper auf ihn zu. Krieger versuchte, sich nichts von seiner Nervosität anmerken zu lassen, als er sein Fenster herunterkurbelte. Doch zu seiner Überraschung strahlte ihn der Rebell mit einem Mal herzlich an und begrüßte ihn freudig. Krieger konnte sich nicht mehr an ihn erinnern, aber anscheinend kannte ihn der Jugendliche aus dem Camp, in das er vor drei Jahren vor eben jener FDLR, für die er jetzt kämpfte, geflüchtet war. Er legte bei seinen Kameraden ein gutes Wort für ihn ein, und Krieger wurde durchgewinkt, ohne Wegezoll zahlen zu müssen. Erleichtert wischte er sich den Schweiß von der Stirn. Diese Hürde hatte er geschafft, jetzt war er in der Höhle der Löwen.

Mit pochendem Herz fuhr Krieger weiter. Er passierte eine einfache strohgedeckte Hütte, die aus notdürftig mit Lehm verschmierten Holzlatten bestand. Sie wurde von Teenagern mit Maschinenpistolen bewacht, die den vorbeifahrenden Fremden misstrauisch beobachteten. Das musste einer der Sammelplätze für das Coltan sein, das in der Mine abgebaut wurde. Immer wieder kamen ihm auf seinem weiteren Weg Jungen mit schweren Säcken auf dem Kopf entgegen. Es konnte demnach nicht mehr weit sein.

Krieger erreichte eine schmale Brücke. Sie führte über einen Fluss und bestand aus verschieden langen Holzbrettern, die quer über eine fragwürdige Konstruktion aus Holz und Seilen gelegt waren. Keine Chance, sie mit dem Auto zu passieren.

Eine bewaffnete Patrouille der FDLR beäugte ihn misstrauisch. Krieger nahm seinen Mut zusammen und stieg aus dem Schutz des Geländewagens aus, um zu Fuß weiterzugehen. Kaum hatte er die Brücke überquert, begann es zu regnen. Erst ein paar vereinzelte Tropfen, doch innerhalb von wenigen Sekunden goss es in Strömen. Der ausgetretene Weg verwandelte sich mehr und mehr zu einer Rutschbahn. Vorsichtig setzte er einen Fuß vor den anderen. Der Weg stieg an, und als Krieger die Kuppe erreichte, änderte sich die Landschaft auf einen Schlag. Statt des wuchernden Grüns, das die Hügel hinter ihm bedeckte, schaute er jetzt in den Schlund eines riesigen Steinbruchs, der sich wie eine große Wunde durch die rote Erde fraß. Krieger wunderte sich. Er hatte die Mine viel kleiner in Erinnerung.

Der Weg führte ihn zu einer Ansammlung kleiner schiefer Holzhütten, vor denen trotz des Regengusses ein reges Treiben herrschte. Holztische standen vor den Hütten, gebratenes Fleisch wurde verkauft, Wasser, Süßigkeiten, sogar Primus, das Bier der ehemaligen Kolonialherren, das in jedem noch so entfernten Winkel des Landes zu finden war. Er hatte das Dorf der Minenarbeiter erreicht. Krieger wandte sich an einen bewaffneten Soldaten und sagte ihm, dass er ein Mädchen sehen wolle. Der Soldat grinste anzüglich, erklärte sich aber bereit, für eine gewisse Gebühr bei der Suche behilflich zu sein. Um fünfzig Dollar ärmer stand Krieger zwanzig Minuten später vor Safisha, in einer wackeligen Hütte, die außer einer Matratze auf dem festgetretenen Boden keine Möbel enthielt. Er wusste, dass das Mädchen in ihrer Gefangenschaft von den Mayi-Mayi sexuell missbraucht worden war. Und es sah ganz so aus, als hätte sich nicht viel für sie geändert. Nur dass jetzt Minenarbeiter zu ihr kamen, und sie ein paar Cent für ihre *Dienste* erhielt. Krieger war bestürzt, in was für einem schlechten Zustand sich das Kind befand. Sie trug immer noch das Kleid, für das er ihr den Stoff geschenkt hatte, nur dass es inzwischen mehrere Risse aufwies und dunkle Flecken bekommen hatte. Aber noch schlimmer war ihr Gesicht, aus dem jedes Leben erloschen war.

»Viens avec moi«, bat Krieger sie, mit ihm zu kommen und zurück ins Flüchtlingscamp zu ziehen. *Komm mit mir.*

Voller Angst schaute Safisha sich um, ob irgendjemand Krieger gehört hatte. Aber die Milizen, die Krieger zu ihr geführt hatten, lehnten gelangweilt an der gegenüberliegenden Hütte.

»Je peux pas, je peux pas«, antwortete Safisha mit kaum wahrnehmbarer Stimme. *Ich kann nicht, ich kann nicht.*

»Si, tu peux. On peux aller tout suite«, versuchte Krieger sie zu überzeugen. *Doch, du kannst. Wir können sofort gehen.*

Aber Safisha schüttelte nur schwach den Kopf und warf Krieger einen kurzen Blick zu, in dem alle Verzweiflung und Hoffnungslosigkeit lagen, die ein Mensch fühlen konnte. Krieger hatte das überwältigende Bedürfnis, Safisha einfach einzupacken und in Sicherheit zu bringen. Doch sie war wie versteinert. Auf seine Fragen nach den beiden Geschwistern antwortete sie stets mit einem Kopfschütteln. Schließlich trat einer der Milizen zu ihnen und bedeutete Krieger, dass es Zeit war, den Rückweg anzutreten. Noch einmal bat er Safisha mitzukommen, aber sie schaute nur zu Boden und forderte ihn tonlos auf zu gehen.

Weitere bis an die Zähne bewaffnete Rebellen sammelten sich vor der Hütte. Krieger konnte nicht warten, bis die Stimmung endgültig umschlug. Schweren Herzens verabschiedete er sich von Safisha und trat wieder hinaus ins Freie. Der Regen hatte aufgehört, die grelle Sonne blendete ihn. Ein Blick zurück zu dem Mädchen, das neben dem Milizionär so klein und verletzlich aussah, ließ seinen Magen zusammenkrampfen. Einer der Rebellen packte ihn am Arm und zog ihn mit sich, zurück auf den Hauptweg.

Mit einem Mal begann die Erde zu beben. Ein dumpfes Brummen erfüllte die Luft. Leichte, aber dafür regelmäßige Stöße ließen den Boden zittern. Jetzt begriff Krieger, was sich hier verändert hatte – die Minenarbeiter setzten professionelles Bohrgerät ein, deswegen hatte sich die Mine so schnell vergrößert!

* * *

Morelli hatte einen Anschiss von Dreier bekommen, weil er überhaupt noch mit Eva über die laufenden Ermittlungen redete. Kalinowskis Aussage, dass Bordieu nichts mit Kinderhandel zu tun hatte, sondern ihm Geld schuldete, hatte Dreier dann aber doch interessiert zur Kenntnis genommen. Gemeinsam gingen sie in den Besprechungsraum, in dem Nachtigal auf sie wartete. Er war ihnen inzwischen dauerhaft zugeteilt worden. Pizzakartons und Getränkebecher türmten sich um den Papierkorb, eine Hinterlassenschaft der restlichen Verstärkung von der Sitte, die man inzwischen wieder abgezogen hatte. Am Ende des Besprechungstischs stapelten sich die Kisten mit den beschlagnahmten Unterlagen, die die Kollegen der Wirtschaftskriminalität zurückgegeben hatten.

»WiKri hat nichts gefunden, aber ich denke, es ist an der Zeit, dass wir den Fall noch einmal auf andere Motive als Kinderhandel abklopfen«, erklärte Dreier und wies auf die Ordner mit den Geschäftsunterlagen.

Nachtigal verdrehte die Augen. »Wie sollen wir denn was finden, wenn Wikri das nicht getan hat?«

»Irgendwelche besseren Vorschläge?«, fragte Dreier kühl. Aber die schien Nachtigal nicht zu haben. »Gut. Fangt mit den Unterlagen von Spielmann an.« Damit ließ er sie allein.

»Ich weiß noch nicht mal, was wir überhaupt suchen«, moserte Nachtigal, als sie allein waren.

»Alles, was irgendwie auffällig ist«, antwortete ihm Morelli, und Nachtigal verdrehte erneut die Augen.

»Sehr hilfreich«, brummte er sarkastisch.

Drei Stunden später hatten sie Dutzende Ordner durchgeblättert, die sich inzwischen quer über den ganzen Raum verteilten.

»Das ist verschwendete Zeit«, konstatierte Morelli, nachdem er gefühlte Ewigkeiten auf Tabellen gestarrt hatte, die die Zusammensetzung von Gesteinsproben enthielten. Seine Augen waren aufgrund der gebrochenen Nase blutunterlaufen. Er atmete tief durch. »Noch einen Kaffee?« Sie waren bei ihrer vierten Tasse. Die kurzen Nächte der letzten Woche forderten ihren Tribut. Nachtigal schob ihm wortlos seine Tasse hin, *Supercop* stand darauf, und blätterte ohne den Kopf zu heben weiter.

Natürlich war die Kaffeemaschine leer, Morelli setzte neuen Kaffee auf und wartete, während das Wasser durchlief. Schlecht gelaunt ging er zurück in den Besprechungsraum.

»Ihr denkt, Spielmann wurde bestochen, weil er was gesehen hat, und wurde dann als lästiger Mitwisser beiseitegeschafft«, empfing ihn Nachtigal.

»Ja.«

»Aber welchen Sinn macht das, wenn es gar nicht um Kinderhandel geht? Ich mein, er liefert ein Gutachten für ein Projekt. Das Projekt wird abgesagt. Wofür soll er da vier Monate später Geld bekommen haben?«

»Keine Ahnung. Er hat ja auch noch später für die gearbeitet. Vielleicht gibt es noch irgendetwas, das wir gar nicht auf dem Plan haben.«

Morelli griff sich einen Ordner mit der Aufschrift Malaysia. »Er hat Proben in Malaysia genommen, wo *Stronck* jetzt stattdessen Coltan abbaut.« Morelli stockte. »Das gibt es nicht. 40,206 % Tantal. Das ist das Geburtsdatum meiner kleinen Schwester«, erklärte er nach einem Blick auf die Auswertung der malaysischen Gesteinsprobe und ließ die Akte sinken.

»Was ist daran so seltsam?«, fragte Nachtigal.

Aber Morelli hatte schon angefangen, Spielmanns Unterlagen aus dem Kongo zu durchsuchen. »Das ist jetzt schon das zweite Mal, dass ich ihr Geburtsdatum in so einer Tabelle finde.«

»Wo hast du es noch gesehen?« Morellis Aufregung übertrug sich auf Nachtigal.

»In einer der Tabellen aus den Minen im Kivu!«

Nachtigal stellte seinen Kaffee ab und half Morelli beim Suchen. »Hier, das ist die Tabelle«, er legte seinen Ordner neben Morellis: »40,206 % Tantal.«

Nachtigal kontrollierte die Zahlen. »Columbit, Lithium, Scandium, Zink, Titan, Wolfram, Thorium, Uran … Die beiden Coltanerze aus dem Kongo und aus Malaysia haben exakt diesselbe Zusammensetzung!«

»Das ist ungefähr so wahrscheinlich, wie dass zwei Menschen identische Fingerabdrücke haben … Spielmann hat Seeger geholfen, das blutige Coltan aus dem Kongo in sauberes Coltan aus Malaysia umzuwandeln. Spielmann hatte ihn in der Hand, dafür hat er das Geld bekommen«, rief Morelli aus.

»Die Proben stammen aus der Mine in der Nähe von Masisi«, las Nachtigal vor. »Wo befand sich noch mal das Flüchtlingslager?«

Morelli blätterte durch seinen persönlichen Ordner und las in seinen Notizen. »Masisi …«

* * *

Bordieu wusste, dass seine Tage als Honorarkonsul nach seiner pressewirksamen Verhaftung gezählt waren. Fauconnier ging nicht mehr ans Telefon, das Geld für die Russen würde er ihm kaum noch schicken. Er war draußen. Er hatte die ganze Arbeit gehabt, die Kontakte hergestellt, dafür gesorgt, dass die richtigen Leute geschmiert wurden. Das Ganze hatte ihn einen Haufen

Geld gekostet – das diese verfickten Inkassorussen jetzt zurück wollten. Sie würden ihm keinen weiteren Aufschub gewähren.

Als Bordieu sah, dass der Zivilwagen der Polizei abfuhr, wusste er, dass er nicht länger bleiben konnte, und packte seine Sachen. Wenn die Russen zurückkamen, durfte er nicht mehr hier sein. Er würde eine Weile zu seiner Schwester an die Costa del Sol fahren. Und von dort würde er in Ruhe weitersehen. Vor zwei Jahren hatte er gedacht, das große Los gezogen zu haben, als Fauconnier ihn auf einem Networkingevent für Wirtschaft und Politik ansprach, ob er nicht Interesse daran hätte, für den Kongo zu arbeiten. Jetzt hatte sich diese einzigartige Chance in seinen größten Albtraum verwandelt. Er schaute sich noch einmal um und packte noch schnell zwei kleine Bronzestatuen in seine Tasche. Er würde sowieso nie wieder hierher zurückkehren, und die Teile sahen so aus, als ob man sie in Spanien vielleicht zu Geld machen konnte …

Eilig hastete Bordieu die Treppe hinunter und schaute sich vorsichtig um, bevor er aus dem Haus trat. Weit und breit waren keine Russen zu sehen. Schnellen Schrittes ging er zu seinem Auto.

Da war jedoch noch etwas anderes, das ihm einfach keine Ruhe ließ – er verstand nicht, warum dieser Junge sterben musste. Egal, von welcher Seite er es betrachtete – das ergab keinen Sinn. Hatte Fauconnier den Auftrag zu dem Mord gegeben? Aber warum? Das Phantombild des Mörders hatte eindeutig Nkunda gezeigt, den Mann, den Fauconnier ihm geschickt hatte, als Seeger vor drei Monaten kalte Füße bekommen hatte. Nkunda hatte sich zuerst um Seegers Dackel gekümmert, und dann hatte Bordieu ihn noch einmal beauftragt, als am Montag plötzlich dieser hysterische Geologe vor ihm stand und zur Polizei gehen wollte. Spielmann war einfach durchgedreht, nachdem er von dem Mord an Seegers Adoptivsohn erfahren hatte, und Bordieu konnte das Risiko nicht eingehen, dass der Geologe auspackte. Aber bis jetzt war es ausschließlich immer er selbst gewesen, der Nkunda beauftragt hatte. Warum also wusste er nichts von diesem dritten Auftrag?

Er hatte sein Auto erreicht, öffnete es per Fernbedienung, schmiss seine Tasche auf den Beifahrersitz und setzte sich ans

Steuer. In dem Moment, in dem er seine Tür zuschlug, hörte er eine Bewegung auf der Rückbank. Er drehte sich um und schaute in den Lauf eines Schalldämpfers. Im ersten Moment dachte er, dass die Russen zurückgekommen wären. Dann sah er, dass der Mann, der die Pistole hielt, schwarz war. Nkunda lag für Passanten nicht sichtbar im Fußraum und richtete die Waffe auf ihn.

»I can pay you. I'll pay you more than Fauconnier. Double«, versuchte der Konsul den Auftragskiller zu bestechen. *Ich kann dich bezahlen. Ich zahl dir doppelt so viel wie Fauconnier.*

»Start the car«, befahl Nkunda kalt. *Starte das Auto.*

»I will give you money«. *Ich geb dir Geld.*

»Start the car.« *Starte das Auto.*

Mit zitternden Fingern drückte Bordieu den Startknopf. Unsicher fuhr er aus der Parklücke heraus.

»Go to the Autobahn«. *Fahr zur Autobahn.*

Beide bekamen nicht mit, dass ein silberner VW-Passat seine Parklücke verließ, als sie an ihm vorbeifuhren.

* * *

Eva ließ ausreichend Abstand zwischen sich und dem Wagen des Konsuls, aber eine rote Ampel zwang sie schließlich, direkt hinter ihm zum Stehen zu kommen. Jetzt erst bemerkte Eva, dass sich zwei Menschen in dem Auto befanden. Hatte sie das falsche Auto erwischt? Dann erkannte sie, dass der Mann auf dem Rücksitz schwarz war. Und dass sie ihren Plan, Bordieu im Alleingang zu überwachen, nicht im Geringsten zu Ende gedacht hatte. Sie griff zu ihrem Handy.

»Morelli, hier stimmt was nicht. Bordieu fährt mit einem Schwarzen auf dem Rücksitz weg«, erklärte sie, als ihr Gesprächspartner endlich dranging.

»Warte einen Moment«, antwortete Morelli leise, dann wurde seine Stimme lauter. Offensichtlich hatte er eine Besprechung verlassen. »Bordieu kann tun und lassen, was er möchte. Was machst du überhaupt bei ihm?!«

»Seine Anhängsel sind abgezogen, schon vergessen?«

»Und deswegen hast du jetzt seine Überwachung übernommen? Bist du wahnsinnig geworden?«. Jetzt sprach Morelli wieder klar und deutlich.

»Er fährt Richtung Autobahn.«

»Das können wir ihm nicht verbieten.«

»Verdammt Morelli, der andere sitzt auf seinem Rücksitz. Meinst du, das ist normal? Irgendetwas stimmt da nicht.«

»Fahr an ihm vorbei und schau, ob du was erkennen kannst.«

Sie waren inzwischen auf dem mehrspurigen Kaiser-Wilhelm-Ring angekommen. Eva setzte zum Überholen an. Sie konnte bereits durch Bordieus Rückfenster sehen. Noch ein kleines Stück, dann hatte sie freie Sicht auf Fahrer und Passagier. In dem Moment verlangsamte sich der Verkehr auf der linken Fahrspur. Eva stieg in die Eisen, um nicht auf ihren Vordermann aufzufahren.

»Er hat eine Pistole, der Schwarze hat eine Pistole in der Hand«, rief sie aufgeregt in die Freisprechanlage.

»Ist es der Typ von unserem Fahndungsfoto?«

»Ich weiß es nicht. Möglich. Ich konnte ihn nicht richtig sehen.«

»Verdammt. Bleib an ihm dran. Halt uns auf dem Laufenden, wo du bist. Ich versuche, dir so schnell wie möglich Hilfe zu schicken.«

Eva folgte dem BMW auf die A52. Zwischen den Ausfahrten ließ sie sich immer wieder zurückfallen, damit den Insassen des BMWs nicht auffiel, dass sie verfolgt wurden. Sie hatte diese verdammte Autobahn noch nie so frei erlebt.

»Du müsstest gleich Verstärkung bekommen«, sagte Morelli, als er endlich wieder anrief. »Aber steig bloß nicht aus. Warte auf die anderen, falls sie anhalten. Versprich mir das.«

»Ich bin ja nicht lebensmüde«. Eva hörte, wie Morelli am anderen Ende der Leitung seufzte. »Wann kommen sie?«

»Keine Ahnung. Die müssten jeden Moment bei dir sein.«

»Das hoffe ich, ich bin nämlich nur noch eine Viertelstunde

vom Outletcenter in Roermond entfernt«, brüllte Eva in die Freisprechanlage.

»Du willst jetzt shoppen gehen?«, fragte Morelli ungläubig nach. Eva verdrehte die Augen. »Ich hab das Outletcenter unter meinen Favoriten gespeichert und als Ziel eingetragen, um abschätzen zu können, wie weit es noch bis zur niederländischen Grenze ist.«

Eva hörte ein Telefonklingeln und Bruchstücke eines Gesprächs, das Morelli mit jemand anderem führte, durch die Leitung.

»Die Idioten hatten einen Platten. Sie haben die Polizei in Niederkrüchten informiert.«

»Da fahr ich gerade dran vorbei«. Im selben Moment hörte Eva auch schon die Sirenen. »Sie kommen. Danke Morelli. Du hast was bei mir gut.«

»Ruf mich einfach nie wieder an und komm nicht mehr bei mir vorbei, das würde mir schon reichen«, erklärte er freundlich. Eva musste trotz allem lächeln.

Aber die Kommissarin war nicht die Einzige, die die Sirene gehört hatte. Der BMW wechselte auf die Überholspur. Noch zwölf Minuten verkündete das Navi. Eva trat aufs Gas.

* * *

Sie hatten ihn schließlich einfach laufen lassen, und Tomke Krieger war sich bewusst, dass sein Besuch auch ganz anders hätte enden können. Er ging so schnell er konnte zurück zu seinem Auto. Am liebsten wäre er gelaufen, aber er wusste, dass das die Milizen nur misstrauisch gemacht hätte. Er war froh, als er sein Auto erreichte, und schaute sich um. Niemand schien ihm zu folgen. Schnell stieg er in den Wagen und startete den Motor. Seine Gedanken schossen wild durcheinander. Es konnte kein Zufall sein, dass das Coltanwerk auf einmal professionell betrieben wurde. Natürlich hingen Seeger und Bergisch-Gladbach Hoch Tief in der Sache mit drin. Was bedeutete das für Abasi? Hatte Seeger gedroht, nicht mehr mitzumachen, und hatte Abasi dafür sterben müssen? Krieger war noch mitten in Gedanken, als in der Kurve vor ihm die erste Straßensperre auftauchte. Er bremste scharf. Und sah sofort, dass sich etwas verändert hatte. Diesmal standen die Jungs nicht gelangweilt im Schatten, sondern mitten auf der Straße und richteten ihre Gewehre und Panzerfäuste auf ihn. Er hätte den Jungen, der ihn auf dem Hinweg so freundlich hatte passieren lassen, beinahe nicht wiedererkannt, so kalt blickten seine Augen, so sehr hatte sich sein Gesichtsausdruck verändert. Einer der Männer sprach in ein Funkgerät und trat an sein Fenster.

»Bad Dog wants to see you«, erklärte er. *Bad Dog will dich sehen.*

* * *

Eva hörte den Streifenwagen immer näher kommen. Noch fünf Kilometer bis zur Grenze. Bald konnte sie auch schon das Blaulicht sehen. Bordieu raste auf der linken Fahrspur dahin; sie hatte jeden Versuch, unauffällig zu sein, aufgegeben und sich einfach hinter das Auto geklemmt. Hundertachzig, hundertneunzig. Im Rückspiegel sah sie, wie ein Laster zu einem Überholmanöver ansetzte. Der Typ musste taub sein. Sie fluchte. Das würde die Polizisten wertvolle Sekunden kosten. Als der Lkw endlich wieder auf die rechte Spur schwenkte, schossen hinter ihm zwei Streifenwagen hervor. Schnell hatten sie den Abstand aufgeholt, kamen immer näher … bis sie mit einem Mal abbremsten. Und auch Bordieu drosselte seine Geschwindigkeit von knapp zweihundert auf hundertdreißig. Es dauerte einen Moment, bis Eva begriff, was geschehen war. Sie hatten die Grenze passiert. Sie waren in den Niederlanden. Rasch griff sie nach ihrem Handy.

»Verdammt Morelli, die sind einfach stehen geblieben.«

»Sie haben den Holländern Bescheid gesagt. Warte, Dreier will mit dir reden.«

»Eva, du musst an der nächsten Ausfahrt umdrehen.«

»Im Notfall dürfen wir Kriminelle in Nachbarländer verfolgen, das steht im Schengener Abkommen«, erwiderte sie. In ihren Theorieprüfungen war sie immer sehr gut gewesen.

»Polizisten im Dienst dürfen das im Notfall. Das hier ist nicht mehr dein Fall. Fahr zurück.«

»Wir können sie doch nicht einfach laufen lassen.«

»Überlass das den Holländern.«

Nein, das konnte sie nicht. Die Verbindung brach ab, Evas Handy hatte in das niederländische Netz gewechselt. Doch bevor sie Dreier zurückrufen konnte, blinkte der Konsul, fuhr erst auf die rechte Spur und dann auf einen Parkplatz. Eva musste bremsen, um hinter einem Lkw ebenfalls auf die rechte Spur wechseln zu können. Der Fahrer hinter ihr hupte, aber Eva interessierte das nicht. Sie musste auf diesen Parkplatz!

Mit quietschenden Reifen bremste sie neben dem BMW. Bordieu und Nkunda schauten sie überrascht an. Eva sah, wie Bordieu die Gelegenheit nutzte, um etwas, das wie ein kleiner, massiver Engel aussah, aus seiner Tasche zu ziehen und gegen den Mann auf dem Rücksitz zu schleudern. Er traf ihn aber nur am Ohr. Dann ertönte ein Schuss, Blut spritzte an das Fahrerfenster, und Bordieus Kopf sackte zur Seite. Eva griff nach ihrer Waffe, nur um schlagartig daran erinnert zu werden, dass diese sicher im Tresor in ihrem Wohnzimmer lag. Nkunda stieg aus, richtete seine Pistole auf sie und bedeutete ihr, auszusteigen. Eva tat, was er verlangte. Fieberhaft überlegte sie, was sie tun könnte. Nkunda konnte nicht wissen, dass sie eine Polizistin war.

»Ich muss zur Toilette«, stammelte sie und zeigte auf das heruntergekommene Toilettenhäuschen.

Nkunda betrachtete sie misstrauisch. »Key«, forderte er und deutete mit einer Kopfbewegung auf Evas Auto. *Schlüssel.* Unmissverständlich streckte er die Hand aus. Eva versuchte, sich daran zu erinnern, was sie über den Kampf gegen einen bewaffneten Gegner in Erinnerung hatte. Aber alles, was ihr einfiel, war, dass es ihr nur im seltensten Fall gelungen war, ihren Sparringspartner zu entwaffnen. Mit zitternden Fingern gab sie dem Mann ihren Autoschlüssel. Da klingelte ihr Handy. Eva zuckte erschrocken zusammen.

»Cellphone«, erklärte Nkunda und hielt ihr auffordernd seine freie Hand hin.

Der Schwarze öffnete den Kofferraum und machte Eva mit der

Pistole ein Zeichen hineinzusteigen. Mit zitternden Knien kletterte sie in ihren eigenen Kofferraum. Sie konnte den Lauf der Pistole in ihrem Rücken spüren, auch wenn Nkunda zwei Meter von ihr entfernt stand. Mit einem lauten Knall schlug er den Kofferraumdeckel zu; dann hörte Eva, wie der Wagen gestartet wurde. Unsanft prallte sie gegen das Blech des Hecks, als Nkunda kraftvoll zurücksetzte und Gas gab.

* * *

Die Mayi-Mayi hatten lange gefeiert in dieser Nacht. Bad Dog war schließlich mit offenem Mund am Feuer eingeschlafen. Und es hatte sie einiges an Mühe gekostet, Abasi davon abzuhalten, zu ihm zu gehen. Seit Tagen schon starrte er nur auf die Kette seiner Mutter, die Bad Dog um den Hals trug. Er wollte sie zurückholen, damit er sie seiner Mutter geben konnte, wenn sie in das weiße Camp kamen. Rahima war mitten in der Nacht wach geworden, als sie merkte, dass Abasi nicht mehr neben ihr lag. Eine üble Vorahnung überfiel sie. Als sie ihren kleinen Bruder endlich fand, stand er schon neben dem schlafenden Bad Dog und versuchte, ihm die Kette abzustreifen. Rahima war wie gelähmt, wenn sie jetzt nach Abasi rief, würde Bad Dog aufwachen. Sie versuchte, ihm durch Gesten klarzumachen, dass er sofort zurückkommen musste. Abasi schaute zu ihr. Und schüttelte mit dem Kopf. Er hatte die Kette schon über Bad Dogs Kopf gestreift und musste sie jetzt nur noch unter ihm wegziehen. Mit unendlicher Geduld, Millimeter um Millimeter, zog er an dem Schmuckstück seiner Mutter. Rahimas Herz pochte. Noch zwei Zentimeter. Vielleicht würde Abasi mit seinem Diebstahl davonkommen … Doch dann wurde Bad Dog wach. Bevor Abasi reagieren konnte, hatte der Mayi-Mayi-Anführer auch schon seine Hand fest umklammert, in der er immer noch die Kette seiner Mutter hielt.

Rahima rannte los und griff nach der anderen Hand ihres kleinen Bruders. Sie zog ihn zu sich, aber sie hatte gegen die Übermacht des Erwachsenen keine Chance. Aus Verzweiflung trat sie gegen Bad Dogs Kopf. Mehr vor Überraschung als aus Schmerz ließ er Abasi los. Nach wenigen Sekunden hatte er sich wieder aufgerappelt, aber die kurze Zeit genügte Rahima und Abasi, um sich einen Vorsprung zu verschaffen. Sie rannten in den Wald. Die Salve aus seiner Maschinenpistole, die Bad Dog ihnen hinterherschickte, verfehlte sie um viele Meter. Rahima konnte hören, wie die Mayi-Mayi aus ihren Lagern krochen und ihnen auf Bad Dogs Befehl hin folgten. Ohne sich umzusehen, zerrte Rahima ihren kleinen Bruder immer tiefer in den Wald hinein. Mit seiner anderen Hand hielt er immer noch die Kette ihrer Mutter umklammert.

* * *

»Ich kann sie nicht mehr erreichen. Die Mailbox springt sofort an.« Morelli versuchte direkt noch einmal, Eva anzurufen. Dreier stand vor der Tafel und verfolgte Morellis Anrufe voller Unruhe. Seine anfängliche Wut über Evas Fehlverhalten war schnell in Sorge umgeschlagen. Seeger war auf das Präsidium gebracht worden und wartete im Verhörraum auf seine Vernehmung. Die Staatsanwältin hatte die Anweisung gegeben, erst auf die Ergebnisse der Kollegen von der Wirtschaftskriminalität zu warten, die gerade Bergisch-Gladbach Hoch-Tief einen Besuch abstatteten. Aber all das war im Moment unwichtig. Ihre ganze Sorge galt Eva. Dreiers Handy klingelte. Er ging dran, hörte zu und bedankte sich dann.

»Unsere Kollegen aus den Niederlanden versuchen, ihr Handy zu orten. Es funkt nicht mehr, aber sie suchen nach dem letzten Zeitpunkt, an dem es sich eingeloggt hat.«

»Ihr ist was passiert.« Morelli wäre am liebsten selbst ins Auto gesprungen und losgefahren. Er hasste es, zur Untätigkeit verdammt zu sein.

Dreier schien seine Gedanken zu erraten. »Das ist jetzt Sache der Niederländer. Wir können da nichts ausrichten. Sie haben versprochen, dem Fall höchste Priorität einzuräumen.«

Aus purer Verzweiflung griff sich Morelli den Ordner mit Seegers E-Mail-Verkehr. Er musste jetzt irgendetwas tun, um nicht durchzudrehen.

»Hab ich es doch gewusst«, rief er aus.

Damit hatte er die Aufmerksamkeit Dreiers. »Was?«

»Er hat was mit seiner Sekretärin. Hier steht es«, sagte er und schob ihm den Ordner rüber.

»Heute Abend, bei dir?«, lautete die kurze Nachricht, die Hagen Seeger seiner Sekretärin vor vier Monaten geschrieben hatte.

»Wieso ist uns das bis jetzt nicht aufgefallen?«, fragte Dreier.

»Weil wir nur die E-Mails zum Kongo gelesen haben«, verteidigte sich Morelli über seinen Verband hinweg. Dann seufzte er. »Gut. Er ist ein Arsch. Aber das wussten wir auch schon vorher. Das hilft uns nicht weiter.« Morelli ließ den Ordner sinken. »Ihr ist etwas passiert«, konstatierte er düster.

Dreiers Telefon klingelte.

* * *

Das Warten trieb Seeger in den Wahnsinn. Am liebsten wäre er durch den Raum getigert, aber er wusste, dass er seine Unruhe nicht zeigen durfte, das würde den Gegnern einen Vorteil verschaffen. Beobachteten sie ihn bereits durch den Spiegel? Sein Blick fiel auf seine drei Anwälte, die schweigsam dasaßen und nur ab und zu unauffällig auf ihre teuren Uhren schauten. Vermutlich rechneten sie zusammen, wie viel sie bereits verdient hatten.

Seeger zog sein Armani-Jackett aus, ihm war plötzlich unglaublich warm. Er musste sich unter Kontrolle bekommen. Sie mussten einfach alle die Schnauze halten, dann würde ihnen nichts passieren.

* * *

Dreier legte auf. »Wikri. Sie haben mit Bergisch-Gladbach Hoch-Tief gesprochen. Die weigern sich, irgendetwas ohne Anwalt zu sagen.«

Morellis braune Locken standen wild von seinem Kopf ab. »Sie werden auch mit Anwalt nichts sagen, die wollen sich nicht belasten. Wir können genauso gut jetzt zu Seeger reingehen,« Morelli brannte darauf, sich den aalglatten Manager vorzuknöpfen.

»Je mehr wir wissen, desto besser sind wir auf das Verhör vorbereitet«, argumentierte Dreier dagegen.

»Ja, und umso größer wird der Abstand zu Eva. Verdammt Chef. Vielleicht kann er uns irgendetwas sagen, was uns hilft, sie zu finden.«

Dreiers Handy klingelte erneut. Er gab seinem Kollegen ein Zeichen, still zu sein. »Holland«, erklärte er, dann ging er ran. Sein Gesicht verhärtete sich zunehmend während des Gesprächs. »Sie haben Bordieu gefunden. Sie sind seinem Handysignal gefolgt. Er ist tot«, erklärte er, nachdem er aufgelegt hatte. »Kugel durch den Kopf. Von Eva keine Spur.«

Morelli war schon bei der Tür. »Ich geh jetzt da rein.«

Dreier hielt ihn zurück. »Nein. Wir gehen da rein.«

Als Dreier und Morelli das Vernehmungszimmer betraten, war Seeger fast erleichtert, dass es endlich losging. Er betrachtete die beiden Beamten aus kühlen Augen. Was wussten sie? Was hatten sie herausgefunden? Beide schienen beunruhigt zu sein. Wieso?

»Wir haben mit Bergisch-Gladbach Hoch-Tief gesprochen«, fing Dreier unvermittelt an. »Über Ihren Coltan-Deal.«

Für einen kurzen Moment fühlte sich Seeger, als blicke er in den Abgrund, in den er stürzen würde, wenn alles herauskam. Dann hatte er sich wieder unter Kontrolle. Bergisch-Gladbach Hoch-Tief hatte nicht das geringste Interesse daran, auszupacken. Die Polizisten blufften.

»Ich weiß nicht, auf was Sie hinauswollen«, pokerte er.

»Wollen Sie uns nicht endlich die Wahrheit sagen?«, fragte Dreier. »Hier geht es schließlich um den Mord an ihrem Sohn. Vielleicht vergessen Sie die Börsenkurse einfach einmal für einen Moment und erinnern sich daran, dass es einen kleinen Jungen gibt, der Ihnen vertraut hat.«

»Unser Mandant hat Ihnen nichts zu sagen«, erklärte der *Stronck*-Anwalt Dr. Maschke.

»Warum?«, fragte Morelli. »Warum hat er uns nichts zu sagen?

Eigentlich müsste er uns doch alles erzählen wollen, was er weiß, um die Mörder seines Sohnes zu fassen.«

»Er hat Ihnen nichts zu sagen«, wiederholte der Anwalt.

»Das ist überaus schade. Dabei gibt es so vieles, über das wir mit ihm reden möchten. Zum Beispiel über Coltan aus Malaysia oder auch aus dem Kongo, je nach dem, wie man es gerade deklariert«, sagte Morelli trocken.

Seeger hatte Mühe, die Fassung zu wahren. Sie hatten nicht geblufft. Die beiden *Stronck*-Anwälte warfen sich nervöse Blicke zu, nur Dr. Junklewitz, sein eigener Anwalt, hatte keine Ahnung, worüber hier gesprochen wurde. Die Luft in dem engen Raum wurde immer dünner.

»Herr Seeger, heute Mittag ist ihr Geschäftspartner Konsul Bordieu erschossen worden. Wenn Sie unschuldig sind, dann liegt es in ihrem eigenen Interesse, mit uns zusammenzuarbeiten, bevor alle Beteiligten an diesem Deal nicht mehr am Leben sind.«

Bordieu war ermordet worden? Die Nachricht traf ihn wie ein Schlag in die Magengrube. Die Angst, die ihn seit Abasis Tod begleitete, hatte ihn mit einem Mal voll in ihrem Griff.

»Wenn Sie keinen Haftbefehl haben, dann gehen wir jetzt«, entgegnete Dr. Maschke und erhob sich. Dr. Klisch packte seine Sachen. Und auch Hagen Seeger wollte aufstehen.

»Dann müssen wir eben noch einmal mit Ihrer Frau sprechen«, setzte Morelli nach. »Weiß sie eigentlich, dass Sie sie betrogen haben?«

Mit einem Mal fühlte Seeger sich vollkommen kraftlos. Das Adrenalin, das ihn die letzten Monate am Laufen gehalten hatte, schien auf einen Schlag vollständig aufgebraucht zu sein. Die bevorstehende Beförderung, als er das Kivu-Projekt organisiert hatte; die höhnischen Gesichter seiner Kollegen, als alles abgesagt wurde; sein phönixhafter Wiederaufstieg, nachdem er den fantastischen Deal mit »Malaysia« an Land gezogen hatte. Endlich die Wahrheit zu sagen war die Möglichkeit, aus dieser Höllenfahrt auszusteigen. Er wandte sich an seine Anwälte. »Es hat keinen Zweck mehr«, murmelte er kraftlos und ließ sich zurück in seinen

Stuhl sinken. »Natürlich weiß sie, dass ich sie betrogen habe«, antwortete er. »Wir hätten nie die Kinder adoptiert, wenn Schmieder uns nicht erwischt hätte.«

An der Reaktion der Polizisten erkannte er, dass sie überhaupt nichts von seiner Affäre mit der Frau des Mitarbeiters vom Bundeswirtschaftsministerium gewusst hatten. Aber das war ihm egal, stellte er zu seiner Überraschung fest. Es fühlte sich an, als hätte er ein Ventil geöffnet, das er nicht wieder schließen wollte.

»Wir müssen Ihnen dringend davon abraten, weiterzureden«, schaltete sich Dr. Klisch ein.

»Welchen Zweck hat es, weiter zu schweigen? Da draußen läuft ein Mörder herum«, fuhr ihn Seeger an.

Das kleine Zwischenspiel hatte den Kommissaren offenbar genug Zeit gelassen, um eins und eins zusammenzuzählen. »Sie hatten also Sex mit Schmieders Frau, und der hat deswegen seine Unterstützung für das Coltanprojekt abgesagt.«

»Schmieder hat uns in flagranti im Pool erwischt. In Bukavu. Deswegen hat er das Projekt abgesagt. Nicht aus Sicherheitsbedenken.«

»Aber Sie haben das Projekt trotzdem durchzogen. Ohne das Ministerium«, schlussfolgerte Morelli.

»Damals wurde die Mine noch von der Regierung geführt. Als sie vor drei Monaten von den Rebellen der FDLR übernommen wurde, wollte ich aussteigen.«

»Aber dann hat Bordieu Ihren Hund ermorden lassen, um Sie daran zu erinnern, dass Sie nicht mehr zurück können.«

Seeger nickte. Ihm war klar, dass alles, für das er in den letzten zehn Jahren Tag und Nacht gearbeitet hatte, auf einen Schlag zunichtegemacht worden war. Doch es war ihm egal. Seine Frau hielt ihn für einen Pädophilen, *Stronck* würde ihn so oder so bei der nächsten Gelegenheit loswerden wollen, und er hatte einfach keine Energie mehr, um das Lügengebäude um ein Projekt herum aufrechtzuerhalten, das von Anfang an ein Fehler gewesen war.

»Herr Seeger, Sie müssen uns helfen«. Dreier zeigte ihm ein

weiteres Mal das Phantombild des Schwarzen. »Kennen Sie diesen Mann?«

Seeger schüttelte mit dem Kopf. »Nein, das hab ich Ihnen doch schon gesagt.«

»Wer hat einen Grund, Konsul Bordieu, Gregor Spielmann und ihren Sohn umzubringen?«

»Das ist es ja. Das ergibt einfach keinen Sinn. Für niemanden!«

* * *

Evas Herz pochte so laut in ihren Ohren, dass es sogar das Rauschen der Autobahn übertönte. Was hatte der Mann vor? Was würde er mit ihr machen? Er würde versuchen, zu fliehen, soviel war klar. Und er würde keine Zeugen zurücklassen wollen. Eva versuchte, sich daran zu erinnern, was sie alles in ihrem Kofferraum hatte. Ließ sich irgendetwas davon als Waffe gebrauchen? Der Wagenheber! Lars hatte darauf bestanden, dass sie so ein Teil in ihren Kofferraum legte. Sie hatte sich darüber lustig gemacht. Nie im Leben würde sie selbst einen Reifen wechseln, sie war doch nicht lebensmüde und fuhr mit einem Reifen, den sie selber angebracht hatte. Doch Lars hatte sich durchgesetzt, und jetzt tastete sie nach dem schweren Stück. Irgendwo an ihrem Fußende musste er sein. Sie versuchte, sich in dem engen Kofferraum herumzudrehen, sah aber bald ein, dass sie das nicht schaffen würde. Mit den Füßen schob sie den Wagenheber Stück für Stück nach oben. Als er auf Höhe ihrer Knie lag, konnte sie ihn mit den Händen packen und zu sich ziehen. Sie umklammerte ihn. Es war ihre einzige Chance, ihrem Mörder etwas entgegenzusetzen. Nach gefühlten Stunden verließ das Auto die Autobahn, Eva konnte es am veränderten Motorengeräusch erkennen. Eine Weile fuhren sie langsamer, und der Verkehr um sie herum wurde immer weniger. Er wollte allein sein, schlussfolgerte Eva, es musste bald so weit sein. Sie umklammerte den Wagenheber. Dann kam das Auto plötzlich zum Stehen, und sie hörte, wie sich die Fahrertür öffnete und wieder schloss. Sie war darauf vorbereitet gewesen, aber das grelle Licht der Sonne blendete sie, als ihr Entführer den Kofferraum öffnete. Sie konnte nur Umrisse von ihm wahrnehmen. Eva schoss hoch und zielte mit dem Wagenheber auf den Kopf des Mannes. Nkunda machte einen Schritt zur Seite und entriss ihr das Gerät. Dann packte er sie an den Haaren und zerrte sie auf die Straße. Eva erkannte eine Allee, die mit hohen Kastanien gesäumt war und zwischen zwei Feldern hindurch führte. Er schleuderte sie auf den Boden und feuerte auf ihr Herz. Ich will noch nicht sterben, war Evas letzter Gedanke.

* * *

Unsanft wurde Tomke Krieger aus dem Wagen gestoßen. Die Rebellen hatten ihn vom Fahrersitz gezerrt, ihm eine Kalaschnikow in den Magen gerammt und gezwungen, auf dem Rücksitz seines eigenen Wagens Platz zu nehmen. Sie waren zurück ins Camp gefahren, hatten auf einem Platz mitten im Abbaugebiet gehalten und dort gewartet, bis ein massiger Afrikaner in einem dicken Pick-up angefahren kam. Jetzt stand Krieger mitten zwischen den Minen und konnte deutlich sehen, was er von dem Dorf aus nur geahnt hatte: Inzwischen bestand das Gelände nicht mehr aus wahllos von Hand in den Boden gegrabenen Löchern und Tunneln, sondern professionelles Bohrgerät trieb ganze Stollen unter die Hügel, in denen Dutzende Arbeiter gleichzeitig graben konnten. Auch die Kalksteinwäsche war professionalisiert worden. Früher hatten Mädchen und kleinere Kinder über Pfützen gehockt und die Gesteinsbrocken, die ihre großen Brüder aus der Erde holten, so lange gewaschen, bis nur noch die schwarzen Coltanklumpen übrig blieben. Jetzt gab es eine zentral bewässerte Wasserrinne und einzelne, abgetrennte Arbeitsplätze, in denen die Coltanwäscher das kostbare Erz aus der Erde lösten.

»Salutations de Fauconnier«, wurde Krieger von dem General der FDLR begrüßt. *Viele Grüße von Fauconnier.* Und er wusste, dass er Bad Dog vor sich hatte. Auch wenn der berüchtigte ehemalige Mayi-Mayi-Anführer inzwischen die Uniform gewechselt hatte. Sie waren umzingelt von meist halbwüchsigen Kämpfern der FDLR, die ihre Waffen auf Krieger richteten. Einer der Männer hielt Safisha fest. Er hatte ihren Arm brutal auf den Rücken gedreht, auch wenn sie nicht die geringsten Anstalten machte, sich zu wehren.

»Tu es trop curieux «, erklärte Bad Dog. »On doit te tuer« *Du bist zu neugierig. Wir müssen dich töten.*

»J'espère que tu a amené suffisamment de personnes pour cela«, brach es aus Krieger heraus. *Ich hoffe, du hast genügend Leute dafür mitgebracht.* Er war selbst verwundert. Niemals hätte er gedacht, dass er auf solch eine Situation mit Galgenhumor reagieren würde. Er musste grinsen und stellte fest, dass er offensichtlich verrückt geworden war.

Bad Dog schaute ihn düster an. Er war es anscheinend nicht gewöhnt, dass Menschen auf die Ankündigung ihres bevorstehenden Todes so überheblich reagierten. Bad Dog hatte ein Gesicht zu wahren und ließ sich die Maschinenpistole eines seiner Untergebenen reichen. Er stieß Krieger die Waffe in die Seite und deutete auf einen Tunneleingang.

»Allez«, befahl er, und Krieger stolperte vor ihm her.

Beide blieben stehen, als sie einen klagenden Schrei hinter sich hörten, den Safisha ausgestoßen hatte. Bad Dog blickte sich um.

»Donne-moi la putain«, wies er den Mann an, der Safisha festhielt und der das Mädchen daraufhin unsanft in Bad Dogs Richtung schubste. *Gib mir die Schlampe.*

Bad Dog hatte genug von ihr. Als er sie vor einer Woche zufällig auf dem Weg nach Goma im Wald getroffen hatte, hatte er sie der alten Zeiten wegen mitnehmen lassen. Sie war so schön gewesen wie damals, als er sie kennengelernt hatte. Aber innerhalb von einer Woche war sie zu einer alten Frau geworden – sie hatte ihre Dienste getan. Krieger vor sich her treibend, Safisha hinter sich her schleifend, ging Bad Dog in den Tunnel. Sein Kopf dröhnte vom Alkohol der letzten Nacht. Er wusste, dass ihm das, was er jetzt tun würde, einen Kick geben würde, der besser war als jede Droge, die er je genommen hatte. Seine Kopfschmerzen würden verschwinden. Aber er wollte es genießen. Und dafür brauchte er Schatten – die Sonne brannte ihm mitten ins Gehirn, das konnte auch seine verspiegelte Sonnenbrille nicht verhindern. Er überlegte, in welcher Reihenfolge er die beiden töten wollte. Das Mädchen, entschied er sich. Sie würde als Erstes sterben. Er konnte weinende Frauen nicht ausstehen. Außerdem hatte sie es verdient, als Erste gehen zu dürfen; schließlich war sie in so vielen Nächten seine Gefährtin gewesen. Sie waren inzwischen ein gutes Stück in den Berg hineingelaufen. Es wurde immer dunkler. Das musste reichen. Bad Dog nahm seine Sonnenbrille ab; er wollte ihre Gesichter sehen, wenn sie starben. Von hinten trat er dem Weißen in die Fersen, um ihn zu stoppen. Der Mann fiel hin und wälzte sich äußerst ungeschickt herum. Was für ein Weichei! Doch dann sprang der Deutsche mit einem Mal auf und warf ihm eine Hand voll Sand in die Augen. Bad Dog kniff die Lider zusammen und spürte, dass der Mann versuchte, ihm das Gewehr zu entreißen. Er hielt dagegen, dann löste sich eine Salve von Schüssen. Etwas Hartes donnerte gegen seinen Kopf. Und es wurde dunkel.

Bad Dog war zu Boden gegangen und hatte seine Maschinenpistole unter sich begraben. Krieger hatte Mühe, sie unter dem bewegungslosen Fleischberg von einem Menschen hervorzuziehen. Hatte der Gesteinsbrocken, den Safisha nach dem Rebellenführer geworfen hatte, ihn getötet? Nein, Bad Dog atmete noch. Mit einem Ruck befreite Krieger die Waffe. Er wusste, was er jetzt zu tun hatte. Er musste den Mann erschießen, wenn er eine Chance haben wollte, hier lebend rauszukommen. Er richtete die Maschinenpistole auf Bad Dog. In den Kopf, entschied er sich. Aber sein Finger weigerte sich abzudrücken. Wie versteinert stand er mit der Maschinenpistole in der Hand vor dem Bewusstlosen.

»Viens«. *Komm.* Safisha zog an seinem Arm. Krieger ließ die Waffe sinken und folgte Safisha tiefer in den Tunnel hinein. Sie würden nicht viel Zeit haben, bis die Männer merkten, dass etwas nicht stimmte. Sie nahmen die nächste Abzweigung, und bald wurde es wieder heller. Ein Ausgang. Vorsichtig spähte Krieger aus dem Tunnel heraus. Sie hatten sich ein gutes Stück vom Haupteingang entfernt. Er konnte gerade noch sehen, wie Bad Dogs Männer den Stollen betraten. Sie warteten, bis auch der Letzte im

Berg verschwunden war, dann nahm er Safisha bei der Hand und rannte los. Am Berg entlang, weg vom Dorf. Schon bald hörten sie aufgeregte Stimmen, die sich wieder dem Ausgang des Stollens näherten. Die Männer mussten Bad Dog gefunden haben. Jetzt würde die Hetzjagd beginnen. Krieger zog Safisha in den nächsten Stollen. Sein Herz pochte, er rang nach Atem, aber sie hatten keine Zeit für Verschnaufpausen. Sie liefen weiter, in den Stollen hinein, der stetig bergan stieg. Hoffentlich ist das keine Sackgasse, wiederholte Krieger immer wieder in Gedanken. Es wurde immer dunkler. Bald konnten sie den Weg kaum mehr sehen, sondern nur noch erahnen und mussten die Hände zu Hilfe nehmen, um nicht gegen die Wände zu stoßen. Sie kamen an eine Gabelung und entschieden sich für den linken Weg. Die Richtung, die sie weiter weg von Bad Dog und seinen Gehilfen führte. Jetzt war es stockfinster, sie tasteten sich Meter um Meter voran. Nur um kurze Zeit später an das Ende des Tunnels zu stoßen. Das durfte nicht wahr sein! Sie machten kehrt, doch jetzt konnten sie schon Lärm vom Eingang ihres Tunnels hören. Mit der einen Hand tastete sich Krieger an der Wand entlang, mit der anderen zog er Safisha hinter sich her. Sie stolperte, und er konnte nicht verhindern, dass sie auf den Boden fiel. Sie unterdrückte einen Schrei. Vorsichtig half Krieger ihr auf.

»Tu peux marcher?«, fragte er. *Kannst du laufen?*

»Oui«, antwortete die Kleine, aber Krieger merkte, dass sie humpelte. Er legte einen stützenden Arm um ihren ausgemergelten Körper, und nach einer gefühlten Ewigkeit erreichten sie erneut die Gabelung. Jetzt wählten sie den anderen Weg. Wenn dieser auch in einer Sackgasse endete, waren sie verloren. Doch sie hatten Glück. Nach ein paar Minuten wurde es langsam heller. Der Stollen führte einmal quer unter dem Hügel hindurch! Das Licht blendete, und es dauerte eine Weile, bis sie wieder klar sehen konnten. Hinter sich hörten sie bereits die aufgeregten Stimmen von Bad Dogs Handlangern. Doch vor ihnen lag ein Gebiet, das noch aus der Zeit stammte, als es keine Stollen gab, sondern einfach nur senkrechte, viele Meter tiefe Löcher in der Erde, die die

Arbeiter per Hand gegraben hatten. Kein Baum, kein Fels, hinter dem sie sich hätten verstecken können. Einfach nur ein zerlöcherter Berghang, ohne den geringsten Sichtschutz. Fieberhaft suchte Krieger das Umfeld nach einem weiteren Stollen ab. Aber nichts. Zurück konnten sie nicht, also blieb ihnen keine Wahl. Die Verfolger kamen immer näher. Weglaufen war in ihrem jetzigen Tempo keine Option. Safishas Knie war schlimm angeschlagen, aber roter Staub hatte sich bereits auf die Wunde gelegt, sodass das Blut schnell trocknete. Krieger zog das Mädchen zu einem der Löcher. Er half ihr, hineinzuklettern, und als sie gänzlich unter der Erde verschwunden war, folgte er ihr. Er hatte Mühe, nicht stecken zu bleiben, so eng war der Schacht. Meter um Meter quetschte er sich in die Erde hinab. Immer wieder löste er kleine Lawinen aus, Geröll rieselte nach unten. Sie waren jetzt schon acht Meter tief in die rote Erde hinabgestiegen. Rahima hatte eine kleine Ausbuchtung in der Schachtwand gefunden. Hier hatten die Grabenden offensichtlich gute Ausbeute erzielt und ein Stück weit in die Seite hineingegraben. Sie quetschte sich in die kleine Höhle, die von oben so gut wie unsichtbar sein musste. Krieger kletterte weiter. Haut und Kleidung waren inzwischen schon völlig vom roten Staub des Kongo überzogen. Immer wieder musste er husten.

Dann war er mit einem Mal am Ende des Schachts angelangt. Ein Haufen loser Erde bedeckte den Boden, und auch jetzt, während er krampfhaft überlegte, wie er sich am besten verstecken konnte, rieselte immer weiter Staub von den Schachtwänden auf ihn herunter. Von oben hörte er, wie Bad Dogs Männer nach ihnen suchten. Mit bloßen Händen fing er an zu graben, bis er genug Erde zur Seite geschafft hatte, um sich wie früher, als Kind am Strand, selbst einzubuddeln. Keinen Moment zu früh. Ein Kopf schob sich vor das kleine Stück grauen Himmels, das er aus seinem Grab heraus sehen konnte. Eine Staubwolke rieselte, begleitet von kleinen Steinchen, das Loch herunter. Konnte der Mann sie sehen? Er hielt eine Taschenlampe in den Schacht, und Krieger vermochte einen Lichtstrahl auszumachen, der sich die

Schachtwand heruntertastete. Einen halben Meter über Safishas Kopf blieb er stehen. Krieger hielt die Luft an. Der Lichtstrahl schwenkte wieder nach oben, weg von Safisha. Er atmete erleichtert auf. Ein Fehler. Der Staub, den er einatmete, löste einen nicht zu unterdrückenden Hustenreiz in ihm aus. Tränen stiegen ihm in die Augen. Er versuchte, die Luft anzuhalten, aber der Hustenreflex war stärker. Obwohl er verzweifelt die Zähne zusammenbiss, drang ein gedämpftes Keuchen hervor, das von den Wänden der Höhle unmittelbar reflektiert und nach oben getragen wurde. Sofort war das Licht der Taschenlampe wieder da. Krieger sah, wie es sich auf wenige Zentimeter an Safishas Kopf heranarbeitete. Sie schaute ihn angsterfüllt an. Er konnte nicht glauben, dass sich sein Schicksal immer aufs Neue wiederholte. Dass er schon wieder durch den Versuch, ein Kind zu retten, für seinen Tod verantwortlich war. Aber dieses Mal würde er wenigstens nicht mit der Schuld weiterleben müssen. Von oben hörten sie ein wildes Rufen. Dann entfernten sich Schritte von ihrem Schachteingang. Sie warteten, aber die Schritte kamen nicht zurück. Es dauerte eine Weile, bis Krieger wirklich glauben konnte, dass ihre Verfolger sie nicht gefunden hatten. Nachdem sie sich eine gute halbe Stunde still verhalten hatten, befreite er sich von dem Geröll, und Safisha kletterte zu ihm herunter. Sie saß mit angezogenen Beinen dicht neben ihm auf dem Boden. Stumm lauschten sie auf Geräusche von oben.

»Tu veux toujours savoir, ce qui est arrivé à Abasi?«, fragte Safisha nach einer Weile. *Willst du immer noch wissen, was mit Abasi passiert ist?*

»Oui, bien sur«, antwortete Krieger mit gedämpfter Stimme. Natürlich wollte er noch wissen, was mit Abasi passiert war.

»Elle l´a tue.« *Sie hat ihn getötet.*

Krieger verstand nicht. Wer hatte wen getötet? »Qui?«

»Rahima. Elle a tue Abasi.« *Rahima. Sie hat Abasi getötet.*

* * *

Sie waren schon ein gutes Stück vom Lager der Mayi-Mayi entfernt, und Rahima begann Hoffnung zu schöpfen. Vielleicht würden sie es schaffen. Vielleicht konnten sie den Rebellen entkommen … Wieso hatten sie nicht schon viel früher versucht, zu fliehen? Doch dann verfing sich ihr Fuß in einer Ranke, und Rahima stürzte der Länge nach hin. Als Abasi ihr wieder aufhalf, begriff sie sofort, dass sie nicht mehr laufen konnte. Sie mussten sich verstecken. Gemeinsam krochen sie hinter einen dicken Baumstamm und hofften, dass die Dunkelheit ihnen Schutz vor ihren Verfolgern bieten würde. Sie setzten sich dicht nebeneinander. Rahima schloss Abasi fest in die Arme. Ihr kleiner Bruder vergrub sein Gesicht an ihrer Brust. Und sie drückte ihres an seinen Kopf. Mit geschlossenen Augen betete sie, dass die Männer sie nicht finden würden. Doch da hörte sie auch schon ein Knacken, ganz in der Nähe. Sie kniff die Augen zu, in der verzweifelten Hoffnung, nicht gesehen zu werden, wenn sie selber nichts sah, aber im nächsten Moment wurde ihr Abasi auch schon aus den Armen gerissen.

Zwei Männer hatten Abasi festgehalten, ein dritter hielt Rahima umklammert. Bad Dog hatte Baakir, der inzwischen als Soldat für ihn arbeitete, befohlen, Abasi als Strafe für seinen Diebstahl die Hand abzuhacken. Breit grinsend, griff Bakir zu einer Machete und ging auf den zitternden Jungen zu. Rahima schrie, bis ihre Stimmbänder versagten. Bakir holte aus, und Abasis Hand fiel zu Boden. Rahima durchfuhr ein Schmerz, der sie fast von den Füßen riss, als sie die unmenschlichen Laute hörte, die ihr kleiner Bruder ausstieß. Aber das reichte Bad Dog nicht. Er ließ Rahima zu sich bringen, drückte ihr einen Revolver in die Hand und befahl ihr, ihren Bruder zu erschießen. Rahima schaute in die großen angsterfüllten Augen ihres kleinen Bruders und ließ zitternd den Revolver fallen.

Bad Dog schaute sie kalt an und befahl Baakir, Abasis Arme abzuhacken. Baakir grinste einfach nur, als Rahima ihn um Gnade für ihren Bruder bat, und ging mit seiner Machete erneut auf den Jungen zu. Abasi war auf den Boden gesunken und suchte mit glasigen Augen Rahimas Blick. Bad Dog drückte Rahima erneut den Revolver in die Hand. Erschieß ihn, flüsterte er ihr zu. Dann wird dir nichts passieren. Rahima krümmte sich zusammen, und konnte einfach nicht den Blick von den Augen ihres Bruders nehmen, aus denen das Leben langsam erlosch.

Abasi schaute seine Schwester flehend an. Töte mich, bitte, bat er sie mit einer Stimme, die Rahima nicht kannte. Als Baakir zu seinem nächsten Schlag ausholte, erfüllte Rahima ihrem kleinen Bruder seinen letzten Wunsch und drückte ab.

* * *

Hagen Seeger drehte sich zur Terrassentür. Er konnte den fassungslosen Blick seiner Frau nicht mehr ertragen. Jahrelang hatte er versucht, es ihr rechtzumachen, ihr das zu bieten, was sie von Haus aus gewohnt war. Aber er war nie gut genug für sie gewesen. Er hatte immer gespürt, dass er sie enttäuscht hatte. Zuerst, weil er ihr keine Kinder schenken konnte. Dann, weil er nicht wie sie einen Sinn darin sah, die Welt zu retten.

»Wieso hast du mir das die ganze Zeit über verheimlicht? Ich kann nicht verstehen, dass dir deine Geschäfte wichtiger sind als das Leben unseres Sohnes«, erklärte Anna Seeger mit brüchiger Stimme.

Hagen antwortete nicht mehr auf diese Anklage. Den Vorwurf hatte sie ihm in den letzten Stunden immer und immer wieder gemacht. Er verließ das Wohnzimmer und ging hinauf in sein Arbeitszimmer. Anna folgte ihm.

»Wieso?«, wiederholte sie ihre Frage, und Hagen wusste, dass sie nicht lockerlassen würde.

»Wir hätten sie nie adoptieren sollen«, gab er schroff zurück in der Hoffnung, ihr damit wehzutun.

»Er wäre noch am Leben, wenn wir es nicht getan hätten«, gab Anna ihm recht.

Aber Hagen wollte keine Zustimmung von ihr. Er wollte, dass es ihr genauso dreckig ging wie ihm. Er wollte sie spüren lassen, wie es war, alles zu verlieren.

»Wir werden sie abgeben. Zurück nach Afrika schicken.«

»Wie kannst du so etwas nur sagen. Hast du eine Ahnung, was für ein Schicksal sie dort erwartet?«, fragte Anna ungläubig.

»Dasselbe wie alle anderen Afrikaner auch. Aber das ist nicht mein Problem. Und deins auch nicht.« Er konnte förmlich spüren, wie die Distanz zwischen ihnen in Lichtgeschwindigkeit größer wurde. Und das war irgendwie befreiend.

* * *

Rahima wusste, dass ihre Zeit gekommen war. Seit Tagen schaffte sie Essen auf die Seite, um sich auf eine Flucht vorzubereiten. Sie hatte es aus dem Mülleimer gefischt, wenn Anna zur Toilette ging, und alles fein säuberlich in ihrem Zimmer versteckt. In einer der Kisten, aus der sie einige sehr seltsame, dünne, kleine, harte Puppen mit langen blonden Haaren und großen Brüsten gezogen hatte. Rahima fürchtete sich vor diesen Puppen. Sie war sich nicht sicher, ob sie nicht vielleicht zu irgendeinem seltsamen Ritual gehörten, das die Weißen veranstalteten. Sie war froh gewesen, als sie sie endlich Stück für Stück im Garten vergraben hatte. Inzwischen war die Kiste voll mit Essen, Maniokbrot, Bananen und Reis, und Rahima packte alles sorgfältig in einen kleinen bunten Rucksack mit Blümchenmuster. Sie zog sich alle ihre Pullover übereinander. Nachts würde es kalt werden. Sie hätte gerne die schöne, weiche Decke mitgenommen, aber sie wusste, dass das nicht ging. Bei einem Ausflug mit Anna hatte sie einen Wald gesehen. Einen ganz kleinen, direkt am großen Fluss. Für den Anfang musste das reichen.

Rahima griff nach dem Amulett, das sie um den Hals trug. Sie würde es nie ablegen. Es würde sie beschützen, ein Leben lang. *Sie* würde nicht so dumm sein, es mit einem Bad zu entweihen. Zur Vorsicht hatte sie das Amulett ihres »Bruders« dann doch noch in den Teich geworfen, um sicherzugehen, dass seine Kraft ausgelöscht wurde. Aber selbst danach hatte es noch seinen Weg zurück zu ihr gefunden, so mächtig war sein Zauber. Leise öffnete sie die Kinderzimmertür und schlich an dem Zimmer vorbei, in dem Anna und Hagen sich immer noch anbrüllten. Behutsam ging sie Schritt für Schritt die Treppe ins Wohnzimmer hinunter. Sie hatte die Terrassentür erreicht und öffnete sie geräuschlos. Gleich würde sie frei sein. Da schrillte ein ohrenbetäubender Lärm los. Hagen kam aus seinem Arbeitszimmer gerannt und überblickte die Situation sofort. Er lief Rahima nach, die versuchte, durch den Garten zu flüchten. Er hatte sie bald eingeholt. Die wachhabenden Polizisten stürmten ums Haus, nur wenige Meter hinter Hagen, der als Erster bei Rahima war und sie an der Schulter packte. Sie wirbelte herum, sah die drei Männer, und stolperte panisch rückwärts. Hagen riss sie an ihrem Arm zurück und brüllte irgendetwas auf Deutsch. Rahima wusste nicht, was er sagte, aber sie sah den Hass in seinen Augen. Mit einem Mal war sie ganz ruhig. Sie würde sich nicht kampflos ergeben. Sie griff in ihre Tasche, holte eins von Annas Edelstahlmessern heraus und stach es Hagen in den Bauch. So wie sie es von Bad Dog in ihrer Zeit als Kindersoldatin gelernt hatte. Dann zog sie es wieder heraus und sah unbeteiligt zu, wie das Blut aus dem Bauch des Mannes spritzte. Nur wenige Meter von der Stelle entfernt, an der sie vor etwas mehr als einer Woche den Mörder ihres Bruders dazu gezwungen hatte, sich hinzuknien, um ihm die Kehle durchzuschneiden.

* * *

Es hatte Verhandlungen gegeben, und die Mayi-Mayi hatten Frieden mit der kongolesischen Armee geschlossen. Ihre Einheit war aufgelöst worden. Einige der Älteren waren direkt in die Armee eingetreten, aber die meisten versuchten, in einer der Minen Arbeit zu finden. Die Männer der UN hatten Rahima, Baakir und Safisha mitgenommen. Sie waren froh, als sie Rahimas Fingerabdrücke im Computer fanden. Als einer der Männer Baakir fragte, ob er Rahimas Bruder Abasi sei, nickte er nur erleichtert. Rahima wusste, dass seine größte Angst seit Kriegsende war, seinen Eltern gegenübertreten und erklären zu müssen, dass er seinen Bruder getötet hatte. Die Männer mit den blauen Helmen hatten sie dann in das Flüchtlingscamp gebracht. Sie hatten gesagt, dass es dort Essen gäbe. Und sie hatte nicht gewusst, wo sie sonst hingehen sollte. Abasi hatte sie in den Monaten, die sie mit den Kämpfern herumgezogen waren, immer seltener gefragt, ob ihre

Eltern wirklich in dem Camp waren und warum sie nicht kämen, um sie zu holen. Aber Rahima hatte ihrem kleinen Bruder diese Lüge so häufig erzählt, dass sie selber fast daran glaubte. Als sie durch den Zaun fuhren, der die löchrigen Zelte umgab, und ihr klar wurde, dass ihre Eltern nicht in dem Zeltdorf auf sie warten würden, traf sie der Schmerz mit voller Wucht.

Ihr Blick fiel auf den Jungen, der neben ihr auf dem Pick-up saß. Baakir, mit dem sie die letzten Monate Seite an Seite gekämpft hatte. Gemordet. Verstümmelt. Sie würden zusammenbleiben. Wie Schwester und Bruder. Aber eines Tages würde er sein Amulett ausziehen. Und dann würde sie Abasi rächen.

* * *

Krieger und Safisha warteten in dem engen Tunnel, bis es dunkel wurde. Die gedämpften Geräusche, die von oben zu ihnen herunterdrangen, verstummten nach und nach. Krieger war in Gedanken versunken und versuchte, das zu ordnen, was er von Safisha erfahren hatte – dass er nichtsahnend zwei Kindersoldaten zur Adoption nach Deutschland vermittelt hatte. In dem Glauben, so ein Stück des Unrechts, das den Afrikanern angetan worden war, wiedergutzumachen …

Safisha stieß Krieger an und erklärte, dass jetzt die Arbeiter nach Sonnenuntergang gemeinsam zu Abend aßen. Die sicherste Zeit, um einen Fluchtversuch zu unternehmen. Vereinzelt hörten sie zwar immer noch das Klopfen aus der Erde, aber es war jetzt deutlich ruhiger als noch ein paar Stunden zuvor. Krieger kletterte als Erster aus dem Loch. Nachdem er sich davon überzeugt hatte, dass niemand in der Nähe war, gab er Safisha ein Zeichen, ihm zu folgen. Sie konnten die laute Musik und die Geräusche des Abendessens von der Siedlung in der Ferne hören. Krieger stellte fest, dass sie sich auf ihrer Flucht schon ein ganzes Stück davon wegbewegt hatten. Langsam rannten sie im Schutz der Dunkelheit den Hang hinab. Gerade rechtzeitig warfen sie sich in das Gestrüpp, das das Minenareal umgab, als sich die Stimmen einer Patrouille näherten. Sie hielten den Atem an, während die beiden Männer nur wenige Meter entfernt an ihnen vorbeigingen. Vorsichtig hob Krieger den Kopf und schaute ihnen nach, bis sie sich weit genug entfernt hatten.

Darauf bedacht, kein Geräusch zu machen, krochen Krieger und Safisha durch die Büsche. Hinein ins Dickicht. Nach fünf Minuten trauten sie sich, gebückt zu laufen. Die Dunkelheit hatte sie verschluckt. Krieger wusste, dass sie auf der Straße keine Chance hatten, das Gebiet zu verlassen. Deswegen liefen sie in einem Bogen hinter den nächsten Hügel und von dort an parallel zur Straße Richtung Masisi. Bei jedem Geräusch erstarrten sie, aber sie schienen Glück zu haben, denn keine Menschenseele war in der düsteren Gegend unterwegs. Krieger dankte den Göttern, dass es eine bewölkte Nacht war, sonst hätten die hüfthohen Sträucher und die wenigen Bäume ihnen wohl kaum genügend Deckung gegeben, um zu fliehen.

Nachdem sie zwei Stunden schweigend gelaufen waren und die Vegetation immer dichter wurde, kontrollierte Krieger zum wiederholten Mal, wo sie sich befanden. Er schlich sich auf den höchsten Punkt des Hügels und wartete auf eine Wolkenlücke. Als der Mond durch die Wolken brach, spähte er vorsichtig auf die andere Seite und konnte zwischen den Sträuchern ein Stück Straße erkennen. Bald würden sie den Schutz des Bergrückens verlassen müssen, weil die Straße in ein anderes Tal abbog. Bei seiner nächsten Kontrolle wusste er, dass es so weit war. Sie mussten auf die andere Seite des Hügels wechseln. Vorsichtig kämpften sie sich durch das immer dichter werdende Gestrüpp, als sie mit einem Mal zwei Scheinwerferpaare die Straße entlangkommen sahen. Nur knapp hundert Meter vor ihnen hielten sie hintereinander an. Krieger konnte sein Glück nicht fassen, als er im Scheinwerferlicht des hinteren Fahrzeugs erkannte, dass es sich um Geländewagen der UN handelte. Kibibi musste sie verständigt haben, als er bei Einbruch der Dunkelheit nicht zurückgekehrt war. Er griff Safisha bei der Hand, und gebückt liefen sie auf die Scheinwerfer zu. Als sie näher herankamen, sahen sie, dass die beiden Autos auf der Straße vor der Hütte gehalten hatten, an der die Träger ihr Coltan abluden. Die UN-Soldaten redeten mit den Männern, die dort den wertvollen Rohstoff bewachten. Krieger betete, dass diese sie noch so lange aufhalten würden, bis sie die Straße erreicht hätten. Sie hatten es fast geschafft, als der erste Blauhelm wieder in seinen Wagen stieg. Laut rufend und mit den Armen wedelnd, rannte Krieger auf ihn zu. Vier Blauhelmsoldaten und mehrere Coltanhändler schauten ihn überrascht an.

»Thank god, you saved us. They tried to kill us«, erklärte Krieger atemlos. *Gott sei Dank, Sie haben uns gerettet. Sie haben versucht, uns zu töten.*

Aber die Blauhelme schienen rein gar nichts mit seinem Erscheinen anfangen zu können. Jetzt erst sah Krieger, dass sowohl die Händler als auch die Soldaten Säcke mit Coltan trugen, die sie offensichtlich gerade zu den Geländewagen schleppten. Deswegen war der Fahrer in sein Auto gestiegen – um die Heckklappe zu öffnen. Es dauerte einen Moment, bis Krieger diese Information einordnen konnte. Er begriff, dass er einen großen Fehler gemacht hatte. Die Blauhelme waren nicht hier, um nach ihm zu suchen. Im Gegenteil – sie arbeiteten mit den Rebellen zusammen! Man konnte sich kein besseres Transportunternehmen als die UN in dieser Region denken. Niemand würde sie kontrollieren, niemand konnte sich so frei und sicher durch das Gebiet bewegen wie sie.

Mit einem Mal fühlte Krieger eine große Hilflosigkeit. Safisha zog vorsichtig an seinem Ärmel, und er schaute in ihr fragendes Gesicht. Große dunkle Kinderaugen. Kinderaugen, die die Angst um ihr Leben spiegelten. Er griff ihre Hand und ging auf den Soldaten zu, der jetzt wieder ausgestiegen war.

»Good evening, Mister, we got lost and we would be very thankful if …«, *Guten Abend, Mister, wir haben uns verlaufen und wir wären sehr dankbar …* für was sie sehr dankbar wären, würde der Blauhelm nie erfahren. Krieger richtete plötzlich Bad Dogs Maschinenpistole auf die Männer und befahl Safisha, in den Wagen zu steigen. Dann sprang er hinterher und startete das Auto. Er fuhr an und stieß damit den vor ihm parkenden Geländewagen in einen Graben. Rasch setzte er zurück und sah gerade noch die

Männer zur Seite springen, als er wendete und mit Vollgas den Weg hinunterschoss.

Safisha umklammerte Bad Dogs Maschinenpistole, während sie den holprigen Weg entlangrasten. Nicht mehr lang, und sie würden die Straßensperre der Rebellen erreichen. Schon konnten sie im Rückspiegel die Scheinwerfer des zweiten UN Wagens erkennen, der schnell aufholte. Sie fuhren um die Kurve und sahen mitten auf der Straße einen Mann, der einen weißen Verband um den Kopf trug und eine Panzerfaust auf sie richtete. Krieger zögerte keinen Moment. Er gab Gas und überfuhr Bad Dog. Die Panzergranate, die dieser im letzten Moment abfeuerte, verfehlte das Auto knapp und explodierte hinter ihnen auf der Straße. Kurz vor dem zweiten Geländewagen, der durch die Explosion auf die Seite geschleudert wurde. Mit Leichtigkeit durchbrachen Krieger und Safisha die Äste der Straßensperre. Wenige Minuten später wurden sie bei der nächsten Straßensperre der kongolesischen Armee freundlich durchgewinkt. Offensichtlich hatten die Blauhelme ihr *sucre* bereits auf dem Hinweg entrichtet.

* * *

Als Eva die Augen wieder aufschlug, lag sie im Düsseldorfer Marienhospital – um sie herum Blumen.

»Evchen, mein Schatz, ich dachte, ich seh dich nie wieder«, wurde sie von ihrer Mutter begrüßt, die mit den Tränen kämpfte. Vorsichtig drückte ihre Mutter sie an den Schultern und küsste sie mit zitternden Lippen auf Stirn und Wangen. Ihr Lavendelparfum hatte etwas ungemein Vertrautes, Beruhigendes.

»Wo?«, brachte Eva mühsam hervor.

»Du bist in Lars' Klinik. Ich ruf ihn sofort an.«

»Nein. Warte noch«, bat Eva. Sie sah die Schläuche, die aus ihrem Körper kamen. Sie hatte höllische Schmerzen beim Atmen. »Ruhe«, seufzte sie, dann schlief sie wieder ein.

Als sie das nächste Mal aufwachte, saß Lars neben ihrer Mutter. Er strahlte sie an. »Willkommen zurück«, begrüßte er sie liebevoll. »Du hast wahnsinniges Glück gehabt. Die Kugel hat alles

Lebenswichtige verfehlt.« Er zeigte auf einen Blumenstrauß. »Die sind von deinen Kolleginnen aus dem Innendienst. Ich hab ihnen gesagt, dass du in sechs Wochen zurück bist und sie dir schon mal deinen Schreibtisch freimachen sollen.«

Eva schüttelte mit dem Kopf. »Nein.«

Aber Lars' Lächeln wich nicht aus seinem Gesicht. »Natürlich erst, wenn du wieder fit genug bist. Ich schreib dich krank, solange du willst. Du kannst auch erst mal zu Hause bleiben.«

Eva schüttelte erneut den Kopf. Dann schlief sie wieder ein.

* * *

Als in den nächsten Tagen ihre Lebensgeister langsam wieder zurückkehrten, erfuhr sie, was mit ihr passiert war. Spaziergänger hatten gesehen, wie ihr Entführer sie erschossen hatte. Zu ihrem Glück war der Mann ein pensionierter Arzt gewesen, der sie so lange am Leben gehalten hatte, bis ein Krankenwagen gekommen war. Nach einer Notoperation in Antwerpen hatte Lars dafür gesorgt, dass sie nach Düsseldorf gebracht wurde.

In zwei Wochen würde Eva wieder anfangen, zu arbeiten. Im Innendienst. Sie wollte zurück zur Mordkommission, aber das würde eine Weile dauern, hatte Dreier ihr erklärt. Sie konnte froh sein, dass sie überhaupt noch bei der Polizei arbeiten durfte. Der Personalrat hätte sie am liebsten gefeuert, aber sich aus Angst vor der Presse dann doch dagegen entschieden. Polizisten, die bei der Verfolgung eines Mörders fast draufgingen, besaßen in der Öffentlichkeit einen Freifahrtschein, egal, gegen wie viele Dienstregeln sie verstoßen hatten.

Mathieu Nkunda, so hieß der Mann, dessen Fingerabdrücke man in Evas Auto gefunden hatte, war unbehelligt von Brüssel nach Kinshasa geflogen und seitdem unauffindbar. Der Fall Kongo war gelöst, würde aber zu den Akten gelegt werden, ohne dass je eine Gerichtsverhandlung stattfinden würde.

* * *

Eva war in eine kleine Zweizimmerwohnung gezogen. Fürs Erste. Ganz in der Nähe von Marius Morelli, der regelmäßig vorbeikam und ihr Tupperdosen voller Essen von seiner Mutter brachte. Lars hatte die Trennung mit Fassung aufgenommen. Eva wusste, dass er darauf hoffte, sie würde es sich noch anders überlegen, und dass er davon ausging, die Trennung wäre eine Schockreaktion auf das schreckliche Erlebnis. Er hatte darauf bestanden, dass sie Max mitnahm, der ihr während der Zeit zu Hause Gesellschaft leisten sollte. Und sie hatte schließlich seinem Drängen nachgegeben. Sie wusste, dass Lars die Katze vorgeschickt hatte, um einen Anker in ihrem Leben zu behalten. Aber sie spürte, dass sich ihre Wege für immer getrennt hatten. Das Leben, das er für sie beide wollte, hätte sie nie ausgefüllt. Lars würde eine andere glücklich machen. Und bis dahin würde sie eben dieses verfressene Miststück durchfüttern, das ihr inzwischen nicht mehr von der Seite wich.

Es klingelte an der Tür. Eva öffnete lachend. »Sag deiner Mutter, dass ich noch dick und rund werde, wenn sie mich weiter so füttert«, sagte sie, als sie Schritte die Treppe hochkommen hörte. Doch es war nicht Marius Morelli, sondern Tomke Krieger, der die Treppe heraufkam. Eva brauchte einen Moment, um zu begreifen, dass er wirklich vor ihr stand. Der Mann, der ihr Leben so gründlich auf den Kopf gestellt hatte.

Irgendwie hatte sie nicht daran geglaubt, ihn jemals wiederzusehen. Aber er war es. Wenn auch ein wenig blasser, als sie ihn in Erinnerung hatte. Aber da war noch etwas anderes. Irgendetwas an ihm hatte sich verändert. Es waren seine Augen. Sie waren nicht mehr so durch und durch ernst, sie wirkten mit einem Mal viel wärmer. Ihr Puls ging schneller, sie hätte ihn am liebsten umarmt, traute sich aber nicht. Und auch er schien nicht wirklich zu wissen, wie er anfangen sollte. Eine Weile standen die beiden unbeholfen voreinander. »Sollen wir spazieren gehen?«, schlug Eva vor, und Krieger nickte.

Langsam schlenderten sie zum Rheinpark hinunter. Die bunten Blätter der Bäume hoben sich kraftvoll von den dunklen Gewitterwolken ab, die über ihnen lauerten. Ein Windstoß fegte über sie hinweg und riss Dutzende Blätter mit sich. Schweigend gingen sie nebeneinander her. Eva war sich des Abstands zwischen ihnen schmerzlich bewusst. Wie gerne hätte sie seine Hand gehalten. Sie zog ihre dicke Jacke vorsichtig enger um sich und stöhnte dabei leicht auf; die Wunde in ihrer Brust tat immer noch weh. Krieger schaute sie besorgt an.

»Das sind die Nähte. Aber es verheilt alles bestens«, versuchte Eva, ihn zu beruhigen. Das Schweigen war gebrochen.

»Ich wollte mich bei dir entschuldigen«, begann Krieger das Gespräch.

»Wofür?«, fragte Eva ehrlich verwundert.

»Du hast wegen mir einen Haufen Ärger bekommen.«

»Das ist ja wohl einzig und allein meine eigene Schuld gewesen.«

»Trotzdem.«

Sie schauten sich an, beide mit einem zaghaften Lächeln auf den Lippen. Aber dann versiegte das Gespräch wieder. Eva schaute auf den Weg. In Gedanken hatte sie so häufig durchgespielt, wie es sein würde, wenn sie Krieger wiedersah. Doch jetzt war es ganz anders.

»Morelli hat mir erzählt, dass du in einem gestohlenen UN-Wagen über die Grenze nach Ruanda geflohen bist?«, versuchte sie, das Gespräch wieder in Gang zu setzen.

»Ja. Und der deutsche Botschafter dort hatte nichts Besseres zu tun, als mich erst einmal in Arrest zu nehmen, weil dein Chef alle Botschaften der Region auf mich angesetzt hatte.«

Eva musste lachen, was sie sofort bereute, weil sich ihre Nähte wieder schmerzhaft meldeten. Krieger lächelte sie an.

»Ich hab ein neues Mädchen mit nach Deutschland gebracht, Safisha. Anna Seeger hat sich bereit erklärt, noch ein Kind aufzunehmen.«

»Und was sagt ihr Mann dazu?«

»Als Seeger aus dem Krankenhaus kam, war er der Meinung, dass er weder eine Kindersoldatin noch eine Prostituierte als Tochter will. Anna war der Meinung, dass die beiden keine Adoptiveltern bräuchten, wenn Menschen wie ihr Mann sich nicht wie die Aasgeier auf ihre Heimat gestürzt hätten. Unüberbrückbare Differenzen nennt man so etwas wohl.«

Er schaute sie an, und Eva hielt dieses Mal seinen Blick fest. Sie wäre am liebsten in seinen Augen versunken.

»Wie geht es Rahima?«

»Gut. Du würdest sie nicht wiedererkennen. Seitdem Safisha da ist, ist sie vollkommen aufgeblüht.«

»Das ist schön zu hören.«

»Was wirst du jetzt machen?« Sie hatte sich bemüht, die Frage möglichst beiläufig klingen zu lassen, war sich aber nicht sicher, ob ihr das gelungen war.

Er zögerte, und Eva blickte zur Seite. Sie wollte nicht, dass er die Hoffnung in ihren Augen sah.

»Keine Ahnung. Im Kongo kann ich mich erst einmal nicht mehr blicken lassen. Anna Seeger hat mir die Leitung von *Lichtblicke* angeboten. Hier in Deutschland.« Er machte eine Pause und betrachtete sie verlegen.

Evas Mund wurde ganz trocken.

Dann blickte er weg. »Aber das ist nichts für mich. Ich werde zurück nach Afrika gehen. Nach Mali oder vielleicht in den Sudan. Und neue Camps aufbauen.«

»Die Welt retten.« Eva versuchte, ihre Enttäuschung zu verbergen. Krieger nickte. »Genau.«

Einen Moment lang standen sie sich schweigend gegenüber.

»Pass auf dich auf«, sagte sie. Es kostete Eva Mühe, zu sprechen.

»Du auch.« Dann gab er ihr einen Kuss, den sie noch im ganzen Körper spürte, als Krieger schon längst den Park verlassen hatte.

Im einsetzenden Regen schaute sie ihm nach.

* * *

Es wurde jetzt immer früher dunkel. Rahima lag in ihrem Bett und schaute auf Safisha, die in dem Bett neben ihr gleichmäßig und tief atmete. Sie hatten heute Abend zusammen gekocht. Anna, Safisha und sie. Dann hatte Anna versucht, ihnen Stricken beizubringen, und sie hatten viel gelacht, weil Safishas und ihre Wolle einfach nicht zu einem Schal werden wollte. Aber das war nicht schlimm gewesen. Anna hatte es ihnen immer wieder gezeigt und war überhaupt nicht böse geworden, als es trotzdem nicht klappte. Manchmal erinnerte Anna sie an ihre Mutter. Sie war zwar ganz anders, aber ihre Mutter hatte auch nie mit ihr geschimpft. Tränen stiegen Rahima in die Augen. Ihre Familie fehlte ihr. Der Kongo fehlte ihr. Aber einer fehlte ihr ganz und gar nicht: Maluco. Der war zusammen mit Baakir ein für alle Mal aus ihrem Leben verschwunden. Rahima sah, wie Safisha sich in ihrem Bett umdrehte und sie müde anlächelte. Sie streckte ihre Hand nach ihr aus, und Safisha legte ihre hinein. Ganz selbstverständlich verschränkte sie die Finger mit den ihren. Rahima spürte ihre Nähe. Ihre weiche Wärme. Und schlief ein.

* * *

Fauconnier saß auf seiner Terrasse und schaute auf den See hinaus. Regentropfen bildeten unzählige Ringe auf seinem spiegelglatten Wasser. Bald würden die Russen mit dem Methangaswerk in Bau gehen. Es hatte ihn eine ganze Reihe weiterer feuchter Wangenküsse von seinem Geschäftspartner eingebracht, als er ihm das Coltanwerk sozusagen als Zugabe anbot. Sie würden beide ein gutes Geschäft machen. Nachdem ihm die Coltanmine anfangs so viele Probleme bereitet hatte, würde sie im Endeffekt doch noch einen anständigen Gewinn abwerfen. Die Deutschen hatten ihr Bohrgerät dagelassen, und Fauconnier hatte es zu einem guten Preis an die Russen weiterverkauft. Bald würde er sich zur Ruhe setzen, aber jetzt noch nicht. Mit sich und der Welt zufrieden, nahm er einen Schluck von seinem Kamillentee und ließ den Blick über den See und die saftigen Hänge zum schneebedeckten Ruwenzorigebirge wandern. Gott hatte dem Kivu alles geschenkt, was man sich nur wünsche konnte. Ein mildes Klima, eine wunderschöne Landschaft, Bodenschätze im Überfluss. Wenn es ein Paradies auf Erden gab, dann war das der Kivu. Man musste es sich nur nehmen.

Nachwort

Auch wenn der Ostkongo eine der rohstoffreichsten Regionen der Welt ist, haben die Bodenschätze den Bewohnern des Landes kein Glück gebracht. Die Demokratische Republik Kongo steht auf einem der letzten Plätze des Human Developement Index der Vereinten Nationen.

1885 wurde der Kongo eine Kolonie Belgiens, das ihn jahrzehntelang brutal ausbeutete. Nach der offiziellen Unabhängigkeit von seinem Kolonialherren 1960 wurde der erste demokratisch gewählte Präsident des Landes, Patrice Lumumba, mithilfe der USA und Belgiens ermordet, da sie fürchteten, den Kongo im Kampf um Einflusssphären im Kalten Krieg an den Ostblock zu verlieren. Nach Lumumba übernahm Mobutu Sese Seko, eine Marionette des Westens, die Macht. Er nutzte die Ressourcen des Landes, um seine eigenen Taschen zu füllen, sodass das Volk weiterhin nicht von der Unabhängigkeit des Landes profitierte. Nach dem Ende des Kalten Krieges verlor Mobutu seine westlichen Unterstützer. Ab Mitte der 1990er-Jahre destabilisierten dann zwei Bürgerkriege das Land endgültig.

Traditionell hat der Osten des Kongo eine starke Verbindung zu den östlichen Nachbarländern, deren Bevölkerungsgruppen ethnisch verwandt sind und über die fast der gesamte Handel des Ostkongo abgewickelt wird. Die vielen unterschiedlichen Ethnien der Kongolesen bilden den Hauptnährboden für die anhaltenden Konflikte im Land: Auslöser des Ersten Kongokrieges war der Völkermord in Ruanda, bei dem die in Ruanda lebenden Hutu 75 % der ruandischen Tutsi-Minderheit töteten. Viele der Täter flohen in den Osten des Kongo (damals Zaire), um von dort die Wiedereroberung Ruandas vorzubereiten. Die Flüchtlinge verbündeten sich mit den lokalen Hutu, und es kam zu Übergriffen auf kongolesische Tutsi, die ihrerseits Milizen zur Selbstverteidigung gründeten und dabei von der ruandischen Regierung logistisch unterstützt wurden. Dies war der Startpunkt für viele kriegerische Auseinandersetzungen unterschiedlichster Interessensgruppen.

1998 folgte der Zweite Kongokrieg, der sogenannte Afrikanische Weltkrieg, an dem neben dem kongolesischen Militär und unterschiedlichen Rebellengruppen auch viele Nachbarstaaten beteiligt waren, u. a. Angola, Namibia und Simbabwe sowie Ruanda, Uganda und Burundi.

2002 wurde ein Friedensabkommen unterzeichnet, trotzdem finden bis heute kriegerische Auseinandersetzungen statt. Die anhaltenden Konflikte sind eine Voraussetzung für die ungestörte Ausbeutung des Landes und die Bereicherung der daran Beteiligten, sodass diese kein Interesse an einer tatsächlichen Befriedung haben.

Im Buch habe ich stellvertretend zwei Rebellengruppen hervorgehoben, die Mayi-Mayi und die FDLR (Demokratische Kräfte zur Befreiung Ruandas), in der Realität konkurrieren aber Dutzende Rebellengruppen um die Gewinne aus dem Abbau der Bodenschätze, um ihre Waffenkäufe für die Fortführung des Kampfes um Ideologien und Rohstoffe zu finanzieren. Dies geschieht häufig in Zusammenarbeit mit ausländischen Investoren. Die durch Kriege und Korruption herbeigeführte Instabilität des Landes sorgt dafür, dass auch viele Jahrzehnte nach dem Ende der Kolonisation die Ausbeutung durch die Erste Welt ungehindert fortbesteht.

Kinder werden dabei sowohl als billige Arbeitskräfte beim Abbau als auch als Soldaten im Kampf um die Rohstoffe missbraucht.

Bis zu 6 Millionen Todesopfer haben die kongolesischen Bürgerkriege bis heute gefordert.

Weitere Informationen zum Thema

Literatur:

David van Reybrouck: Kongo. Eine Geschichte; Suhrkamp 2013
Annette Rehrl: Sie zwangen mich zu töten: Afrikas verlorene Kinder; Knaur 2006

Dokumentarfilm:

»Lost Children« (2004) von Ali Samadi Ahadi und Oliver Stoltz über die Resozialisierung von Kindersoldaten

Film:

»Das Kongo Tribunal« von Milo Rau, zieht in einer fiktiven Gerichtsverhandlung die multinationalen Bergbauunternehmen für ihre Rolle in den kongolesischen Bürgerkriegen zur Verantwortung.